AF281311

# Ein Stapel
# schwarzer Bücher

Die Fälle des Major Joschi Bernauer
Band 10

Autorin:
Ingeborg Mistlberger ist Verfassungsjuristin und begeisterte Bridgespielerin. 2016 hat sie ihren ersten Kriminalroman veröffentlicht und im selben Jahr auf der Leipziger Buchmesse erfolgreich präsentiert. Ihr Erstlingswerk *Mörderischer Kontrakt* war Auftakt der mittlerweile auf zehn Bände angewachsenen Krimireihe *Die Fälle des Major Joschi Bernauer*. Besonderen Wert legt die Autorin darauf, alle Vorgänge absolut authentisch abzuhandeln, wobei sie vorzüglich Schicksale aus ihrem reichen Erfahrungsschatz beschreibt, sodass sich die Spannung der Handlung immer aus dem echten Leben ergibt.

Alle in diesem Buch vorkommenden Personen, Schauplätze und Handlungen sind frei erfunden. Etwaige Ähnlichkeiten mit lebenden Personen oder Ereignissen sind rein zufällig.

Ingeborg Mistlberger

# Ein Stapel schwarzer Bücher

## Die Fälle des Major Joschi Bernauer
## Band 10

Kriminalroman

Bibliografische Information der Deutschen Nationalbibliothek
Die Deutsche Nationalbibliothek verzeichnet diese Publikation in
der Deutschen Nationalbibliografie, detaillierte bibliografische
Daten sind im Internet über http://dnb.dnb.de abrufbar.

© 2025 Ingeborg Mistlberger
Verlag:
BoD · Books on Demand GmbH, Überseering 33,
22297 Hamburg, bod@bod.de
Druck:
Libri Plureos GmbH, Friedensallee 273,
22763 Hamburg
ISBN: 978-3-7693-8910-4

## Personen der Handlung:

Major Dr. Joschi Bernauer, Leiter der
          Mordkommission Salzburg
Hofrat Dr. Sassmann, Polizeidirektor Salzburg
Dr. Iris Adler, Primaria im LKH Salzburg,
          Bernauers Freundin
Mag. Armin Aschenbrenner, Bankier
Eleonore Aschenbrenner-Daun, Ehefrau von Armin
Charlotte Aschenbrenner, Tochter der beiden
Martha Daun, Charlottes Tante
Waltraud, Charlottes Nurse
Anna-Maria, Charlottes beste Freundin
Hilde Maier, Haushälterin der Familie Aschenbrenner
Nikodemus von Haugsdorf, Immobilien- und
          Kunsthändler, Neffe von Hubert von Haugsdorf
Hubert von Haugsdorf, Präsident des Bridge-Clubs
Mag. Giorgio di Angelo, Präsident des Südtiroler
          Bridge-Verbandes
Dr. Sigmund Spiegelberg, Rechtsanwalt
Verena Spiegelberg, dessen Ehefrau
Dr. Franz Sebring, emeritierter Hochschulrektor,
          Schriftsteller und Literaturpreisträger
Judith Riegel, Kellnerin

Die Gesellschaft saß im Salon. Eben hatte man zu Abend gespeist, war in den eleganten Raum übergewechselt und hatte auf den sorgfältig arrangierten Stühlen zwischen den hübschen kleinen Beistelltischen Platz genommen.

An der fensterlosen Stirnwand, unter dem monströsen Ölgemälde, das eine überaus schöne Frau mit dem gnadenlosesten Blick, dessen ein Mensch fähig war, zeigte, stand ein prachtvoller Bechsteinflügel.

Eleonore Aschenbrenner-Daun, die Gastgeberin des Abends, war an das Klavier getreten, an dem bereits die neunjährige Charlotte Aschenbrenner saß.
„Verehrte Gäste", sagte Eleonore sanft und zeigte auf das Kind, „Charlottes Herzenswunsch ist es, ihrem Vater, meinem lieben Mann, zu seiner Geburtstagsfeier eine kleine musikalische Freude zu bereiten. Dürfen wir jetzt auch um Ihr wohlwollendes Gehör bitten?"
Freundlicher Beifall brandete auf. Das Mädchen dankte schüchtern mit dem Neigen seines Kopfes.

„Halte Dich gerade, Charlotte", zischte ihr die Mutter ins Ohr „und lächle."
Das Kind richtete sich gehorsam auf und brachte ein ziemlich verkrampftes Lächeln zustande.
Mühsam überwand es die aufsteigende Angst und das üble Gefühl in Magen und Mund.
Doch dann rief sich Charlotte augenblicklich zur Disziplin, hob die Hände an die Tastatur und konzentrierte

sich nur mehr auf Mozart und den zweiten Satz seines Konzertes Nr. 23 in A-Dur.

Nachdem der Beifall der Gäste geendet hatte, steuerte Charlotte ganz automatisch auf den Tisch ihrer Eltern zu. Ehe sie sich setzen konnte, sagte Eleonore: „Es ist gut, Charlotte, Du bist müde, verabschiede Dich und geh zu Bett."
Wortlos ging das Mädchen daraufhin zur Tür, grüßte mit einem Knicks in den Raum und verschwand.

Auf dem Flur konnte das Kind die Tränen nicht mehr zurückhalten, aber da umfingen es auch schon tröstlich die Arme Waltrauds, ihrer Nurse.
„Du hast wunderbar gespielt, Lotti. Ich werde Dir noch Kakao mit Schlagobers auf Dein Zimmer bringen, ist das nicht schön?"
„Gewöhnen Sie sich endlich ab, meine Tochter Lotti zu rufen, ihr Name ist Charlotte und sie hat bereits zu Abend gegessen. Außerdem ist Schlagobers schlecht für die Haut", bemerkte Eleonore, die offensichtlich der Tochter gefolgt war „und Du wirst in Zukunft mehr nach dem Metronom üben", wandte sie sich an das Kind, „Dein Gefühl für das exakte Halten des Takts lässt gelegentlich zu wünschen über."

„Ich hasse Dich", dachte Charlotte, während sie die Treppe zu ihrem Schlafzimmer hinaufstieg.
Natürlich war sie bestimmt noch nicht müde und vergeistigte sich daher im Bett noch einmal die vergange-

nen Szenen. Außerdem fürchtete sie jetzt schon, morgen vor dem Frühstück eine Reitstunde nehmen zu müssen, obwohl ihr das Sitzen auf dem hohen Rücken des Pferdes doch immer wieder diesen lähmenden Schrecken einjagte. Auch hätte sie noch gerne dabei zugesehen, wie der Tisch mit den Geburtstagsgeschenken ihres Vaters besichtigt und bewundert werden würde. Was mochte wohl in diesen geheimnisvollen Päckchen sein, die so wunderschön um die Geburtstagstorte drapiert lagen.

Als kleinen Trost empfand sie es aber, dass ihr Waltraud heimlich ein Stück Schokolade auf den Kopfpolster gelegt hatte, denn auch Schokolade zählte zu den Dingen, die nach dem Dafürhalten der Mutter schlecht für die Haut waren.

Die gute Waltraud, wie hätte Charlotte das Leben ohne sie ertragen können? Ganz im Geheimen betrachtete sie die Nurse nämlich als ihre Mutter und diese sicherlich ebenfalls verbotene Vorstellung war für sie köstlich und beruhigend zugleich.

„Lotti", pflegte Waltraud oft zu sagen, obwohl sie die strengen Erziehungsmethoden Eleonores ebenfalls missbilligte, „Du weißt noch nicht, wie es in der Welt draußen zugeht und da kannst Du wahrhaftig froh darüber sein, dass Du alles lernen kannst, was eine junge Dame braucht, um gesellschaftlich ganz oben zu sein."

Charlotte wusste zwar, dass Waltraud nur das Beste für sie wollte, aber es war absolut nicht ihr Wunsch so ganz oben zu sein, wenn sie dafür alle diese Mühen,

Entbehrungen und Lieblosigkeiten in Kauf zu nehmen hatte.

Aber vielleicht änderte sich die Situation, wenn man endlich ganz oben war, denn jetzt verlief ihr Leben so, dass es jede Woche dem gleichen Schema unterlag, welches sie ständig und quälend unter Druck hielt. Würde sie dann endlich auch frei atmen können?

Ein kaum vorstellbarer Zustand für ein Kind, dem neben dem üblichen Schulstoff außer Reit- und Klavierunterricht auch noch Ballett- und Fechtstunden sowie Tennis und das Erlernen der französischen Sprache aufgebürdet wurden.

Auch wenn Charlotte dann unangefochten das vielbewunderte Vorzeigekind im Kreise der Gesellschaft ihrer Eltern war, hatte sie ihre schönsten Stunden, wenn sie mit Waltraud allein gelassen wurde. Gott sei Dank beschäftigten die Mutter ihre vielseitigen Interessen ohnehin die überwiegende Zeit, aber den verbleibenden Rest verbrachte sie nach Charlottes Gefühl vornehmlich damit, sie zu kritisieren.

Wurde Charlotte aber gebraucht, holte man sie aus dem Talon und Mutter schwelgte im stolzen Genuss des Erfolgs der überaus begabten, wohlerzogenen Tochter als wäre es ihr eigener.

Unvermeidlich wusste sich Charlotte daher bereits als Teenager stilsicher auf dem schwierigen, gesellschaftlich anspruchsvollen Parkett zu bewegen, begleitete die Mutter meist fachkundig auf diverse Vernissagen und Konzerte und nahm ab ihrem dreizehnten Geburtstag auf Wunsch der Mutter in deren Bridge-Club an einem Kurs für Anfänger teil.

Bridge zu spielen, erwies sich dann für Charlotte als die einzige Beschäftigung, die es ihr wert erschien, erlernt zu werden. Außerdem hatte sie in ihrer gleichaltrigen Bridgepartnerin Anna-Maria auch eine Freundin gefunden, mit der sie, unter Genehmigung der Mutter natürlich, Tennis auch zum Vergnügen spielen konnte, denn selbstverständlich war Anna-Maria die Tochter eines Staatssekretärs.

Da sich auf dem Grundstück der Eltern deren privater Tennisplatz befand, gelang es dem jungen Mädchen, während der häufigen Abwesenheit seiner Mutter, Anna-Marias Freundinnen und Freunde auf den Tennisplatz oder in den Pool einzuladen.

Überaus hilfreich erwies sich dabei auch Tante Martha, die unverheiratete Schwester der Mutter, die den hinteren Teil der riesigen Villa bewohnte und den Haushalt in Abwesenheit Eleonores führte. Zwar teilte auch sie die schroffe Art ihrer Schwester und verhielt sich gefühlsmäßig gleichförmig neutral, stand aber dabei trotzdem ganz offensichtlich auf Charlottes Seite.

Was immer in Abwesenheit der Mutter im Haus geschah, Tante Martha billigte es scheinbar und verlor nie ein Wort darüber. So hatte dann die gute Waltraud auch immer wieder Gelegenheit das Mädchen zu verwöhnen oder wenigstens die strengen Anordnungen der Mutter gefahrlos ein wenig zu mildern.

Manchmal fragte sich das Mädchen allen Ernstes, ob Tante Martha auch schweigen würde, wenn sie zur

Zeugin einer, wollte man sich der Ausdrucksweise der Mutter bedienen, ganz schlimmen Tat würde, die Charlotte vielleicht beging. Was allerdings mit einer schlimmen Tat gemeint war, hatte noch nie jemand hinterfragt, möglicherweise kam auch das Verspeisen von Schokolade und Schlagobers in Massen dafür in Frage.

Jedoch auf diesen doch immerhin erträglichen Bahnen lief das Leben für Charlotte nur noch knappe drei Jahre, dann wurde Tante Martha nach einem Sturz über die Altarstufen der prächtigen, nahen Gnadenkirche bettlägerig, weigerte sich aber in der Folge überhaupt wieder aufzustehen und erst recht zu gehen. Es dauerte dann nur noch ein knappes Jahr, dann fiel sie nach einem Schlagfall anlässlich einer Thrombose im rechten Bein ins Koma und wachte nicht mehr auf.

Charlotte war untröstlich. Unter den Augen der Mutter war es auch mit den heimlich genossenen Freuden eines Teenagers vorbei, da Eleonore eine Hausdame angestellt hatte, die, allem Anschein nach, die Karriere einer Gefängniswärterin zugunsten der Stellung bei Aschenbrenners aufgegeben hatte.

Nach Tante Marthas Beerdigung fand im Hause Aschenbrenner ein exorbitanter Empfang für die zahlreich erschienenen Trauergäste statt. Eleonore hatte eine ganze Woche darauf verwandt, die Gästeliste aufzustellen, die standesgemäße Unterbringung der auswärtigen Trauergäste in den Hotels zu sichern und ein dem Status der Gäste entsprechendes Catering zu organisieren.

Die Dekoration der Räumlichkeiten hatte eine Gärtnerei übernommen, die sich dabei selbst übertroffen hatte. Ein Meer weißer Rosen war mit Tante Marthas geliebten, bunten Trollblumen gemischt worden und die gesamte Ausstattung an den Tischen fügte sich nahtlos in das überaus vornehme Dekor.

Waltraud und die Hausdame schufteten bereits ab dem frühen Morgen für den ordnungsgemäßen Ablauf der Dinge und hatten dann unter dem Diktat Eleonores beim Empfang der Gäste im Haus behilflich zu sein.

Charlotte war inzwischen, wie meistens, auf ihr Zimmer geschickt worden, um nicht zu stören.

„Geh in Dein Zimmer und bereite Dich darauf vor, den Gästen Tante Marthas Lieblingslied fehlerlos vorzutragen. Und denk daran, halte Dich gerade und zieh nicht den Kopf ein, das sieht so verwachsen aus."

Damit war Charlotte entlassen.

Langsam stieg sie die Treppe hinauf und das war gut so. Sie wollte niemanden sehen, keinen Menschen, jedenfalls solange dies noch möglich war.

Ob Tante Martha der ganze Rummel recht gewesen wäre? Sie hatte nie Emotionen gezeigt und es war daher fraglich, ob sie für diese exaltierte Vortäuschung von Gefühlen Verständnis gehabt hätte. Fromm dürfte sie gewesen sein, vermutete das Mädchen, es gab zwar keine handfesten Beweise, aber ihre Haltung hatte sich bei Begegnungen mit dem Glauben, im Gegen-

satz zu der seiner Eltern, immer irgendwie echt ange-
fühlt.

Charlotte erinnerte sich nicht, jemals im Zimmer der
Tante gewesen zu sein, doch jetzt hatte sie plötzlich
das unbestimmte Bedürfnis, der Verstorbenen im Tod
näher zu sein, als sie es im Leben je gewesen war und
da die anderen alle Hände voll zu tun hatten, durfte sie
es auch wagen.
Sie ging also an ihrem eigenen Zimmer vorbei in den
hinteren Teil des Hauses, öffnete das Schlafzimmer
Tante Marthas und trat ein. Dieses Zimmer war sicherlich der intimste Bereich ihres Lebens gewesen und
nur hier musste die Seele der Tante irgendwo geblieben sein, wie ein anmutiger kleiner Schelm, den sie zu
Lebzeiten gut verborgen in ihrem Herzen getragen hatte.
Charlotte sah sich um. Alles war ordentlich und sauber, wie neu und ungebraucht und in seiner Schlicht-
heit einer Klosterzelle nicht unähnlich. Ein Bücherregal
an der Wand über dem Bett, gefüllt mit Sachbüchern,
wissenschaftlichen Werken und Reiseberichten stellte
den einzigen Hinweis auf den Wunsch nach Unterhaltung dar.
Charlotte sah verständnislos darüber hinweg, doch
dann hakte sich ihr Blick an einem Buch fest. Hier
standen Rainer Maria Rilkes gesammelte Gedichte
zwischen gleichgültigen, unpersönlichen Bänden mit
ebenso gleichgültigen, unpersönlichen Inhalten.

Automatisch griff sie danach. Dies musste die Lieblingslektüre der Verstorbenen gewesen sein, in ständiger Bereitschaft und genau über dem Kopf der Liegenden platziert, nur ein Griff nach oben war notwendig gewesen.

Sie durchblätterte den Wälzer und seine Seiten flatterten wie ein Fächer durch Charlottes Finger. Kein Lesezeichen, kein Eselsohr hätten bezeugt, dass vom Inhalt des Buches je Gebrauch gemacht worden wäre. Eine leise Enttäuschung bemächtigte sich der jungen Frau und sie schickte sich an, das Buch wieder zurückzustellen. Beinahe hätte sie es übersehen, aber da es im Zimmer noch hell war, nahm sie durch die Lücke den Stapel schwarzer Bücher hinter der sauber geordneten ersten Reihe wahr. Automatisch griff sie danach. Der erste Blick ließ sie sofort erkennen, was sie gefunden hatte, die Tagebücher Tante Marthas.

Vielleicht war dies nun eine von Mutter als wirklich schlimme Tat bezeichnete Handlung, aber sie nahm die Bücher an sich, stellte Rilke zurück und flüchtete in ihr Zimmer.

Jetzt hieß es vorsichtig sein, doch schnell hatte sie die Lösung gefunden. Sie holte aus ihrem Schreibtisch einige Bucheinbände, stülpte sie, wie sie es sonst mit ihren Schulbüchern tat, über jedes Tagebuch und legte diese zwischen die anderen Utensilien.

Mit welchem Recht, fragte sie sich, sollten diejenigen, die an der Lebenden uninteressiert gewesen waren, jetzt in Tante Marthas geheimsten Gefühlen herumstochern, sich womöglich darüber auch noch frivol erheitern?

Nein, wenn es jemanden gab, der mit Tante Martha noch eine nähere Beziehung aufbauen durfte, so war sie, Charlotte, die einzige, der dies zustand.

Als man sie dann rief und wiederum vorführte, war es das erste Mal, dass sie weder Angst hatte, noch war ihr übel geworden.

Selbstsicher hatte Charlotte Platz genommen, vergaß Familie und Publikum, nur noch darauf konzentriert Tante Marthas letzten Wunsch zu erfüllen. Sie beide waren sich plötzlich so vollkommen nah und die Gewalt, mit der die junge Frau dem Instrument ihre Botschaft entriss, ließ den Zuhörern den Atem stocken: „Die Himmel rühmen des Ewigen Ehre!"

Es dauerte einige Sekunden bis sich die Gäste aus der Betäubung gelöst hatten, dann kam nur noch donnernder Applaus.

Charlotte hatte sich, mit Billigung der Mutter, früh zurückgezogen. Sie bereitete sich auf eine lange Nacht vor und holte rasch, da noch unbemerkt, vom Schreibtisch Tante Marthas die kostbare jüdische Menora, schloss ihre eigene Zimmertür ab und vertiefte sich im Schein des siebenarmigen Leuchters in die Tagebücher der Verstorbenen.

„Sechs Arme sollen von dem Leuchter nach beiden Seiten ausgehen", hatte die Tante für Charlotte die alttestamentarische Anordnung zitiert, als sie die Antiqui-

tät seinerzeit erwarb, „aber vergiss nie, Kind, der Sockel ist es, der das Leben bestimmt."
Langsam tat sich der Sinn dieser Worte für Charlotte auf.

-----

Weitere drei Wochen später kam eine Benachrichtigung durch ein Notariat, die das Ehepaar Aschenbrenner und Charlotte zur Testamentseröffnung nach der Erblasserin Martha Daun einlud.
Das Testament war kurz und notariell abgefasst, sodass die Verlesung und die formgerechte Abhandlung sehr kurz ausfielen. Martha Daun hatte mit wenigen Worten Charlotte als Haupterbin eingesetzt. Der halbe Teil des Hauses, den Tante Martha bewohnt hatte, und das Anteilsrecht am gemeinsamen Grund ging auf die Schwester der Erblasserin, Eleonore Aschenbrenner-Daun, über, das Vermögen der Tante fiel an Charlotte. Würde die Erblasserin sterben, bevor Charlotte achtzehn Jahre alt war, sollten dieser ab dem Tag, an dem sie das achtzehnte Lebensjahr vollendet hatte, monatlich tausendfünfhundert Euro zur freien Verfügung überwiesen werden. Sollte Charlotte aber heiraten, spätestens jedoch an ihrem fünfundzwanzigsten Geburtstag, bekam sie die volle Verfügungsgewalt über ihr gesamtes Erbe. Bis dahin wurde Martha Dauns Anwalt, Dr. H. Lenzenweger, zum Treuhänder des Vermögens bestellt.

Zur großen Überraschung des Mädchens handelte es sich bei der Erbschaft um ein beträchtliches Konglomerat aus Aktien, Liegenschaften und Bargeld. Martha hatte offensichtlich ihr seinerzeitiges, eigenes und nicht unbeachtliches, elterliches Erbe aus dem Verkauf einer Firma für Flugzeugbau geschickt verwaltet und es dann noch enorm vergrößert.

Hätten Charlottes Eltern möglicherweise etwas an der Teilung der Verlassenschaft mit der Tochter einzuwenden gehabt, so taten sie es jedenfalls nicht vor deren Augen.

Nun war die junge Frau zwar reich, konnte aber zurzeit nicht an das Vermögen herankommen und war weiterhin ihrer Mutter ausgeliefert. Dafür hasste sie diese noch tiefer.

Auch der Vater, herzkrank und unnahbar gegen jedermann, schien Charlotte jetzt noch etwas verhaltener zu betrachten, nur war das Mädchen ohnedies daran gewöhnt, nichts zu hinterfragen, sondern einfach zu tun, was man von ihm verlangte. Dadurch kam dann den Nuancen des väterlichen Verhaltens bei Charlotte auch keinerlei Bedeutung zu.

Da Charlotte nun schon in einem Alter war, in dem eine Nurse eigentlich überflüssig war, hätte es unter normalen Umständen ziemlich nahe gelegen, dass man Waltraud gekündigt hätte. Dass es dann doch nicht geschah, hatte sicherlich damit zu tun, dass Eleonore Charlotte nie unbeaufsichtigt lassen wollte.

Für das Mädchen selbst konnte Waltraud, außer Zuneigung zu geben, kaum etwas tun, denn die neue

Hausdame kontrollierte, ebenso wie die Mutter, alles und jeden scharf und unnachsichtig.

Tante Martha war, als Schwester der Mutter, leider die einzige Respektsperson gewesen, die ein wenig Freiheit garantieren konnte und jeden Abend las Charlotte nun immer wieder in den Tagebüchern Tante Marthas. Dabei hatte sie nur noch den Zeitpunkt ihrer Selbständigkeit vor dem geistigen Auge, konnte aber trotzdem nicht leugnen, dass eine leise Angst über ihre Seele kroch. Würde sie, die nie eine eigene Entscheidung getroffen hatte, überhaupt in der Lage sein, selbstbestimmt zu leben?

Eine Frage, mit der sich Charlotte aber nicht groß zu beschäftigen brauchte, denn offenbar hatte eine höhere Macht beschlossen, jede kleinste Bestrebung, dem familiären Joch zu entkommen, zu vereiteln.

Bereits am nächsten Samstag, dem Hochzeitstag ihrer Eltern, wartete eine böse Überraschung auf das Mädchen als es aus der Tür seines Zimmers trat, um zum Frühstück zu gehen, wobei sie mit der Haushälterin Hilde Maier, die zugleich mit ihr aus dem oberen Stockwerk kam, zusammentraf. Offenbar war dies der Beginn ihrer Überprüfungstätigkeit in Bezug auf Charlotte.

Der Gruß erfolgte kurz und frostig, dann begaben sie sich nach unten. Plötzlich stutzten beide.

Über den geschnitzten Handlauf der Stiege hinweg sahen sie hinunter in das Entree und auf das zweite ausladende Treppenpodest des großen alten Bürgerhauses.

Inmitten von Geschirr und Speisen lag eine bewegungslose weibliche Gestalt. Charlotte war zuerst unten und sah nun fassungslos, dass es sich um Waltraud handelte, die hier auf dem Boden lag.

Hilde Maier beugte sich nieder und fühlte den Puls der Verunglückten.

„Tot", sagte sie nur.

„Waltraud", rief Charlotte verzweifelt und sank neben der verkrümmten Gestalt zu Boden. Hier kam jede Hilfe zu spät, der geliebte Engel ihrer Kindheit war mit einem Frühstückstablett vermutlich rücklings in den Tod gestürzt.

Aber wieso war Waltraud denn überhaupt mit dem Tablett unterwegs gewesen?

Es gab auch am Morgen, wie bei allen anderen Dingen, ein festes Ritual. Die Eltern und Charlotte kamen um sieben Uhr in das Frühstückszimmer, in dem dann die notwendigen mageren Utensilien auf dem großen alten Sideboard aus Mahagoni bereitgestellt waren. Eleonore bestand auf gesunde, leichte Kost. Sie selbst nahm immer nur zart gebutterten Toast zum ungezuckerten, schwarzen Kaffee.

Charlotte sprang auf und lief in die Küche, aber das Hausmädchen war nirgendswo zu sehen.

Aber egal, hier musste sofort gehandelt werden, zum Teufel mit der Etikette. Rasch lief sie in die nächste Etage, den Flur entlang und riss die Tür zum Schlaf-

zimmer ihrer Mutter auf. „Mutter", stammelte sie, „Waltraud liegt tot im Flur, sie ist von der Treppe gestürzt."
„Hast Du nicht vergessen anzuklopfen?", kam die manierierte Stimme Eleonores vom Bett her.
Jetzt hasste Charlotte sie tödlich.

Hilde Maier übernahm es nun, die Polizei zu verständigen und zwanzig Minuten später trafen die Beamten ein. Obwohl dieser Todesfall primär auf einen Unfall schließen ließ, verständigte der erste der Polizisten die Kriminalpolizei.

Jetzt klärte sich auch, warum Waltraud mit dem Frühstückstablett nach oben gegangen war. Eleonore Aschenbrenner hatte sich am Morgen das Frühstück auf das Zimmer bestellt, da sie sich zur Feier des Hochzeitstages mehr Zeit für die Toilette nehmen wollte, während das Hausmädchen mit Armin Aschenbrenner das Geschenk für die Gattin, einen neuen Sattel und Reitstiefel nach Maß, ins Haus transportierte. Also hatte es Waltraud übernommen, das Frühstück auf Eleonores Zimmer zu bringen.
Auf einer der oberen Stufen dürfte sie dann gestolpert und rittlings hinuntergefallen sein. Da der Teppich, der die Treppenstufen bedeckte, genügend gesichert schien, wurde ermittelt, ob Waltraud aus gesundheitlichen Gründen die Balance verloren haben könnte.
Eine Obduktion hatte aber keine wie immer geartete gesundheitliche Beeinträchtigung bei ihr feststellen können, allerdings wies die Leiche auch einen Knö-

chelbruch am linken Fuß auf, der zusammen mit den übrigen Verletzungen untypisch für den Sturz war, und über dem Gelenk der großen und zweiten Zehe hatte sich ein Hämatom gebildet. Sie musste also irgendwo mit dem Fuß hängengeblieben sein, auch dann, wenn Waltraud gestoßen worden wäre.

Die Möglichkeit eines gewaltsamen Akts schien hier jedoch unsicher, da nicht vorauszusehen gewesen war, dass Eleonore beabsichtigte, das Frühstück an diesem Tag auf das Zimmer zu bestellen, genauso wenig wie die Tatsache, dass das Küchenmädchen eben zu diesem Zeitpunkt mit dem Gatten Eleonores das Haus verlassen würde.

Die Haushälterin und Charlotte hatten beinahe zur gleichen Zeit ihre Zimmer im zweiten bzw. ersten Stock verlassen, sodass sie zusammen die Treppe hinabgingen. Außerdem befand sich dieser Aufgang im gegenüberliegenden Teil des Hauses, also hätten beide, rein faktisch gesehen, keine Möglichkeit gehabt, ungesehen auf den gegenüberliegenden Treppenabsatz zu gelangen, Waltraud hinunterzustoßen und ungesehen wieder zurückzukommen.

Dass nun der Tod von Charlottes Lebensmenschen als Unfall qualifiziert wurde, lag dem Ermittler zwar schwer im Magen, da ihm sein Bauchgefühl deutlich sagte, dass hier jemand nachgeholfen hatte, doch gelang es ihm nicht, dies auch zu beweisen.

-----

Ab sofort übernahm nun die Hausdame die Aufgabe, Charlotte Tag und Nacht zu bespitzeln und noch konnte das Mädchen nichts dagegen tun, denn es fehlte noch ein Jahr bis zu seinem achtzehnten Geburtstag, dem Tag der Großjährigkeit.

Zu dem Schmerz, den Charlotte erlitt, als sie die beiden einzigen Personen verloren hatte, die ihr nahestanden, kam nun auch die Angst.

Denn auch sie hatte ein Geheimnis und ein schreckliches noch dazu. Die Tagebücher Tante Marthas hatten ihr nämlich die Augen geöffnet und Charlotte war plötzlich auf die wahre Tragödie ihres Lebens gestoßen, die ihr anscheinend erklärte, warum ihr so grausam mitgespielt wurde. Die Tante hatte alles in ihrer exakten, klaren Handschrift niedergelegt und dokumentiert.

Das Ehepaar Aschenbrenner lebte stets in besten Verhältnissen. Die vom Vater Armins ererbte Bank, als auch die Hinterlassenschaft von Eleonores Eltern sicherten den beiden ihren von Anfang an gewohnten, großbürgerlichen Lebensstil, jedoch war es Eleonore nicht vergönnt gewesen, ein eigenes Kind zu bekommen, aber die traditionsreiche Familie musste einfach weiter existent bleiben. Zudem musste Mag. Armin Aschenbrenner seiner sich steigernden Herzbeschwerden wegen laufend in Behandlung stehen, wodurch sein Bedürfnis nach dem raschen Eintreffen eines Nachwuchses noch weitaus dringlicher geworden war. Aber keine Behandlung hatte angeschlagen und die Adoption eines Kindes kam allein schon aus Repräsentationsgründen nicht in Frage, doch dann fand Eleonore unerwartete Hilfe vom Schicksal selbst.

Die knapp vierzehnjährige Tochter eines gesellschaftlich nicht unbedeutenden Ehepaares war zu einem Zeitpunkt schwanger geworden, in dem der Vater des Mädchens im Wahlkampf um ein politisches Amt stand und alles eher gebrauchen konnte als einen Skandal, denn dieser mochte schon vor dem Beginn einer öffentlichen Karriere bereits deren Ende bedeuten. Dies galt gleichzeitig auch für das Ansehen der Familie in der Gesellschaft.

Damit war nun die einmalige Chance für die beiden Aschenbrenners gekommen, ohne die peinliche Prozedur einer Adoption samt Wartezeiten und ohne Formalitäten, zur Fortführung des Namens und der Bank ein Kind zu gewinnen.

Und man arrangierte sich. Der Name der jungen Mutter und der ihrer Eltern waren der Familie Aschenbrenner unbekannt und das gleiche galt auch umgekehrt, aber leider hatte Tante Martha nicht einmal ihrem Tagebuch anvertraut, um wen es sich bei der leiblichen Mutter Charlottes gehandelt hatte.

Eleonore war überglücklich, denn nun konnte sie endlich gefahrlos eine Schwangerschaft vortäuschen und da ihre Gesundheit durch diesen Zustand als schwer angeschlagen galt, kehrte sie erst nach einigen Monaten von einem Sanatoriumsaufenthalt in der Schweiz mit ihrem neugeborenen Töchterchen nach Salzburg zurück. Die nötigen Papiere zu bekommen, bedeutete in diesen illustren Kreisen offensichtlich kein Problem und Geld spielte ebenfalls keine Rolle.

Vermittlerin der gesamten Transaktion war Eleonores Schwester Martha gewesen, die auch das einzige Verbindungsglied zwischen den beiden Familien darstellte.

Sie hatte seinerzeit durch eine ihrer Freundinnen, der Großmutter des schwangeren Mädchens, von der leidigen Sache erfahren und da Martha eine militante Gegnerin der Abtreibung war, weigerte sie sich zuzulassen, dass derartiges mit diesem noch halben Kind angestellt werden sollte, außerdem war mit der angestrebten Konstellation gleichzeitig allen Beteiligten geholfen.

Auch der Vater Charlottes wurde in Tante Marthas Tagebuch nicht genannt. Ein bedeutungsloser Bursche vermutlich, dessen Name es jedenfalls nicht wert gewesen war, in diesen Aufzeichnungen genannt zu werden.

Nun hatte zwar Martha Daun durch ihr Testament Charlotte für die Zukunft materiell ausreichend abgesichert, trotzdem war die junge Frau noch an das Haus ihrer offiziellen Eltern gekettet, zumindest bis sie achtzehn Jahre alt sein würde und die monatliche Unterstützung aus dem Erbe bekäme. Aber, wer wusste denn schon, ob sie vor dem Ende eines Studiums überhaupt in der Lage wäre, den Haushalt der Aschenbrenners zu verlassen.

Vorsorglich hatte sie den Eltern natürlich verschwiegen, dass sie jetzt im Besitz der Tagebücher Tante Marthas war und damit ihren wahren eigenen Status kannte. Sie schützte sich durch Schweigen einfach vor allem, zu dem sie sonst hätte Stellung nehmen müssen. Schließlich fehlte ihr trotz bester Bildung und erstklassiger Manieren die Kenntnis, wie man mit den Widrigkeiten des täglichen Lebens umging, und sie zitterte innerlich vor Angst und Unsicherheit, wenn sie daran dachte, plötzlich ganz allein auf sich gestellt zu sein.

Überaus beängstigend kam ihr jetzt auch zu Bewusstsein, dass sie ja nicht nur ein Vermögen geerbt hatte, sondern damit für das Ehepaar Aschenbrenner zu einer Person geworden war, die zwischen ihnen und einer Erbschaft stand, für die sich Eleonore als Schwester Marthas sicherlich als allein zuständig betrachtete. Konnte nicht jetzt auch sie selbst, die, wie sie inzwischen wusste, nicht das leibliche Kind Eleonores war, für diese zu einem überaus lästigen Übel geworden sein? Wer würde denn das Vermögen erben, wenn sie selbst ums Leben käme? Natürlich die Eltern, folgerte sie.

Welcher Weg musste also eingeschlagen werden? Vorläufig war es wichtig, entschied sie, das Ganze erst einmal reiflich zu überdenken und sich vor allem inzwischen nicht selbst zu verraten.

-----

Als Mag. Armin Aschenbrenner von einem kurzen Klinikaufenthalt auf der Station Dr. Iris Adlers nach Hause durfte, beschloss Eleonore eine private Bridge-Einladung in ihrem Haus zu geben und sich damit auch bei Iris für die unbezahlbare Hilfe in Armin Aschenbrenners Leben erkenntlich zu zeigen. Eigentlich war es in Wirklichkeit Iris und ihrer Fachkenntnis zu verdanken, dass Armin sich bis jetzt noch keiner Operation unterziehen musste.

Eleonore hatte bewusst die Spieler aus ihrem Bridge-Club eingeladen und war natürlich sehr stolz auf ihren Besitz, besonders jetzt, wo er sich nach dem Tod der Schwester um deren repräsentativen rechten Flügel des Hauses und den Rest des herrlichen Gartens vergrößert hatte. Natürlich würde sie alles im richtigen Licht präsentieren.

Hochmütig betrachtete sie bei jeder Gelegenheit das einst wesentlich schlichter gehaltene Elternhaus, das sie und ihre Schwester Martha zu einer so prächtigen Anlage vervollständigt hatten, nachdem Vater und Mutter im Nebel bei einem Flugunfall mit ihrer privaten Maschine, die Vater selbst pilotierte, ums Leben gekommen waren.

Sie hatte alles erreicht, was sie gewollt hatte, war an dem ihr zustehenden Platz angekommen, sagte sie sich immer wieder. Sie war reich und noch immer schön, hatte eine überaus begabte Tochter, die für sie die Krönung ihres Lebens war, die Bank lief glänzend, nur eines blieb noch zu tun. Sie musste zusehen, dass Charlotte auch die richtige Wahl traf, wenn es um die Ehe ging. Nach Eleonores Geschmack wäre da beispielsweise Nikodemus von Haugsdorf, der Neffe Huberts von Haugsdorf, dem Präsidenten ihres Bridge-Clubs, gewesen.

Nikodemus, Jurist, jedoch ohne diesbezügliche Interessen, betrieb mit Erfolg einen hochpreisigen Immobilien-, Mobilien- und Kunsthandel, der vorwiegend den Markt im Nahen Osten bediente, insbesondere den der Vereinigten Arabischen Emirate. Da nun Hubert von Haugsdorf aber stets unverheiratet und kinderlos geblieben war, würde Nikodemus später auch sein einziger Nachfolger und damit Erbe seines Vermögens sein.

Noch hatte sich, wie die sichere Nachrichtenübermittlung dieser Kreise verlautete, der Neffe nicht fest gebunden und so war es selbstredend für Eleonore höchste Zeit, das Eisen zu schmieden, solange es heiß war.

Niko, wie er in Freundeskreisen gerufen wurde, war zum Glück auch ein vorzüglicher Bridgespieler und fand sich, sofern er sich nicht irgendwo in der Weltgeschichte herumtrieb, viele Montage zum abendlichen Bridge-Turnier im Club ein. Dass er ausgerechnet einen Tag vor demjenigen, den Eleonore für die Einladung vorgesehen hatte, mit seinem Geschäftspartner Mag. Giorgio di Angelo aus Bozen zurückgekommen war und daher auf ihre Einladung hin zusagte, klang wie Sphärenmusik in ihren Ohren. Giorgio de Angelo lud sie ebenfalls gleich mit ein. Sie wäre aber auch bereit gewesen, andernfalls die Einladung terminmäßig zu verschieben.

-----

Die Einladung zum Bridge bei Familie Aschenbrenner war bereits vom Wetter her von Erfolg gekrönt. Sonnenschein und blauer Himmel brachten gute Laune, doch hielt sich die Temperatur in so angenehmen Grenzen, dass man sich im Garten ohne hochsommerliche Hitze aufhalten konnte und was auch immer sich im Besitz der Familie befand, wurde für diesen Besuch aufs Beste herausgeputzt.

Da der von Martha Daun hinterlassene weitläufige Garten ebenfalls über eine Terrasse verfügte, war dieser Teil der Anlage für das Bridge-Turnier gerüstet worden, aber der Empfang mit Champagner und Kaviar fand, wie gewöhnlich, auf dem mit kunstvoll bearbeiteten Granitplatten durchsetzten Rasen an der Vorderseite der Villa statt.

Hubert von Haugsdorf traf zeitgleich mit Iris und Joschi Bernauer ein, wobei der muntere Präsident des Bridge-Clubs sofort lautstark feststellte, es würde sich um ein Jahrhunterereignis handeln, dass Bernauer ohne dienstlichen Zwischenfall sogar pünktlich ankäme, und Iris, meinte er schalkhaft, dürfte es zum ersten Mal misslungen sein, Joschi vom richtigen Weg abzubringen.

Hier ging es allerdings nicht um sittliche Dinge, sondern um eine Eigenschaft, die bei der immer perfekt funktionierenden Iris nahezu unmöglich schien. Obwohl sie selbst ganz genau wusste, dass ihr Orientierungssinn jämmerlich war, versuchte sie doch ständig, Bernauer, oder wer auch immer am Steuer saß, mit Überzeugungskraft in die falsche Richtung zu lenken und dies hatte ihren ahnungslosen Opfern immerhin schon genügend vertane Zeit sowie beträchtliche Leerkilometer gekostet.

Kurz darauf trafen dann Dr. Sigmund Spiegelberg und seine bezaubernde Gattin Verena ein, dicht gefolgt von Nikodemus von Haugsdorf und Giorgio di Angelo.

Gleich darauf erhob Verena das Champagnerglas, wobei sie und Charlotte sich gegenseitig amüsiert betrachteten.

Verena, im schwarzen Seidenoverall, fasste blitzschnell nach ihrem ebenfalls schwarzen Strohhut und schleuderte ihn auf einen Stuhl.

„Jetzt sind wir perfekt, Charlotte", grinste sie, „Du und ich beim Schaulaufen für Hugo Boss! Wo hast Du denn Deinen Jumpsuit gekauft?"

„In der Getreidegasse, und Du?"

„In Mailand, aber es ist eindeutig das gleiche Modell."

„Du wirst es nicht glauben", wandte sich nun Eleonore an Verena, „auch ich hatte heute bereits ein ähnliches Erlebnis. Zu diesem Kleid", sie wies an sich hinunter, „habe ich mich erst kurzfristig entschlossen, als Charlotte herunterkam, und wie es jetzt aussieht, wären wir zu dritt kleidsam in schwarz und in einem ähnlichen Modell erschienen."

Niko grinste maliziös.

„Tatsächlich, eine ungeheuer pikante Situation. Gibt es besseres, als einen Tag in den Armen dreier Göttinnen zu verbringen, die nicht zu unterscheiden sind. Erfreulicherweise könnte man dann auch niemals der Untreue bezichtigt werden."

„Immer auf der Jagd, Du unverbesserlicher Casanova", kommentierte Hubert Haugsdorf Nikos flapsigen Spruch und orakelte dann wie üblich: „Eines Tages wirst Du ein ebenso grauer Hagestolz sein wie ich. Dann ist es aus, mein Junge, Schluss mit lustig!"

Doch Prophezeiungen interessierten Niko noch weniger als unerwartete Liebeserklärungen.

„Keep cool, alter Mann! Du, ein namhafter Freund pompöser Auftritte und schöner Frauen, warum plötzlich so genügsam?", alberte er.

„Und verflixt ungestüm seid Ihr auch geworden, Ihr jungen Leute", schüttelte Haugsdorf bewundernd den Kopf, „und waghalsig, da könnte glatt schnell sonst was passieren."

Liebevoll tätschelte er Charlottes Bäckchen.

„Ein Verehrer könnte beispielsweise Deinen Favoriten zum Duell herausfordern."

Er schien kurz in der Vergangenheit zu grübeln, befühlte seine Narbe vor dem rechten Ohr und erklärte dann sichtlich angeekelt: „Dabei habe ich geschröpfte Gesichter oder abgesäbelte Ohren immer verabscheut."

„Wie traurig", gab Charlotte amüsiert zurück, „gerade den Erwerb abgesäbelter Ohren genieße ich immer wieder. Sie haben alle ihren eigenen Charakter."

Diese Antwort schien Niko zu imponieren.

Er schnalzte anerkennend mit Daumen und Mittelfinger: „Charlottchen, die Killer Queen? Welch' ein Weib erblüht uns da?"

Aber Giorgio, weniger an Killerfragen interessiert als an der reibungslosen Getränkezulieferung, winkte ungerührt einen der Burschen mit dem vollen Tablett zu sich.

„Und was halten Sie davon, sich zu duellieren?", zog Charlotte den bisher schweigenden Gast ins Gespräch.

Er schnitt eine hochmütige Grimasse.

„Merkwürdige Frage, es handelt sich hier schließlich um mein tägliches Brot", näselte er.

„Tatsächlich? Was sind Sie denn dann von Beruf?", fragte sie neugierig.

„Hauptdarsteller in Mantel- und Degenfilmen."

Im Club hatte sie ihn gerade zwei- oder dreimal als Gast gesehen und hatte kaum ein Wort mit ihm gewechselt, aber für einen Schauspieler hatte sie ihn nicht gehalten.

Seltsam, er wirkte zwar nicht ungesellig, sprach man ihn aber an, wurde er offensichtlich drollig. Auch gut.

Sie legte also ein bewunderndes Lächeln ins Gesicht.

„Ich erkannte es sofort, als ich Sie sah."

„Was erkannten Sie sofort?"

„Dass Sie genau der niedliche, süße Typ für Spitzen, Rüschenblüschen und weiße Täubchen auf den Schultern sind."

Di Angelo verschlug es die Sprache.

„Oh ja, so ist er, ganz zauberhaft", mischte sich Niko ein, „nur sein Degen ist ein wenig kraftlos."

„Mach Dein Problem nicht zu meinem, Adelsspross", sagte di Angelo seelenruhig, „ich denk da nur an die vielen Abende, wo Du wegen dummen Versagens schmerzlich in die Kissen geweint hast."

„Was nimmst Du?", flüsterte Anna-Maria Charlotte zu, „Rüschenhemd oder schwächelnden Adel?"

„Ein anständiges Mädchen wie ich", spöttelte Charlotte leise, „weint nicht mit einem Mann in die Kissen."

Anna-Maria biss sich vergnügt auf die Unterlippe und flüsterte: „Ich denke auch, dass sich ein vernünftiges Mädchen zuerst um seinen Degen kümmert."

Inzwischen war auch der Rest der Gäste eingetroffen und man begab sich in den hinteren Teil des parkähnlichen Gartens, um an den Spieltischen Platz zu nehmen.

Im Grunde genommen wurden bei derartigen Einladungen die Partner zusammengelost, doch bestand Eleonore in diesem besonderen Fall darauf, dass Iris und Armin Aschenbrenner Partner sein sollten, denn, so meinte sie in Anspielung auf die Patienten-Arztsituation der beiden: „Never change a winning team."

Daraufhin regte Niko sofort an, eine Symphonie in Schwarz aus Charlotte und Verena zu bilden und Hubert von Haugsdorf bat Eleonore um die Ehre einer Partnerschaft.

Di Angelo, froh, dass er durch die strikte Einteilung einer weiteren Diskussion um Spitzen und Rüschen entkommen war, sicherte sich blitzschnell die wohltuende Ruhe ausstrahlende Anna-Maria als Partnerin.

„Und Recht muss Recht bleiben", bestimmte Haugsdorf dann mit der Gewichtung seiner Präsidentenstimme, „lassen wir also Joschi und Niko aufeinander los."

Natürlich wurde daraufhin beschlossen, die beiden Juristen gemeinsam ins Rennen zu schicken. Sigmund Spiegelberg nahm sich seiner ständigen Partnerin aus dem Club an, die zwar eine erfahrene und sichere Spielerin war, aber ihrer scharfen Zunge wegen immer etwas in Schach gehalten werden musste, sollte der Frieden einer Gemeinschaft gewahrt bleiben. Da es sich dann gerade so anbot, traten die restlichen Spieler als gemischte Paare an.

Auch wenn es sich hier lediglich um ein privates Bridge-Turnier handelte, verfielen doch mehrere Spieler beinahe umgehend in einen Zustand gespannter Aufmerksamkeit, was leicht dazu führen konnte, dass auch der Beste nicht in Frieden spielen konnte, wenn es dem bösen Partner nicht gefiel. Also gab Eleonore vorsichtig, zur Lockerung der Gemüter, dem Personal den Auftrag, dass ständig eine Tortenplatte, Brötchen und Getränke zur Verfügung stehen müssten. Ein wenig Ablenkung konnte nie schaden.

Niko Haugsdorf und Bernauer bildeten eine glanzvolle Partnerschaft, aber Niko hatte zusätzlich auch einen besonderen Unterhaltungswert, er war der geborene Taschenspieler. Unvermutet ließ er zwischendurch die aufgefächerten Karten geschickt aus der Hand gleiten, fing sie aber mit einer schnellen Bewegung wieder auf und vollführte beinahe unsichtbar eine komplette Drehung der lose scheinenden Karten. Ein Zauberkunststück, durch welches die Gegner meist erfolgreich abgelenkt und aus der Konzentration gebracht wurden.
Wenn Niko sich also mit einem Ellbogen auf den Spieltisch stützte, wusste Bernauer bereits, dass ein weiterer Trick unmittelbar folgen würde, aber ebenso gut wie mit den Karten kam der Mann mit jenen Spielern zurecht, die einer gewissen konversationsmäßigen Verrenkung bedurften.

Abgesehen von der Tatsache, dass sich Hubert von Haugsdorf, der während einer kurzen Pause seine Torte essen wollte, irrtümlich vollgewichtig auf Verenas Hut niedergelassen hatte, welcher dies leider nicht überlebte, Iris sich im weitläufigen Haus verirrte, als sie zwischendurch kurz den Spieltisch verließ und von Charlotte gesucht und letztlich auch gefunden wurde und eine der Damen ihr neckisches, effektvolles Haarteil unglücklicherweise zugleich mit dem sündteuren

Schal von Hermes abnahm, verliefen der Nachmittag und das Spiel in Begeisterung und vollster Harmonie.

Dann warf der Computer bereits seine Ergebnisliste aus. Unangefochten, mit größerem Abstand, hatten sich Joschi Bernauer und Niko Haugsdorf den Sieg erkämpft, gefolgt von Charlotte und Verena. Auf dem dritten Platz waren Eleonore und Hubert Haugsdorf, ex aequo mit di Angelo und Anna-Maria, immer noch bei beachtlichen fünfundfünfzig Prozent gelandet. Zur Siegerehrung überreichte der Hausherr jeder der drei Damen publikumswirksam einen herrlichen Orchideen-zweig. Die Herren waren mit ihrer Siegerprämie Highland Park Single Malt sicher zufriedener als mit der eines Blumengrußes.

Bevor man aber zu Tisch gebeten wurde, bestand noch die Möglichkeit, den weitläufigen Park, der zu-sammen mit der Hinterlassenschaft Tante Marthas beinahe die Fläche von einem Hektar hatte und zu dem auch ein Irrgarten und ein Schwimmteich gehör-ten, zu besichtigen.
Iris hatte gebeten, das Haus ansehen zu dürfen und Bernauer und einige andere Gäste schlossen sich der Führung an. Geradezu majestätisch schritt Eleonore voraus und gab immer wieder Erklärungen ab, wo und wieso sie mit der Zeit Änderungen an ihrem Elternhaus vorgenommen hatte.

Schließlich blieb Bernauer aber unbemerkt im ersten Stock zurück, da ihn ein offenbar interesselos übergangenes Zimmer besonders faszinierte.

Das große Fenster, mit Blick auf den Kiesweg darunter und über den Irrgarten hin, schmückten keine Vorhänge und auch der Raum selbst war bis auf den prächtigen Bechsteinflügel und einen Holzstuhl vollkommen leer. Auf dem Klavier thronte nackt und gleichgültig ein geschnitzter Notenständer, hoffnungslos und trist dahindämmernd in seiner zumindest momentan unnützen Existenz.

Bernauer war bereits auf den ersten Blick von dieser beruhigenden Leere des Zimmers so überwältigt gewesen, dass seine Gefühlswelt eine unerwartete und überaus konträre Wandlung erfuhr.

Ihn, der selbst nie gelernt hatte Klavier zu spielen, umfingen plötzlich reizvoll und übermächtig die Schwingen perlender Notenkaskaden, die seiner eigenen künstlerischen Inspiration entsprangen und ihn ungewohnt euphorisch und glücklich machten.

Was mochte ein solch überschwängliches Hirngespinst wohl ausgelöst haben? Konnte es wirklich nur die fühlbare Erhabenheit dieses schlichten Raumes gewesen sein, die den utopischen Wunsch nach eigener genialer Betätigung aufkommen ließ, oder war alles nur das Resultat eines entspannten Tages, wo Kunst und Schönheit Argwohn und Verbrechen scheinbar besiegt hatten?

Die Gruppe um Eleonore hatte inzwischen das Haus verlassen, um sich der Besichtigung des weitläufigen Parks hinzugeben.

Bernauer, noch immer vom eigenartigen Reiz des Raumes gebannt, genoss jetzt den Ausblick über den Park hin, als das Knirschen empörter Kieselsteine seine Aufmerksamkeit erregte. Gleichzeitig tauchte unter ihm Eleonore, suchend um sich blickend, in sein Sichtfeld und verschwand rasch seitlich in den Irrgarten, als Sigmund Spiegelberg, Niko und di Angelo herangeschlendert kamen.

Ziemlich genau unter seinem Fenster hielten sie an, aber worüber sie sich unterhielten, konnte Bernauer nicht verstehen, Eleonore, im Irrgarten verborgen, allerdings musste Zuhörerin dieses Gesprächs geworden sein. Als die drei kurz darauf gegen die Terrasse hin verschwanden, wartete Bernauer interessiert noch einige Sekunden ab.

Da weiter nichts mehr geschah, wandte er sich ab, aber dann kam Spiegelberg in Begleitung Charlottes zurück. Bernauer konnte nur sehen, dass er auf sie einredete, während sie etwas ungläubig zuhörte. Auch Eleonore dürfte Zeugin dieses Gesprächs geworden sein, da sie inzwischen nicht mehr aus der Anlage herausgetreten war, zumindest nicht in sein Blickfeld.

Bernauer verließ den Raum und versuchte sich an den Weg zu erinnern, den die Gruppe durch das weitläufige Haus nach oben genommen hatte. Er fand sich gerade noch rechtzeitig an der Freitreppe ein, um zu sehen, wie die Hausdame mit dem filzbezogenen Gongschlägel einer neben dem Eingang befestigten, kreisrunden Metallplatte von etwa einem Meter Durchmesser dumpfe Laute entlockte. Laute, deren Tonstärke, wenn sich der Schlag dem Mittelpunkt des Instruments näherte, in nahezu hypnotischen Wellen anschwoll und eine Atmosphäre von okkultem Zauber schuf, dem die Menschen im Allgemeinen folgten, ohne zu wissen, warum.

Allein schon die reizvolle Inszenierung fand Bernauer befriedigend und natürlich auch praktisch, da so ohne gröberen Aufwand die verstreuten Gäste schnell und sicher an den Tisch ins Innere des Hauses gelockt wurden.

Iris, die ebenfalls aus dem Garten kam und neben ihm stehen geblieben war, sah interessiert zu, bevor sie neugierig nach dem Gongschlägel griff, aber Bernauer hielt ihre Hand fest.

„Willst Du ganz Salzburg herbeidonnern?", fragte er.

„Wenn Du mich loslässt, wäre ich ..."

„ein tönend Erz oder eine klingende Schelle, vermute ich", unterbrach er sie.

Iris gab sich geschlagen.

„Hört, hört, der Hüter des Gesetzes macht in Bibelversen."

Sie ließ die Hand sinken, betrachtete ihn mit hochgezogenen Brauen und stellte in leicht sarkastischem Ton fest: „Wie unverhofft gefühlvoll, Major. Das Hohe Lied der Liebe aus dem gestrengen Mund eines hartgesottenen Beamten?"

„Sie erträgt alles, sie glaubt alles, sie hofft alles und sie duldet alles", bemerkte Charlotte, die eben aus dem Garten kam, gewollt theatralisch.

Bernauer überhörte mit Absicht den verächtlichen Ton ihrer Stimme und nickte anerkennend.

„So bewandert im Alten Testament, Mädchen?"

„Abgelutschte Kacke."

Bernauer lächelte wortlos.

„Korinther-Hype für Zombies", setzte Charlotte rotzig nach.

„Und was wäre dann für die Top-Generation von heute passend?"

„Da wenden Sie sich wohl besser an meine Mutter", entgegnete das Mädchen frostig, „sie ist das Urmeter in Liebe und Rechtschaffenheit."

Im selben Augenblick kamen auch die drei Männer von vorhin im Schlepptau Armin Aschenbrenners heran.

„Geheimkonferenz der Großen Vier", kommentierte Iris.

„Eher der vier Besatzungsmächte nach dem Weltkrieg", sagte Charlotte, „sie überlegen, wie man investieren könnte, um den eigenen Handel zu beleben."

Spätestens jetzt wurde Bernauer klar: Dieses Kind war kein Kind mehr, sondern hochgebildet und bereits erschreckend kaltschnäuzig. Man sollte also nicht den dummen Fehler begehen, Charlotte blindäugig zu unterschätzen, da ansonsten böse Überraschungen ins Haus stehen könnten.

Währenddessen hatte sich in der Villa einiges organisatorisch verändert. Durch die jeweiligen, jetzt geöffneten Flügeltüren konnte man nun vom Entree her durch den Empfangsraum bis in den Speiseraum sehen, wo durchgehend eine opulent gedeckte Tafel derart platziert worden war, dass die drei Räume optisch zu einem einzigen zu verschmelzen schienen. Wie nicht anders zu erwarten, waren dann das vielgängige Dinner und der Service ebenfalls von exquisiter Qualität. Für jeden Wunsch hatte man bestens vorgesorgt, jeder Gast musste sich hier geschätzt und angenommen fühlen.

„Ich habe schon lange nicht mehr so gut und reichlich gegessen", stellte Hubert von Haugsdorf fest und lugte in den jetzt durch venezianische Kugellampen mystisch erleuchteten Garten hinaus, „trinken wir vielleicht etwas später Kaffee, ich brauche unbedingt ein wenig Bewegung und frische Luft."

Dies war ein Vorschlag, dem sich beinahe alle anderen Gäste anschlossen.

Vermutlich erwartete Mutter jetzt, dass sich Charlotte eingehend mit Niko beschäftigen würde, aber dazu war sie nun wirklich nicht in der Laune. Sie ging ein paar Schritte in den Park hinein und wartete ziemlich unsichtbar auf einer kleinen Bank, dass sich die Gäste zerstreuen würden.

In einiger Entfernung gingen ihr Vater, di Angelo und Haugsdorf in ein Gespräch vertieft vorbei, aber di Angelo dürfte sie gesehen haben, wie sie später annahm.

Als es dann endlich vollkommen dunkel geworden war, hatten sich die Spieler wieder im Haus eingefunden und genossen fröhlich und unter lebhaftem Geplauder den Abend und den vorzüglichen Kaffee, der zweifellos nur aus einer teuren italienischen Maschine gekommen sein konnte. Di Angelo nahm seine Tasse und setzte sich neben Charlotte.

„Mädchen", sagte er leise, „egal, worum es geht, mein Spitzentaschentuch steht Dir immer zur Verfügung."

Erst wollte sie ärgerlich reagieren, aber dann fiel ihr ein, dass sie sich Bernauer gegenüber ziemlich ungut über ihre Mutter geäußert hatte und dies noch dazu in Gegenwart di Angelos. Es gab für sie also keinen Grund, die Empfindsame zu spielen.

„Ich danke Ihnen", sagte sie nur, konnte aber nicht leugnen, dass sie dabei ein gewisses Wohlgefühl durchströmte.

Er lächelte vergnügt. „Danke Dir, Giorgio, heißt das. Das klingt gleich viel besser."

„Danke Giorgio", wiederholte sie, „Du hast Charlotte auch ohne Taschentuch schon merklich geholfen."

-----

„Hast Du vielleicht Verena gesehen?", wandte sich Spiegelberg später etwas nervös an Bernauer.

„Ja, vor einer guten Viertelstunde", kam die Antwort, „beim Springbrunnen."

„Am Brunnen?", wiederholte Spiegelberg fragend.

Bernauer überlegte. „Ja, sie und Charlotte unterhielten sich. Ich glaube, über die Kinder."

„Die Kinder?"

„Also, wenn ich richtig gehört habe, sagte Verena, dass Euer Bub im Trotzalter sei und es daher momentan für jeden, der ihn beaufsichtigen sollte, schwierig wäre, mit ihm zurecht zu kommen."

„Tatsächlich?", fragte Spiegelberg, „eigentlich finde ich, er wäre wie immer."

„Vielleicht ist er ja auch wie immer", lachte Bernauer, „Du hast nur noch nicht bemerkt, dass er eine Nervensäge ist."

Offensichtlich jedoch misstraute Charlotte, die eben dazugekommen war, der notwendigen männlichen Auffassungsgabe und fügte erklärend hinzu: „Väter erleben fast immer nur die Schokoladenseite der Sprösslinge, der ernste Rest im Alltag ist Sache der Mutter."

„Da kannst Du schon Recht haben, junge Dame", antwortete Spielberg amüsiert, „aber momentan suche ich überall diese offensichtlich überbeschäftigte Frau."

„Also ich glaube fast, dass sie noch immer telefoniert."

„Wieso telefoniert sie?"

„Weil sie sich ziemliche Gedanken macht, ob das Kindermädchen mit dem munteren Sohnemann zurechtkommt. Sie ist durch die hintere Gartenpforte zum Wagen gegangen."

„Oh Gott, nein, das kann ja wieder dauern! Manchmal frage ich mich wirklich, wieso ich ein Heidengeld an alle diese unfähigen Kinderschwestern bezahle", sagte Spiegelberg resignierend.

„Sie langweilen sich doch hoffentlich nicht", fragte Charlotte daraufhin etwas kritisch.

„Keine Spur, liebes Kind, es wäre nur Zeit für mich, mein Medikament einzunehmen. Verena hat es in der Tasche."

„Ich glaube, die hatte sie umgehängt."

„Was gibt es denn mit den Kindern Verenas?", fragte Eleonore.

„Nichts Besonderes", sagte Charlotte, „nur so allgemein."

Nach einer weiteren Viertelstunde verschwand Spiegelberg unauffällig hinaus in das kleine heckengesäumte Seitengässchen, in dem mehrere geparkte Fahrzeuge standen, um nach Verena zu schauen.

In das Innere seines eigenen Wagens konnte er aus dieser Entfernung nicht sehen, also trat er ärgerlich näher.

Die in der Dunkelheit bewusstlos auf dem Boden liegende Gestalt erkannte er dann allerdings sofort. Es war Verena, seine Frau.

Inzwischen war aber auch Charlotte, die sein Verschwinden beobachtet hatte, nachgekommen, quiekte erschrocken auf und lief durch die noch offenstehende Gartenpforte ins Haus, um Hilfe zu holen.

„Wie gut, dass ein Arzt im Haus ist", rief Hubert Haugsdorf und eilte hinter Iris ins Freie.

„Sie lebt", stellte Iris fest, „wurde aber äußerst brutal auf den Hinterkopf geschlagen."

Sie tastete die Verletzte ab.

„Der Krankenwagen ist unterwegs", sagte Bernauer, „wird sie durchhalten?"

„Das kann ich so nicht sicher feststellen, aber sie atmet regelmäßig, nur der Puls ist schwach", antwortete Iris ernst, „hoffen wir das Beste."

„Ein Unfall kann es nicht gewesen sein?"

„Nicht in dieser Konstellation. Meiner Meinung nach, oder zumindest lassen auch die Verletzungen darauf schließen, handelt es sich bei dem Tatwerkzeug um eine Art Axt, aber eher ein kleineres Gerät. Unser Gärtner im Krankenhaus hat so ein Ding zum Spalten von Brennholz und immerhin gibt es hier einige Feuerkörbe, also wird man Heizmaterial benötigen."

Sie sah sich um, aber der Asphalt des Gässchens war vollkommen leer und sauber. Vom Garten konnte man das auf den ersten Blick nicht sagen.

„Hat ein solches Werkzeug nicht auch einen ziemlich kurzen Stiel?"

„Wieso?"

„Es könnte dann nämlich auch von einer weiblichen Person benutzt worden sein", überlegte Bernauer.

„Jedenfalls hätte so ein Instrument eine scharfe Schneide und dies würde genau zu den Verletzungen passen. Die Sache ist auch nicht hier geschehen, wobei allerdings feststeht, dass sie nicht mehr in der Lage gewesen sein kann, sich selbst hierher zu schleppen."

Wenige Zeit später befand sich Verena im Krankenhaus.

Für Joschi Bernauer, der sich eben hatte verabschieden wollen, bevor man Verena fand, war es wieder einer der wenigen Tage, an denen er sich ungestört privat vergnügen wollte, jedoch, wie von einer höheren Macht gesteuert, war ihm wieder alles gründlich verdorben worden.

Aber nicht nur er hatte sofort die Arbeit aufgenommen, auch Iris notierte umsichtig, wer sich zur fraglichen Zeit wo im Haus oder Garten aufgehalten hatte, und brachte ihren eigenen ersten Eindruck und die medizinische Feststellung zu Papier.

Natürlich begannen die übrigen Gäste sofort heftig zu diskutieren und versuchten zu klären, was geschehen sein konnte. Am denkmöglichsten, schien ihnen allen, war, dass der Täter Verena im oder neben dem Wagen telefonieren sah und die Gelegenheit ergriff, sie zu überfallen. In diesem finsteren Seitengässchen fehlte leider jede Beleuchtung, somit gab es natürlich keine Zeugen und damit auch keine Hilfe für das Opfer. Tasche und Handy hatte der Täter jedenfalls erbeutet.

„Typischer Gelegenheitsüberfall", sagte Hubert von Haugsdorf überzeugt, „vermutlich wollte sich jemand in der dunklen Straße über die geparkten Fahrzeuge hermachen, dabei ist ihm bedauerlicherweise Verena über den Weg gelaufen."

Iris schüttelte den Kopf.

„Und den herrlichen Brillantring an ihrem Finger, kann er denn den übersehen haben?"

„Aber wo ist da ein Zusammenhang? Diese Pforte wird doch lediglich von den Gartenarbeitern benutzt, unter normalen Umständen ist sie verschlossen."
Nur Eleonores nahezu byroneske Blässe lies ihre Anstrengung, angesichts der fatalen Umstände eine tadellose Haltung zu bewahren, erkennen.
„Sicher, Mutter, von außen", sagte Charlotte, „aber da Verena ohne Aufsehen im Wagen telefonieren wollte, habe ich ihr diese Türe gezeigt und gesagt, sie dürfe sie nicht hinter sich schließen, da sie von außen nur mit einem Schlüssel zu öffnen sei. Sie hätte dann nämlich über die Straße zurückgehen und zum Haupteingang hereinkommen müssen und wäre dabei sicherlich von ihrem Mann gesehen und gefragt worden, woher sie käme. Also ließ sie die Pforte, wie ich es ihr angeraten habe, sicherlich offen, nachdem sie zum Wagen hinausgegangen ist."
„Siehst Du jetzt, was Du da angerichtet hast, Charlotte?"
„Ja, Mutter."

Obwohl sämtliche Gäste Eleonores eifrig bemüht schienen, zur Klärung der Angelegenheit beizutragen, kam kein kontinuierliches Konzept zustande. Niemand wusste auf die Minute genau, wann er sich wo befunden hatte und noch schwieriger schien es, festzustellen, wen man zu welchem Zeitpunkt im weitläufigen, gelegentlich mit Laternen bestückten, aber doch ziemlich uneinsichtigen Garten getroffen hatte.

Die Spurensicherung bestätigte inzwischen die Feststellung, dass die Verletzte nach dem Überfall noch von der Stelle bewegt worden war. Daher hatte der Anschlag vermutlich nicht auf der Straße stattgefunden, sondern noch oder schon im Garten.

Die Einzelheiten waren aber sorgfältig dann so arrangiert worden, als hätte es sich um einen fremden Täter gehandelt, der Verena außerhalb des Grundstücks, rein zufällig, überfallen hatte. Dazu wurde sie auch nachträglich auf die Straße geschleift.

Aber in wessen Interesse konnte es denn liegen, den Tatort vom Garten auf die Straße hinauszuverlegen? Eigentlich kam nur jemand aus der geladenen Gesellschaft in Frage, der fürchten musste, sonst vielleicht als Täter entlarvt zu werden.

Doch welche Veranlassung konnte es nun grundsätzlich gegeben haben? Allein durch das Vorhandensein des wertvollen Rings schied Raub aus, wurde aber vorgetäuscht, um einen Überfall außerhalb des Grundstücks glaubhaft zu machen.

Andererseits gab es niemanden, mit dem Verena Zwistigkeiten gehabt hätte, sie mischte sich nirgendswo ein und war eine perfekte Ehefrau und Mutter. Im Bridge-Club galt sie als freundliche, friedliebende Spielerin, die auch nie ihre Mithilfe versagte, wenn sie irgendwo gebraucht wurde.

„Es bestünde nur noch die Möglichkeit", sagte Eleonore zu Bernauer, „dass ein Fremder beobachtet hat, wie

Verena die Pforte öffnete, sie dann in den finsteren Garten zurückdrängte und ihr Tasche und Handy raubte. Umbringen wollte er sie möglicherweise gar nicht."

Auch diese Eventualität wurde diskutiert.

„Aber womit hat er dann zugeschlagen und wozu sollte er sie nachher auf die Straße hinausschleppen?", fragte Niko Haugsdorf.

Eleonore überlegte.

„Vielleicht dachte er, dass man die Verletzte dort eher finden würde und sie dadurch gerettet werden könnte?"

Jetzt mischte sich Iris ein.

„Fiktive Betrachtungen führen zu nichts. Joschi sagt zwar immer, ich würde wie ein Einfaltspinsel entscheiden, aber ich sage Euch trotzdem, der Täter oder die Täterin kommt aus diesem Kreis, wir wissen ja jetzt, wo der Überfall stattgefunden haben dürfte. Die Mühe, eine Verletzte oder Tote auf die Straße hinauszubefördern, hätte sich ein Fremder garantiert niemals gemacht, wozu auch? Jedenfalls nicht aus nachträglichem Mitleid mit seinem Opfer."

„Nein", ergänzte Bernauer, „der hätte genommen, was zu kriegen war, und wäre abgehauen, ohne sich der Gefahr auszusetzen, jetzt noch bei der Beförderung der Verletzten überrascht zu werden."

Dies schien zwar allgemein einleuchtend zu sein, aber die Möglichkeit, einer der Anwesenden könnte der Täter sein, war so scheußlich, dass man sich an jede Option klammerte, nur um diese Version auszuschließen, und Iris dürfte mit ihrer Behauptung ganz bestimmt nicht zum allgemeinen Sympathieträger geworden sein.

Während sich also die Vermutungen immer erregter und einfallsreicher gestalteten, war Charlotte in ihr Musikzimmer geflüchtet.
Ohne Licht, von der Einfachheit des kahlen Raumes beruhigt, stand sie am Fenster und überdachte das befremdende Geschehen.
Das Mädchen wälzte nämlich in der ungewohnten, ihm aber nicht unverständlichen Situation bereits eigene Überlegungen, die allerdings unter einem wesentlich anderen Vorzeichen standen.
Konnte es sich hier nicht um die sprichwörtlich blinde Ironie des Schicksals gehandelt haben, bei der sowohl Verursacher als auch Opfer gleichsam zu Schaden kamen? War die Verlockung für den Täter so vielversprechend gewesen, dass ihn die Folterwerkzeuge der Redlichkeit zur Zeit des Verbrechens nicht peinigten, aber dafür verstärkt zu Tage traten, nachdem er in der Ausführung versagt hatte?
Wie also lagen die belastenden Fakten?
Sie selbst hatte sich mit Verena im Garten unterhalten, zwei schlanke Gestalten mit blonden Haaren und in der Dunkelheit kaum zu unterscheiden. Während aber Verena dann durch den Garten die kleine Pforte ansteuerte, schlenderte Charlotte mit Niko Haugsdorf bereits am Irrgarten vorbei zur Terrasse, wobei die Unterhaltung hauptsächlich von ihm bestritten wurde.

Wer also Charlotte nicht sah, hören konnte er sie kaum.

Je intensiver sie nun die wichtigsten Momente Revue passieren ließ, desto deutlicher verfestigten sich bei ihr Abneigung und Misstrauen zu einem gefährlich nagenden Wurm des Hasses, der dann ihrem aufkeimenden Verdacht immer mehr Gewicht verlieh.

Hatte sie nicht nach der Verlesung von Tante Marthas Testament sofort geargwöhnt, dass sie, Charlotte selbst, das Kuckucksei der Familie Aschenbrenner, durch die Erbschaft zu einer Person geworden war, von der sich Eleonore, als Schwester der Verstorbenen, um das ihr vollständig zustehende Erbe betrogen sah?

Aber, wenn es so gewesen war, blinder Eifer führte meistens zu erheblichem Schaden oder Missverständnissen.

So waren vermutlich Verena und sie, im Dunkel des Gartens durch die schwarzen Overalls, die hellen Haare sowie die ungefähr gleiche Körpergröße überaus leicht zu verwechseln gewesen. Und wer konnte sonst schon, aus welchem Grund auch immer, im Dunkel die einem Fremden unbekannte Gartenpforte angesteuert haben, als ein Familienmitglied?

Sollte also Eleonore die Gelegenheit beim Schopf ergriffen und sich jetzt Charlottes zu entledigen versucht haben? Mit Sicherheit würde nicht einmal der leiseste Verdacht aufkommen, dass sie als Mutter fähig wäre, die eigene Tochter zu töten.

Die vermutliche Leiche vor das Gartentor zu schaffen war zwar, um Fremdverschulden vorzutäuschen, in dieser Situation unumgänglich geworden, aber wie musste Eleonore erschrocken gewesen sein, als sie den Irrtum an der Person des Opfers erkannte?

Dabei wäre doch die sich plötzlich bietende Gelegenheit Charlotte zu beseitigen, für Eleonore maßgeschneidert gewesen. Irgendjemand tötete unbeobachtet während eines Festes der Eltern die geliebte Tochter, von der niemand weiß, dass sie nicht die leibliche ist und auch nicht geliebt, sondern nur gedrillt wird und die jetzt störend im Weg zu einer beträchtlichen Erbschaft für die Quasimutter steht.

Unwillkürlich fragte sich Charlotte, wie qualifiziert Bernauer in psychologischer Hinsicht als Ermittler wohl sein würde. Zugegeben, es dürfte schon von Haus aus ziemlich schwer für ihn werden, ohne die nötigen Informationen auf die Wahrheit zu stoßen, vermutlich war es ja sogar unmöglich, wenn nicht plötzlich ein Zeuge aus dem Hut gezaubert werden konnte. Aber, wer außer ihr selbst könnte dieser Zeuge sein, in einem Haus voller Prahlsucht, Heimlichkeiten und Lügen?

Dass Charlotte sich jetzt umfassend in Acht nahm, war vorerst oberstes Gebot und sie würde schweigen und zusehen, wie sich die Dinge weiterentwickelten. Im Moment wäre aber, dem Himmel sei Dank, für Eleonore ein neuerlicher Anschlag auf ihr Leben ohnedies zu gefährlich. Davon konnte man ausgehen.

Diesen ernsthaften Überlegungen konnte Charlotte allerdings nicht mehr länger nachgehen, da die Tür ohne Anklopfen unsanft aufgerissen wurde und gleich darauf die Haushälterin im Zimmer stand.

„Deine Mutter erwartet Dich unverzüglich in ihrem Arbeitszimmer", bellte sie in anmaßendem Ton.

Diese Unverschämtheit traf Charlotte wie ein Schlag und veränderte alles. Respekt musste man sich verdienen und dazu war es jetzt offensichtlich höchste Zeit.

Natürlich würde sich diese Kuh umgehend bei Mutter beschweren, aber Charlotte hatte endgültig genug von der Häscherin jener Frau, die sich unseligerweise Mutter von ihr titulieren ließ.

„Erstens haben Sie anzuklopfen, bevor Sie meinen Privatraum betreten, und zweitens steht es Ihnen nicht zu, mich zu Duzen und mäßigen Sie außerdem in Zukunft Ihren Ton", sagte sie ruhig.

Hilde Maier versteifte sich fassungslos.

„Sie können jetzt gehen."

Die Frau starrte Charlotte wütend an und verschwand dann wortlos.

Iris, die Charlotte gesucht hatte und daher vor der offenen Tür stehend unfreiwillig die Szene mitverfolgen musste, murmelte entschuldigend „Bis später" und verschwand die Treppe hinunter.

„Du wünscht mich zu sprechen, Mutter?"

Eleonore war zwar an ihrem Schreibtisch sitzen geblieben, aber ihr Gesicht war bleich vor Zorn.

„Hast Du den Verstand verloren?", herrschte sie das Mädchen an.

Charlotte hatte die Tür hinter sich geschlossen und war dann demonstrativ aufrecht stehen geblieben.

„Nein Mutter", antwortete sie, „aber warum fragst Du mich das?"

„Wer erlaubt Dir, meine Frage mit einer Gegenfrage zu beantworten?"

Eleonore hatte sich wütend erhoben.

„Ich habe Dir doch in gebührendem Respekt lediglich eine Frage gestellt", sagte Charlotte überraschend fest, „doch gibt es aus gutem Grund nicht nur diese eine Frage. Wenn es einer Dienstbotin schon gestattet ist, mit den Familienmitgliedern im Ton der Gosse zu verkehren, warum wahrt man dann nicht wenigstens vor den Gästen den Schein?"

Die Ungeheuerlichkeit einer neuerlichen Widerrede konnte Eleonore weder fassen noch verkraften, und so war es ihr ebenso unmöglich, sofort zu antworten. Diese ganze Situation war denkunmöglich und lähmte jeden ihrer Gedanken derart, dass sie keinen davon in Worte fassen konnte.

Aber auch Charlotte kämpfte in dieser ungewohnten Situation mühsam um Beherrschung.

„Mutter", sagte sie jetzt entschieden, „ich bin nicht so unbedarft, wie Du denkst und ich weiß natürlich, Du hast nicht ohne Grund nach mir rufen lassen. Noch ist die Polizei im Haus und man hat mich bis jetzt nicht vernommen, aber jedes Wort, das ich von mir geben könnte, wäre möglicherweise bereits eines zu viel."

„Du wagst es ...", begann Eleonore, wurde aber eiskalt von Charlotte unterbrochen: „Ich bin nur dabei, ein der Situation angemessenes Klima in diesem Haus herzustellen."

Als sie daraufhin den Raum verließ und in den Salon hinunterging, war sie sich der Notwendigkeit, ein Gespräch mit dem Notar, der ihr Vermögen verwaltete, zu führen, bewusst. Langsam und gedankenverloren nahm sie die letzten Treppenstufen.

Bernauer und die Beamten der Spurensicherung hielten sich in einem Raum hinter dem Speisezimmer auf und daraufhin steuerte Charlotte jetzt zu.

Bernauer winkte sie sofort zu sich herein.

Eigentlich mochte sie dieses Zimmer nie besonders, denn es erschien ihr wesentlich düsterer als die anderen.

Drei Wände waren grau gestrichen und die Bücherregale reichten bis zur Decke. In dem kleinen Alkoven in der vierten Wand stand ein Schreibtisch, daneben eine geschmacklose Art Deco Anrichte, von zwei Kandelabern flankiert, und gegen die Mitte des Raumes hin gab es außerdem ein gewichtiges Sofa und zwei weitere prätentiöse Polstermöbel.

Obwohl Bernauer sich sehr freundlich mit ihr unterhielt, spürte Charlotte untrüglich, dass er nicht so sachlich ermittelte, wie er vorgab. Immer wieder warf er kleine, unbedeutend scheinende Fragen ein, die versteckt ihr Privatleben ausleuchteten, und obwohl er sich vollkommen auf ihre Erklärungen zu konzentrieren schien, konnte sie sich des Eindrucks nicht erwehren, er steuere das Gespräch gezielt in eine bestimmte Richtung.

Nachdem Charlotte ihre Darstellung der Dinge, soweit sie sich erinnern konnte, gegeben hatte, fragte Bernauer: „Du bist ein Einzelkind?"

Sie nickte.

„Als Einzelkind hat man es schwer, man muss alle Erwartungen in einer einzigen Person erfüllen. Ein Nachmittag wie der heutige zum Beispiel verlangt mir schon einiges ab."

„Du magst im Moment hier alles nicht so besonders, sehe ich das richtig?"

Der Blick, den sie Bernauer zuwarf, hatte etwas Gequältes an sich.

„Glauben Sie es oder nicht, bisher schien mir die Vorstellung, eine ‚passende Partie' heiraten zu müssen, schon schlimm genug."

„Und jetzt?"

„Ich könnte noch weniger Glück im Unglück haben als Verena."

„Soll das heißen, Du vermutest ...?"

„Dass Verena das Opfer einer Verwechslung war."

Eine Feststellung, die Bernauer etwas aus der Fassung brachte, obwohl er die ausufernde Phantasie eines jungen Mädchens dabei nicht außer Acht ließ.

„Charlotte", fragte er, „weißt Du auch, was Du da sagst?"

„Nichts weiter, als dass wir in der Dunkelheit leicht zu verwechseln gewesen wären, wie Sie ja wohl selbst gesehen haben."

Bernauer nickte. In der Dunkelheit hätte man sich vielleicht täuschen können, aber wie kam die junge Frau zu einer derartig gefährlichen Vermutung? Dachte sie an einen Angriff aus Eifersucht? Natürlich würde ihr das unvermeidliche Getuschel neugieriger, sensationslüsterner Zeitgenossen, es gelte jetzt für die Kleine den passenden Ehemann zu finden, auf die Nerven gehen, aber da ja ein potenzieller Anwärter ganz offensichtlich noch gar nicht in Sicht war, wer sollte dann diesem halben Kind nach dem Leben trachten? Vielleicht wollte sich das Mädchen auch lediglich interessant machen, daher gebrauchte es diese zwar ungewisse, aber doch bezichtigende Andeutung.

Also sagte er nur: „Da könntest Du Recht haben. Geht es vielleicht sogar um einen bestimmten Verdacht?"

Sie zuckte mit den Schultern und schüttelte den Kopf.

„Schwierig, sieben Terrassen hat Dantes Hölle und auf jeder soll das Böse wohnen. Wo könnte es Ihrer Meinung nach auf mich warten?"

Offensichtlich gefiel es ihr, Bildung zu zeigen, um Teil einer melodramatischen Szene zu sein. Dabei wirkte sie aber sehr jung und ein gutes Stück ängstlicher als intellektuell. Wenn sich die Kleine aber aufspielen wollte, sollte es auch gut sein. Bei Bernauer war sie allerdings an der falschen Adresse.

„Sollte Dir doch noch etwas einfallen, melde Dich sofort", sagte er.

Als Charlotte Bernauer verließ stand Eleonore bereits wartend vor der Tür und verschwand sofort in den Raum.

Unwillkürlich drängte sich dem Mädchen der Vergleich zwischen der Mutter und dem Polizeibeamten auf.

Die beiden durften im Wesen eine gewisse Ähnlichkeit haben, wenn auch nicht vom Charakter her.

Auf beide konnte man sich verlassen: auf Bernauers Gründlichkeit in der Ermittlung und Findung der Tatsachen im Dienste des Rechts und auf Mutters berechenbare Gründlichkeit in der Verfolgung und Durchsetzung ihrer eigenen Vorstellungen.

Sollte Mutter aber diesmal zu weit gegangen sein, würde sie in Charlotte kein blauäugiges Wesen mehr für ihre Zwecke vorfinden.

Eleonore sah blass und überanstrengt aus.

„Würde es Dir etwas ausmachen, wenn wir unser Gespräch auf der Polstergarnitur führen würden?", fragte sie ungewohnt schleppend „ich kann nicht mehr."

Dies war mehr als verständlich und Bernauer nickte, stand auf und wechselte auf einen der Fauteuils. Gegenüber ließ sich dann Eleonore nieder.

„Ich glaube", sagte er, „es ist besser, Du kommst morgen zu mir ins Büro und wir nehmen dann das Protokoll auf."

„Das ist lieb von Dir."

Sie atmete dankbar durch.

„Das Wichtigste habe ich ja einem Deiner Beamten bereits gesagt."

„Weißt Du, auch wenn Du schon sehr müde bist, vielleicht solltest Du doch noch ein paar Worte mit Charlotte reden", schlug er vor, „sie scheint mir ziemlich hergenommen zu sein. Ist sie mit Verena näher befreundet?"

„Das wäre mir nie aufgefallen, aber gelegentlich sind sie Bridge-Partnerinnen. Armin und Sigmund haben geschäftlich miteinander zu tun und spielen zusammen Golf. Verena und ich kennen uns vom Bridge-Club her näher, aber Charlotte ist im Moment ohnehin überhaupt unzugänglich für jedermann."

Eleonore seufzte und hob die Hände leicht zu einer ratlosen Geste.

„Die jungen Leute aus dieser Zeit sind unglaublich selbstbewusst. Schwierig, aber vielleicht bin ich auch schon etwas zu schrullig und schwerfällig für den leichten Umgang mit den so rasend schnell heranwachsenden Kindern. Charlotte wird in zwei Monaten achtzehn."

„Sie ist ein sehr hübsches Mädchen", bestätigte Bernauer, „Du sorgst Dich sehr um sie?"

„Ja, das tue ich, gerade weil sie so hübsch ist, habe ich immer Angst, es könnte ihr etwas passieren. Junge Menschen sind ja so anfällig für alles. Sie wieder wirft mir ständig Kontrollzwang und die Einmischung in ihr Leben vor, wobei sie vermutlich auch nicht ganz unrecht hat, sogar Armin behauptet manchmal, ich wäre eine Art Feldwebel."

Bernauer legte seine Hand begütigend auf die ihre.

„Das alles ist sehr schwierig, ich weiß, aber absolut natürlich. Kinder, die nicht versuchen, sich gegen die ältere Generation aufzulehnen, bleiben meist ihr Leben lang quälend konturlos."

Lächelnd fügte er hinzu: „Ich habe selbst einen Stiefsohn, einen wirklich anständigen Kerl, er hat studiert und lebt jetzt mit seiner Familie in England. Der Bursche und ich haben uns das Leben auch nicht immer leicht gemacht, stehen uns aber heute sehr, sehr nahe."

„Ich danke Dir für Dein Verständnis", sagte Eleonore, „dann werde ich jetzt zu Charlotte gehen. Darf ich Dir noch etwas bringen lassen, Kaffee vielleicht?"

Er hob abwehrend die Hand: „Sehr lieb, ich sehe noch nach den Kollegen, aber dann, denke ich, ist es auch für mich heute genug."

-----

Seit dem Überfall waren nun schon einige Tage vergangen und Verena war operiert worden.

„Zu ihrem Glück sind es nur zwei tiefe Fleischwunden gewesen, die sie zwar viel Blut gekostet haben, aber die Verletzung der Knochen hat sich erstaunlich in Grenzen gehalten."

Der Arzt vermutete, dass der Täter gestört worden war, denn ein weiterer Schlag mit der scharfen Seite eines Beils, und um ein solches habe es sich mit Sicherheit gehandelt, hätte einen irreparablen Schaden angerichtet, respektive wäre tödlich gewesen.

Leider kam Bernauer damit nicht weiter.

Die Tatwaffe war trotz genauester Überprüfung des Tatortes und auch der weiteren Umgebung nirgendwo gefunden worden.

Eine plausible Erklärung wäre allerdings, dass der Täter mit einem Wagen weggefahren wäre und das Beil mitgenommen hätte.

Wenig erfolgreich stand es aber auch um die Beobachtungen Verena Spiegelbergs, als sie einige Tage später gesundheitlich in der Lage war, über die Angelegenheit zu sprechen.

Charlotte hatte ihr das Pförtchen auf die Straße hinaus gezeigt, war dann Richtung Terrasse gegangen und wurde von einer männlichen Stimme angesprochen.

Verena selbst war rasch in Gedanken an eine zwischenzeitlich mögliche familiäre Katastrophe auf dem Steinplattenweg zwischen Irrgarten und Gartenmauer in die ihr gewiesene Richtung geeilt.

Plötzlich, sie hatte weder etwas gesehen noch gehört, wurde sie von einem Gegenstand zweimal auf dem Hinterkopf getroffen und verlor das Bewusstsein, ehe sie zu Boden stürzte.

-----

Als Charlotte das Krankenzimmer betrat, schrak sie zusammen, denn der Raum war leer, das Bett samt Verena weggeschafft.

Sie lief auf den Gang und eilte auf eine Krankenschwester zu.

„Verena Spiegelberg, wo ist sie, Schwester, das Bett ist weg?"

„Beruhigen Sie sich", lächelte die Pflegerin, „sie wurde zum Röntgen gefahren, warten Sie ein paar Minuten und nehmen inzwischen Platz."

Erleichtert stellte Charlotte das zarte Arrangement aus weißen Orchideen und einem leichten Gespinst keusch schimmernden Schleierkrautes auf den Tisch, dann sah sie sich um.

Zwischen zwei hohen Fenstern stand ein merkwürdiger Apparat, der aber nirgendswo angeschlossen zu sein schien. Sie trat an eines der Fenster und sah in den Garten hinaus, als sich hinter ihr leises Klopfen bemerkbar machte. Dann öffnete sich zögerlich die Tür und die zweite Orchidee des heutigen Tages passierte den Eingang. Die Trägerin der kostbaren Blüte war diesmal Dr. Iris Adler.

„Wo ist denn nun unsere Patientin?", fragte sie.

„Ihr Kopf wird untersucht."

„Schädelröntgen?"

„Ja, vermutlich."

Iris sah sich um.

„Schöner Raum", stellte sie fest, „schlicht und hell, erinnert mich an den Bauhausstil."

„Und ist sicher sonst mit zwei Betten belegt."

„Oder überhaupt ein Einzelzimmer, das nicht gerade wenig kostet."

Iris sah nun ebenfalls aus dem Fenster.

„Aber bestimmt waren die Menschen glücklicher als es noch kein Geld gab, man sollte sich aus diesen Zwängen befreien, einfach alles liegen und stehen lassen", stellte Charlotte düster fest.

Beinahe greifbar spulten sich in beiden Köpfen einige Sekunden lang zwei verschiedene Gedankengänge ab.

Bei Iris war es eine gewisse Besorgnis. Hoffentlich wurde Charlotte nicht durch unreife, womöglich gefährliche Assoziationen zu unüberlegten Handlungen angestachelt und ruinierte damit ihr Leben.

Als Realistin und erfahrene Frau stimmte Iris nämlich nur mit Vorbehalt dem abgeschmackten Sprichwort für Habenichtse zu, dass man Glück nicht kaufen konnte.

Umgekehrt ließ sich nämlich alles Unglück erfahrungsgemäß leichter ertragen, wenn man reich war und nicht selten gab es Glück sogar zu kaufen. Wie glücklich war beispielsweise ein Kranker, wenn er sich Heilung, starke Verbesserung seines Leidens, Schmerzfreiheit oder Verlängerung seines Lebens leisten konnte.

Gerade Iris als Ärztin wusste da sehr wohl um die ungeheure Bedeutung des Geldes Bescheid. Das Leben selbst war der Luxus, der jeden erdenklichen Preis wert war, und armselig dahinzusiechen war weder romantisch noch ehrenwert. Dies sollte dem Mädchen ohne platten Unsinn möglichst schnell klar werden.

„Charlotte", sagte sie verständnisvoll, „alles ist relativ, ich habe einen Patienten, der könnte bereits seit einem Jahr tot sein, aber dank der guten finanziellen Umstände befindet er sich noch ziemlich weit entfernt vom drohenden Endstadium. Auch andere Lebenssituationen laufen nach dem gleichen Schema ab."

Die Lider des Mädchens hatten sich zweifelnd gesenkt. Iris fasste sie leicht an den Schultern.

„Plattes Gefasel ist gefährlich und dumm, glaube mir. Die Menschen haben allerdings ein hohes Bedürfnis hohles Geschwafel zu glauben, wenn es nur geistlos und abgedroschen genug ist. Dabei ist die Natur ganz einfach konzipiert, man muss nur genauer hinsehen. Schummriges Licht scheint sicher beruhigend, ist aber meist heimtückischer als der Schatten, der aus den Ecken kriecht, weil Dich nämlich das bisschen Licht bereits in Sicherheit wiegt. Lass Dich also von nichts bluffen und tu nichts Unüberlegtes, vertrau Deinem eigenen Urteilsvermögen. Versprichst Du mir das?"

„Ich verstehe sehr gut, was Du meinst", erwiderte Charlotte.

Nur, es war mit Vernunft allein nicht immer auszuhalten, schon dann nicht, wenn man, wie sie selbst, unter einem Gewölbe schwer lastender, demütigender Erinnerungen lebte. Dann etwas Unüberlegtes zu tun, war wohl eine entschuldbare Reaktion, fand sie.

Einer Antwort wurde sie dann aber enthoben, denn in dem Bett, das eben hereingeschoben wurde, lag eine ziemlich zerknitterte Person, deren Kopf gepflastert war mit einem weißen Turban aus Gazestreifen und kleinen Metallgreifern, die den Verband zusammenhielten.

Verena grinste schief, als sie die Besucherinnen erkannte und Iris nahm ihre Hände und drückte sie.

„Sieht doch schon wieder recht gut aus, Ihre Freundin", meinte die Krankenschwester, als sie das Bett zurechtrückte.

„Also, gut sehe ich bestimmt nicht aus", widersprach Verena.

„Nein", sagte Charlotte, „eher ..." und suchte nach einer passenden, dezenten Beschreibung.

„Wie eine üble Laune der Natur", vollendete Iris grinsend.

„Also, das nenne ich einmal eine heitere Party", murmelte die Krankenschwester und zog sich zurück.

Ganz so unrecht hatte sie allerdings nicht, denn schon wieder wurde an die Tür geklopft, dann kam Sigmund Spiegelberg ins Zimmer und mit ihm zwei Kinder, ein hübsches kleines Mädchen von etwa acht Jahren und ein etwas älterer Knabe. Die beiden sahen erst scheu auf die im Bett liegende Gestalt, rannten dann aber auf Verena zu und wurden rasch vom Vater zurückgehalten.

„Ich will zu Mami", heulte das Mädchen und versuchte sich loszureißen.

„Mami muss sich ganz ruhig verhalten, sonst bekommt sie starke Schmerzen", sagte Spiegelberg ernst, „wenn Ihr brav seid, gehen wir nachher in den Eissalon."

„Und ich will einen GBA Emulator", sagte sofort das Mädchen.

„Kriegst Du", lächelte Verena, „komm, gib mir einen Kuss."

„Ich will ein Samsung Smartphone", stellte der Bruder fest.

„Auch das, mein Schätzchen", versprach Verena, „wie war es in der Schule?"

„Er hat mit Brotkugeln geschossen", beeilte sich das Mädchen zu sagen.

„Ihr seid mir schon eine Rasselbande", lachte Verena stolz. „Meine Kleinen sind übrigens Alma und Ferdinand. Gebt meinen Freundinnen die Hand und stellt Euch selbst vor."

Schnell brachten die Kinder diese Pflicht hinter sich und begannen schon nach kurzer Zeit bedenklich unruhig zu werden und herumzutoben.

„Ich glaube, Ihr solltet nicht länger bleiben, dies hier ist keine passende Umgebung für Kinder, so ängstigend und unbarmherzig", meinte Verena besorgt, „es ist gut, meine Lieblinge, Papi geht jetzt mit Euch in die Konditorei."

Bald nachher verabschiedeten sich auch Iris und Charlotte.

„Du musst Dich zurücknehmen, Verena", bestimmte Iris resolut, „so viele Besucher sind zu stark für Dich. Ruh Dich aus und werde gesund, wir kommen bald wieder."

Sowohl Iris als auch Charlotte waren aber sichtlich erleichtert, dem Bombardement dieser verwöhnten Sprösslinge zu entkommen. Kinder waren eben Kinder, aber dies war trotzdem noch kein Grund, rücksichtslos und ohne jede Hemmung zu wüten.

„Jetzt hätte ich Lust auf einen riesigen, herrlich kühlen Eisbecher", stellte Charlotte fest. „Was hältst Du davon?"

„Ich sage nur Tomaselli!"

Zehn Minuten später saßen die beiden unter einem Schirm auf der Terrasse des noblen alten Kaffeehauses und, knapp nachdem sie die Bestellung aufgegeben hatten, löffelten sie bereits hemmungslos aus dem prächtig garnierten Objekt ihrer Begierde.

„Ist das Leben nicht schön?", fragte Iris.

„Wunderbar, solange Sigmund nicht mit den zwei Fratzen auftaucht."

Iris lachte.

„Verena verwöhnt sie schon etwas über Gebühr, aber Sigmund lässt ihr ihren Willen, schließlich ist sie es, auf deren Schultern die ganze Erziehung und Verantwortung liegt. Er lebt leider weitestgehend in seiner Kanzlei und die wenige Zeit, die er zuhause ist, will er in Harmonie verbringen, letzten Endes ist er aber sehr stolz auf seine Familie."

„Hast Du Kinder?", fragte Charlotte.

„Ja", antwortete Iris hochgestimmt, „einen Sohn, einen absoluten Pfundskerl, bereits erwachsen, aber mein Augapfel."

„Und Du hättest ihn nie zu etwas gedrängt, das er nicht will oder nicht kann?"

„Niemals", versicherte Iris, „nur strenger als Verena bin ich schon gewesen, das habe ich Sigmund auch gelegentlich gesagt, wenn wir ins Plaudern gekommen sind."

„Du kennst ihn näher?"

„Wir haben zu Studienzeiten in einer umfangreichen, abgefuckten Wohngemeinschaft gelebt."

„Du? Das gibt es doch nicht."

„Sehe ich aus wie eine ländlich-sittliche Lehrerin?"

„Nein, Du bist eine wirklich großartige Frau, aber Deine Karriere als Primarärztin, da vermutet kein Mensch eine abgefuckte Wohngemeinschaft in der Vergangenheit."

Charlotte konnte ihre Neugier nicht verbergen.

„Was passiert denn da so in einer Kommune, tut jeder was er gerade will, oder ...?"

„Ist jeder damit auch einverstanden, meinst Du?"

Charlotte nickte verlegen.

Iris musste unwillkürlich lachen.

„Nein, Schätzchen", sagte sie, „nicht so wie Du denkst. Man lebt mehr oder weniger friedlich zusammen, teilt die Kosten auf und wenn sich ein Pärchen zusammenfindet, wetzt sich auch niemand den Mund."

Jetzt war die Unterhaltung richtig in Gang gekommen, Iris musste erzählen und erzählen und hatte in Charlotte ein wesentlich interessierteres Publikum als mancher Burgschauspieler es je zuwege brachte.

-----

Von ihren Wunden erholte sich Verena relativ schnell, musste sich aber wegen der schweren Gehirnerschütterung, die sie bei dem Überfall erlitten hatte, noch schonen.

Charlotte suchte sie öfters zu Hause auf, um sie zu unterhalten, war aber überaus froh, dass deren umtriebige Kinder zurzeit bei den Großeltern untergebracht waren.

Als Verena dann ihre Bettruhe aufgeben durfte, organisierte Charlotte zwei weitere Bridge-Spielerinnen, um ihr etwas Unterhaltung zu verschaffen, denn der Besuch eines Clubturniers wäre für ihren Zustand ärztlich noch nicht empfehlenswert gewesen.

Wenn Iris Zeit hatte und in der kleinen Bridge-Runde mit von der Partie war, sprach sie immer von ihrer Kinderrunde, denn Anna-Maria war nur knapp ein halbes Jahr älter als ihre Freundin Charlotte und Verena sah jetzt jünger aus als sie tatsächlich war, denn den für die Operation rasierten Kopf zierte bereits ein kurzer, dichter Haarwuchs, sodass Verena eher einem hübschen Knaben glich als einer Ehefrau und Mutter.

„Schaut einmal in die Einfahrt hinunter", sagte an einem dieser Nachmittage plötzlich Anna-Maria.

„Was ist denn, ist noch jemand gekommen?", fragte Iris und stand auf.

„Schau nur einfach, Ihr auch", grinste Anna-Maria und bedeutete Verena und Charlotte sich ebenfalls zu erheben.

Verstärkt durch die schräge Perspektive gegen das Gartentor hin war der Ausblick dann recht amüsant.

Hinter dem beeindruckenden dunkelblauen C-Klasse Mercedes von Iris stand, frech wie ein kleiner Bruder in froschgrün, ein Mercedes A City, auf den Anna-Maria ganz offensichtlich die Aufmerksamkeit lenken wollte.

„Deiner?", fragten alle, wie aus einem Mund.

„Ja, endlich, zum Achtzehnten von Vater, hatte aber bis gestern Lieferfrist."

Natürlich waren alle begeistert und Charlotte schlug die Hände zusammen: „Herrlich, grüner geht's nimmer."

„Sei kein Frosch", witzelte Iris, „fahre lieber einen."

„Nix da, Frosch! Er ist der leibhaftige Gecko. Also heißt er auch so, seht Euch das Wunschkennzeichen an. Die Sebring-Felgen sind dazu noch Sonderausstattung."

„Dann ist dieser Bursche womöglich mit mir verwandt", grinste Verena.

„Wieso? Hast Du vielleicht Geckos unter Deinen Ahnen?"

„Wahrscheinlich nicht, aber mein Geburtsname ist Sebring. Bitte jetzt keine blöden Witze von wegen Auspuff."

„Na, da sei doch Gott vor", lachte Anna-Maria, „aber haben wir nicht auch einen älteren Herrn, oftmaliger Staats- und Europameister im Degenfechten, im Club, der ebenfalls Sebring heißt?", wandte sie sich an Charlotte.

„Es gibt viele Hunde, die Bello heißen", lachte Verena, „aber der Name Sebring ist immer wieder für einen Witz gut."

70

„Na das ist ein Ding", staunte Charlotte, „ein so berühmter Mann in unserem Club. Anna Maria, Du musst ihn mir zeigen, wenn er im Club ist."

„Also, eigentlich kenne ich ihn mehr aus dem Clubbetrieb durch Vater", schüttelte Anna-Maria den Kopf, „keine Liga für uns Küken, aber Grandseigneur auf jedem Parkett."

„Wenn Du nur ein wenig mit uns das Florett schwingen würdest, könnte Dir Dein Mädchenname außerordentlich förderlich sein", überlegte Anna-Maria, „ein bisschen schummeln hat noch niemandem geschadet."

„Nur bin ich absolut keine Kämpfernatur", sagte Verena, „Bridge geht gerade noch so durch."

„Man würde Dir ohnedies nur an der Bar die Hand küssen, sonst nichts. Für solche Männer zählen Söhne und Enkel", behauptete nun Charlotte, „Mädchen taugen für die nur zum Klavierspielen und als Zuchtmaterial."

Verena lachte.

„Wenn es nur das ist, was man sich erwartet, frage ich lediglich, warum man dann gerade mich erschlagen wollte? Diesen Ansprüchen genüge ich doch völlig."

„Genügen beweist noch keinen Eifer", grinste Iris, „ich meinte natürlich beim Klavierspielen."

„Also bei Deiner musikalischen Begabung würde ich Dich eher erschlagen, weil Du Klavier spielst, und jeder würde mir Notwehr zugestehen", stellte Charlotte fest.

„Ich fürchte, das hängt in erster Line mit meinem Flügel zusammen", verteidigte sich Verena, „wie genial ich auch spiele, bei dem läppischen Klimperkasten hört es sich jämmerlich an."

-----

Sehr zum Ärger Hofrat Sassmanns ergaben sich trotz aller Bemühungen in den Ermittlungen zum Überfall auf Verena keinerlei nennenswerte Fortschritte und langsam vergaß er bereits, wen er sich inzwischen mit welcher Schilderung von Teilerfolgen schon vom Leib gehalten hatte.
Natürlich beschäftigte die dramatische Atmosphäre die Gemüter der Gesellschaft weiterhin, aber auch das würde abflachen und verschwinden.

„Wenn sich so gar nichts herauskristallisiert", meinte Iris, als sie und Bernauer im Schatten eines riesigen Sonnenschirms ihren Eiskaffee löffelten, „ist es dann nicht doch möglich, dass ein Fremder die Tat begangen hat?"
„Ich glaube es einfach nicht."
„Eigentlich müssten ja die Aussagen der verschiedenen Gäste irgendwo zu einem Schnittpunkt führen, der dann eben so gut wäre, wie eine konkrete Behauptung."
Bernauer blickte erbittert auf seinen Eislöffel, den er eben im Begriff war, in den leckeren Inhalt des Bechers zu drücken.

„Schön wäre das in der Realität", stellte er fest. „Tatsache ist leider, dass die Zeugen meist ausgiebig bis zum Gähnen Details hervorkramen, aber von wichtigen Dingen hörst du dabei kein Sterbenswörtchen. Es scheint gerade so, als hätte an diesem Tag jeder einzelne erstmalig den Garten betreten, nachdem die Tat geschehen war."

Iris nickte belustigt.

„Wie klug. Nur der späte Wurm entgeht dem frühen Vogel."

„Ja, so ungefähr könnte man es ausdrücken."

Dann löffelten beide schweigend weiter.

„Joschi", sagte Iris plötzlich, „ist Dir eigentlich aufgefallen, dass das Verhältnis von Eleonore und Charlotte ziemlich angespannt ist?"

„Doch, ist es, aber das Mädel wird einfach erwachsen."

„Nein", sagte Iris nachdrücklich, „das meinte ich nicht, Charlotte hasst ihre Mutter."

„Hassen? Du meinst wirklichen Hass?"

„Darauf kannst Du Gift nehmen."

„Aber welchen Grund sollte sie haben?"

„Weiß ich nicht, die beiden haben Verena noch nie gemeinsam besucht. Charlotte organisiert Bridge-Partien für Verena, Eleonore kommt gelegentlich allein vorbei. Glaubst Du, sie übt Druck auf Charlotte aus?"

„Kann schon sein, aber das wäre doch auch noch kein Grund sie zu hassen. Es sind die natürlichen Verhaltensweisen zwischen Jung und Alt."

Iris überlegte kurz.

„Im Prinzip hast Du Recht", räumte sie ein, „aber aus irgendeinem Grund sehe ich dies hier etwas tiefschürfender. Normal sind junge Leute rebellisch, aber Charlotte rebelliert nicht, im Gegenteil, sie funktioniert, und zwar genau so, wie Eleonore dies haben will. Die Auflehnung des Mädchens ist nur Hass, stiller Hass."

Bernauer sah ernst auf. Rein zufällig hatte er gesehen, dass sich di Angelo seinerzeit bei der Bridge-Einladung mit seiner Kaffeeschale zu Charlotte gesetzt hatte und musste nicht einmal die Ohren spitzen, um mitzuhören. Di Angelo hatte Charlotte seine Hilfe angetragen und sie hatte dankbar angenommen. Gab es da irgendeinen Zusammenhang?

Also sagte er jetzt: „Du verstehst es, mich unsicher zu machen, besser noch, anzustacheln. Charlotte ist so verdammt nahe am Geschehen."

„Viel zu nahe. Sie war es schließlich, die sich mit Verena vor dem Überfall unterhalten hat und dann nachweislich mit Niko Haugsdorf weggegangen ist. Hätte womöglich sie das Opfer sein sollen? Was haben aber dann die Zwistigkeiten von Mutter und Tochter mit der Sache zu tun?"

Dann kam ihr eine neue Idee.

„Wer könnte sich gegebenenfalls selbsttätig in die Sache eingemischt haben?"

„Niemand Iris, wenn jemand nicht ins Bild passt, dann ist es auf jeden Fall Verena, aber gerade sie hat es erwischt und wer immer die beiden möglicherweise verwechselt hätte, es wäre unter diesen Umständen sinnlos gewesen. Der Fall liegt doch genau andersrum. Charlotte hasst vielleicht die Mutter, nicht aber umgekehrt. Überfallen wurde aber statt Eleonore diejenige Person, die Ähnlichkeit mit Charlotte hatte. Wenn es nur um Hass ginge, wie Du vermutest, hätte Eleonore umgebracht werden müssen, aber die war unverwechselbar, für jeden Menschen. Darum scheidet dieses Motiv auch bereits aus", schloss Bernauer, „es passt nicht auf den Fall."

„Andersrum könnte auch ein Schuh daraus werden", überlegte Iris, „aber es ist mehr ein Gefühl."

Bernauer sah interessiert auf.

„Die Gesellschaft bei Aschenbrenners", sagte Iris, „war das allein eine freundliche Einladung?"

„Was sonst?"

„Ich könnte mir zum Beispiel vorstellen, dass wieder einmal Ostgeschäfte am Laufen sind und Aschenbrenner meint, er sollte da mitmischen. Bei einem vergnüglichen Nachmittag besteht doch locker die Möglichkeit, unauffällig an die anderen Geschäftemacher anzudocken. Wenn ich mich recht erinnere, haben sich die Herren Spiegelberg, Niko Haugsdorf, di Angelo und Aschenbrenner gelegentlich abgesondert unterhalten."

Bernauer erinnerte sich.

„Als ich aus dem Fenster von Charlottes Musikzimmer gesehen habe, war Aschenbrenner vorerst nicht dabei."

„Na also", bekräftigte Iris, „man ist dabei sich zu finden."

„Also muss auch ein Zusammenhang bestehen. Verena wird doch nicht aus kaufmännischen Erwägungen überfallen worden sein."

Diese Feststellung hatte Bernauer rein rhetorisch geäußert, aber Iris stieg sofort darauf ein.

„Vielleicht sollte es überhaupt kein Mord werden, sondern lediglich eine handfeste Drohung zu einem Erpressungsversuch."

„Ähnlich wie die Übersendung eines Fotos nach einer Entführung, meinst Du?"

Iris nickte.

„Was wirst Du also tun?"

„Herumstöbern."

Iris wirkte nachdenklich und Bernauer hatte für den Rest der Unterhaltung das Gefühl, ihre Aufmerksamkeit würde nicht ihm, sondern einem unsichtbaren Gesprächspartner gelten.

Bernauer kramte jetzt sein Handy aus der Aktenmappe, wählte die Nummer di Angelos und verabredete sich mit ihm für den Abend im Gasthof zum Elefanten. Iris stocherte weiterhin nachdenklich in ihrem Eisbecher herum.

„Du solltest Dich mehr auf Dein Eis konzentrieren", sagte sie dann mit tadelnder Stimme, „immerzu bist Du abgelenkt."

Wenn Iris so konfus wurde, war es entschieden besser, ihr schweigend recht zu geben.

Di Angelo hatte sich bereits an Schweinsbraten und Bierchen gelabt, als Bernauer eintraf.

Nachdem Bernauer ebenfalls bestellt hatte, kam di Angelo sofort zur Sache.

„Dich interessiert vermutlich, warum ich zurzeit wieder in Salzburg bin, beziehungsweise der geschäftliche Hintergrund, soweit er mit dem Überfall auf Verena Spiegelberg zu tun habe könnte."

„Du sagst es, könnte. Aber interessant ist, dass Du das ausgerechnet jetzt sagst, denn Iris hat eine solche Möglichkeit gerade heute Nachmittag erwogen."

Di Angelo überlegte, bestellte einen Espresso und sagte dann: „Ich kann mir nicht vorstellen, dass es da einen Zusammenhang gibt, denn noch geht es um ungelegte Eier."

„Verdammt noch einmal", unterbrach ihn Bernauer, „Du bist zwar produktübergreifender Geschäftsmann und lässt Dir nicht gerne in die Karten schauen, das betonst Du oft genug, aber ich bin weder vom Finanzamt noch von der Sitte, also zier Dich nicht. Ich will nur wissen, was im Gesamten gespielt wird."

„Na, Du hast eine Art mit Menschen umzugehen, die Dich unterstützen sollen", maulte di Angelo, dann gab er auf.

„Es geht um Ferienanlagen im oberen Segment", begann er.

Bernauer rutschte ein Stück auf der Bank zurück, machte es sich bequem und hörte interessiert zu.

„Geplant sind Golfanlagen, Sommerskihallen und Poloplätze."

„Und wo soll das gebaut werden?", fragte Bernauer beeindruckt.

„In den Emiraten. Niko hat dort Freunde an maßgeblichen Stellen, ich habe mich ihm als Gesellschafter angeschlossen und Spiegelbergs Kanzlei nimmt unsere rechtlichen Angelegenheiten wahr."

„Sehe ich das richtig, dass Du und Niko Bauträger seid?"

„Ja, das könnte man so sagen."

Bernauer unterdrückte ein amüsiertes Grinsen. Di Angelo hatte also wieder einmal versucht in der Deckung zu verschwinden und seine Kontakte und Finanzen zu verschleiern.

„Und Aschenbrenner?"

„Aschenbrenner hat über einen Freund ..."

Bernauer sah ihn scharf an.

„... den Staatssekretär, von der Sache erfahren und möchte als Bank mit einsteigen. Er hat also Niko drangsaliert, ein Treffen mit mir zu arrangieren."

Di Angelo lachte.

„Vermutlich hat also die gute Eleonore vorsorglich eine Bridge-Einladung veranstaltet, damit nichts auf die lange Bank geschoben wird und alles im netten, privaten Rahmen stattfindet, in der Familie, sozusagen. Außerdem bin ich sicher", stellte er fest, „dass sie auf Charlotte setzt. Die sollte mir mit ihrem Mädchencharme die Sache schmackhafter machen. Aber die Geschichte läuft unrund, die Kleine denkt nicht einmal daran sie zu unterstützen. Im Gegenteil, ich sage Dir, da ist eine tiefgreifende Abneigung vorhanden."

Bernauer fühlte sich unangenehm berührt, denn hier wurde bestätigt, was er längst vermutete. Aber, warum? Und wer hatte dann Verena nach dem Leben getrachtet?

Di Angelo schüttelte belustigt den Kopf: „Abgesehen davon, dass mir die Göre viel zu jung ist. Ich habe mich einige Zeit mit Verena unterhalten, das wäre dann schon eher meine Kragenweite. Eine Frau und kein Grünschnabel."

Eine Frau und kein Grünschnabel, nicht Charlotte, sondern Verena. Der Gedanke, dass jemand Verena ausschalten wollte, weil Charlotte das Rennen machen sollte, war abwegig, aber bis jetzt die erste nachvollziehbare Folgerung.

Lag Charlottes Wut vielleicht auf dieser Ebene?

Hatte man sie gedrillt und gefordert, um sie dann endlich meistbietend zu verhökern, und die junge Frau wollte so nicht mehr mitspielen?

Eine völlige Kehrtwendung in der Sache, aber für Bernauer ein nicht auszuschließender Ermittlungsansatz.

Um den schlechten Geschmack ihrer Unterhaltung wegzuspülen, landeten sie schließlich noch in der nahen Gstättengasse im Murphys Law Irish Pub und blieben noch einige Biere lang sitzen. Di Angelo hasste nämlich Hotelzimmer grundsätzlich so lange, bis er bereit war einzuschlafen.

-----

Zwei Wochen später, als Charlotte und Anna-Maria eben aus der Garderobe des Fechtclubs kamen, hielt die Freundin sofort auf eine der hinteren Planchen zu.

„Da, der rechte Degenfechter ist mein Vater, sein Gegner der alte Sebring."

Also, alt kam Charlotte keiner der beiden Männer vor. Natürlich hatten sie die Visiere vor den Gesichtern, aber beide waren schlank, hochgewachsen und ihre Bewegungen geschmeidig, schnell und präzise.

Die Mädchen widmeten sich nun ihrem eigenen Training und als sie nach ungefähr einer dreiviertel Stunde die Matte verließen, war der Kampf zwischen den beiden Herrn noch voll im Gange.

Die Freundinnen duschten, zogen sich um und nahmen an der Bar des Clubs Platz.

„Warten wir auf Papa?", fragte Anna-Maria, „wenn es Dir aber keinen Spaß macht, fahre ich Dich mit dem Gecko nach Hause."

„Ach wo", antwortete Charlotte, „Dein Gecko ist natürlich ein heißer Ofen, aber jetzt möchte ich, dass Du mich mit dem coolen Fechtmeister bekanntmachst, bestellen wir uns also einen Burger und warten entspannt auf die zwei Musketiere."

Der hübsche junge Kellner hatte offenbar ein Auge auf Anna-Maria geworfen und wenn sich Charlotte richtig erinnerte, war es der gleiche Gesichtsausdruck, mit dem Niko die Freundin beim Turnier im Hause Aschenbrenner beobachtet hatte. Was müsste es für ein Abenteuer sein, mit dem beunruhigend gutaussehenden jungen Kellner einfach abzuhauen, weg von der ganzen unsympathischen Sippschaft, und erstmals spürte sie bei diesem Gedanken ein freudiges Kribbeln der Bereitschaft in sich, das verdächtig zwischen ihre Beine wanderte und sich dort gewaltig verstärkte.

Sie klemmte die Knie zusammen, konzentrierte sich aufs Essen und legte es so an, dass sie fertig wäre, wenn die Degenfechter an die Bar kämen. Von Mutter gnadenlos darauf gedrillt, hätte sie niemals kauend eine Unterhaltung geführt.

Natürlich kam Anna-Marias Vater mit seinem Partner sofort auf die beiden Mädchen an der Bar zu.

Der Staatssekretär stellte Sebring die Freundin seiner Tochter vor und Charlotte war angenehm überrascht, wie höflich sich der gutaussehende und doch noch erstaunlich jugendlich wirkende ältere Herr mit ihr beschäftigte. Erstmals fühlte sie sich jetzt als Lady behandelt, und nicht wie eine Göre, die ständig und unerbittlich von der Mutter gegängelt wurde.

Mit neuer Kühnheit richtete sie sich nun, trotz immer noch schwer zu unterdrückender Befangenheit, an diesen eleganten, selbstsicheren Gentleman: „Ist es eigentlich schwer mit dem Degen zu fechten? Ich meine, wäre auch eine Frau zu so etwas in der Lage?"

Sebring lächelte amüsiert.

„Warum sollte das nicht gehen? Der Degen ist gerade einmal 200 Gramm schwerer als das Florett, dafür zählen Treffer am ganzen Körper. Ich habe Ihren Fight gesehen und denke, es wäre wert, dass Sie es auch einmal versuchten."

Charlotte sah ihn zögernd an.

„Finden sie das wirklich?"

„Ja, das finde ich. Wenn Sie möchten, üben Sie ein wenig mit mir, dann wird sich ja zeigen, ob Ihnen die Sache gefällt."

Charlotte bekam weiche Knie. Diese Chance durfte sie sich keinesfalls entgehen lassen.

Sie würde nun das Außergewöhnliche tun und damit endlich eine Frau sein, die sich sogar in einer überwiegend männlichen Domäne bewegte.

„Gerne", sagte sie, „ich bin immer Freitag ab vierzehn Uhr hier, wenn das für Sie passen würde?"

„Gefällt mir sehr, wie Sie es angehen, den Stier bei den Hörnern zu packen und loszulegen. Versuchen wir es nächsten Freitag?"

„Ja, bitte", sagte sie und hätte sich gleichzeitig dafür ohrfeigen können, so antwortete ein Kind und keine Dame.

-----

Bernauer hatte seinen Wagen zum Service gebracht und ging die kurze Strecke zum Präsidium zu Fuß. Im Gedanken bereits bei seiner Arbeit übersah er, dass die Ampel auf Rot geschaltet hatte, hastete der Hitze wegen unkonzentriert über die Kreuzung und beinahe in einen empört kreischenden alten Opel, den der Fahrer ruckartig abbremste und begleitend dazu wütend hupte.

Und das war leider noch nicht alles, denn Hofrat Sassmann begann in letzter Zeit eine unangenehme Eigenschaft zu entwickeln. Er befand sich immer genau dort, wo man ihn nicht erwartete.

Im Moment saß er in seinem Dienstwagen, der vor der Kreuzung angehalten hatte und bedeutete Bernauer, er möge hinaufkommen in sein Büro.

„Bernauer, sind Sie lebensmüde?", fragte er zehn Minuten später, „ich habe Sie schon unter den Rädern dieser räudigen Kiste gesehen."

„Sah nur so aus", entgegnete Bernauer säuerlich, „ab und zu präsentiere ich eine kleine artistische Nummer."

„Nicht, dass ich Ihre Erklärung anzweifeln würde", lächelte Sassmann, „aber Sie schienen mir ziemlich abwesend zu sein, tut sich vielleicht etwas Neues in der Sache der Gattin des Anwalts?"

„Zurzeit nicht, leider."

„Setzen Sie sich Bernauer, setzen Sie sich."

Sassmann wies auf seine ebenso dekorative wie unbequeme, teure Sitzgarnitur. Und wieder einmal versank Bernauer in der wogenden Ledermasse.

„Haben Sie Sinn für Klatsch?", fragte Sassmann.

„Er ist die Hintergrundmusik meiner Arbeit und nicht selten der Grund für eine dramatische Wendung."

„Könnte leicht sein, dass ein Gemunkel zum jetzigen Zeitpunkt nicht uninteressant wäre."

Hofrat Sassmann betrachtete prüfend seine Fingernägel. Dann entschloss er sich, sein Wissen weiterzugeben.

„Der Präsident Ihres Bridge-Clubs ist doch Hubert von Haugsdorf, wenn ich nicht irre."

„Ja doch, das ist richtig."

„Und er hat einen Neffen, diesen Nikodemus?"

„Ja, hat er."

„Jetzt stellen Sie sich vor, gestern habe ich in der Verbindung, so ganz hinten herum, erfahren, dass dieser Knabe, sagen wir einmal, eine besondere Affinität zur überfallenen Verena Spiegelberg haben soll. Wissen Sie da Näheres?"

Was kam da plötzlich mit ins Spiel? Abgesehen davon, dass man im Bridge-Club längst darüber getuschelt hätte, war Bernauer auch selbst nie derartiges aufgefallen und ganz sicher auch der aufmerksamen Iris nicht.

„Also, bemerkt habe ich absolut nichts, aber natürlich auch nicht darauf geachtet."

Sassmann zeigte ein nachsichtiges Grinsen.

„Könnte mir vorstellen, dass sowohl die Familie des Staatssekretärs für die Tochter Anna-Maria als auch die Aschenbrenners als Eltern Charlottes in Sachen Schwiegersohn ein heftiges Augenmerk auf Niko geworfen hätten. Denen würde sein Interesse an Verena Spiegelberg gar nicht gefallen."

Eine Folgerung, die Bernauer mit dem Hofrat teilte, aber bei ihm kam außerdem dazu, dass womöglich das sichtliche Interesse, das di Angelo an Verena gezeigt hatte, nicht unbedingt von allen goutiert worden war.

In seine Überlegungen hinein nahm Sassmann den Faden wieder auf: „Noch weniger vergnüglich stelle ich mir dann vor, wie Verenas Ehemann dem ganzen gegenüberstehen könnte."

„Sie ziehen einen Mordanschlag des Ehemanns aus verletzter Ehre in Betracht, Hofrat?"

„War nur so ein Gedanke."

„Also ich weiß nicht", meinte Bernauer, „soweit mir bekannt ist, soll die Ehe gut sein, die beiden gehen sichtlich auch sehr liebevoll miteinander um."

„Mag sein, aber ein Mann in der Position des Seniorpartners einer großen Wirtschaftskanzlei verhält sich schon berufsmäßig diplomatisch und gewandt, er würde sich vermutlich nicht einmal dann eine Blöße geben, wenn bereits die Spatzen die Neuigkeit von den Dächern pfiffen.

Außerdem, ganz hundertprozentig dürften die Alibis der damals Anwesenden auch gar nicht gewesen sein, wenn nicht einmal bekannt ist, wann genau der Überfall geschehen ist. Hier könnten sogar Minuten entscheidend gewesen sein und niemand achtete wirklich darauf, ob sich eine der Personen nicht doch einmal kurz entfernt hatte."

„So ist es offensichtlich leider gewesen und es war vermutlich auch der Grund, warum der Täter sein Werk nicht vollenden konnte. Entweder wurde er gestört, oder er glaubte, er hätte die Frau bereits getötet. Beides dürfte auf Zeitdruck hinweisen."

„Und an die Untat eines Fremden haben Sie ohnedies nie geglaubt, liege ich da richtig?"

„Es ist ein ziemlich sicheres Gefühl, aber ich möchte mich nicht darin verbohren. Ich bräuchte nur einfach etwas, mit dem ich arbeiten kann."

Wenn es sich dabei allerdings um ein Eheproblem persönlicher Bekannter handeln sollte, war es für Bernauer so ziemlich die unangenehmste der Varianten.

Hofrat Sassmann dürfte allerdings dem gleichen Gedanken gefolgt sein.

„Ich würde Ihnen ja liebend gerne raten, den Fall an einen Ihrer Leute abzugeben, aber auf dieser gesellschaftlichen Ebene zu ermitteln ist Chefsache."


Während Bernauer mit Sassmann beschäftigt gewesen war, hatte Verena Spiegelberg am Präsidium bereits auf ihn gewartet.

Fahrig reichte sie ihm jetzt die Hand.

„Freut mich, Dich gesund zu sehen", sagte er, „nimm Platz", aber Verena blieb stehen.

Es fiel ihr offensichtlich schwer, die richtigen Worte zu finden.

Dann sprudelte sie plötzlich hervor: „Ich weiß nicht, was ich tun soll, Joschi, aber vermutlich ist es sehr dumm von mir und wahrscheinlich auch recht peinlich."

Bernauer nahm beruhigend ihre Hand.

„Es kann weder dumm noch peinlich sein, wenn Du mit einem Problem zu mir kommst. Setz Dich und sag mir, worum es geht."

Da griff sie rasch in ihren umfangreichen Shopper und zog ein kleines Paket heraus, dessen Hülle, weiße Elefanten auf rosafarbigem Grund, bereits aufgerissen war. Der Inhalt, eine Pralinenschachtel für Kinder, sah sehr verlockend aus und war ebenfalls bereits geöffnet worden. Sie enthielt gefüllte Meerestiere und Muscheln aus Schokolade.

„Alma hat heute ihren neunten Geburtstag", sagte sie mit schlecht unterdrückter Aufregung, „und dieses Säckchen lag zwischen den anderen Geschenken auf dem Geburtstagstisch, beinahe hätte ich es übersehen.

Da mir das Ding aber unbekannt vorkam, habe ich es ihr zunächst weggenommen und unser Mädchen befragt. Das hübsche Pralinenpäckchen, sagte sie, sei in der Garderobe, und zwar auf dem Tisch, wo die Post abgelegt wird, inmitten der Briefe und Päckchen gelegen. Natürlich nahm sie an, es sei ein Geschenk für Alma. Aber niemand wollte es hingelegt haben.

Mache ich mich sehr lächerlich, wenn ich Dich bitten würde, die Pralinen untersuchen zu lassen? Zur Polizei damit zu gehen, wagte ich nicht, wahrscheinlich hätte man mich auch nicht ernst genommen."

Sie hob ihm das Päckchen entgegen.

„Ach Gott, es ist mir ja alles so zuwider, aber seit diesem Überfall bin ich überaus misstrauisch geworden."

Bernauer nahm das hübsche Ding und betrachtete es näher, aber die unschuldig anmutenden weißen Elefanten auf rosa Papier hüteten sorgfältig die Identität ihres mysteriösen Spenders.

Obwohl das kleine Geschenk in keiner Weise auf böse Absicht schließen ließ, verkrampfte sich sein Magen.

„Wird vermutlich gut gemeint sein", sagte er beruhigend, „aber es war trotzdem klug von Dir, damit zu mir zu kommen. Vorsicht ist immer die bessere Lösung und dass Du in dieser Situation misstrauisch geworden bist, ist doch ganz natürlich."

-----

Auf dringendes Ersuchen Bernauers hatte man die chemische Untersuchung der Pralinen für die kleine Alma vorgezogen und das Ergebnis war erschütternd. Die Schokoladen enthielten einen starken Anteil an Nikotin, der vom Süßigkeitsgehalt der kleinen Köstlichkeiten geschmacklich beinahe vollkommen übertüncht würde.

Hätte das Kind einige Stücke davon zu sich genommen, wäre mit ernstlichen gesundheitlichen Schäden zu rechnen gewesen.

Die Fingerabdrücke auf dem Papier waren kaum auszuwerten, also mussten bereits mehrere Menschen das Geschenk in den Händen gehabt haben.

Aber wer mochte dann überhaupt die Schlechtigkeit aufgebracht haben, einem kleinen Mädchen solchen Schaden zufügen zu wollen?

Leider musste er sich jetzt der Tatsache stellen, Verena die Nachricht zu überbringen, dass es sich zweifellos um einen Anschlag auf ihre Tochter gehandelt habe und daher für sie ab sofort auch bei den Kindern besondere Vorsicht geboten war.

Er sah auf die Uhr und stellte plötzlich fest, dass er seit dem Frühstück nichts mehr gegessen hatte, dabei ging es bereits dem früheren Abend zu.

Für den heutigen Tag würde er nichts mehr unternehmen, entschied er, schließlich wollte er die Mutter, die ohnehin bei den Kindern zu Hause war, nicht schon für diese Nacht ängstigen.

Also fuhr er seinen Computer herunter, verschloss den Schreibtisch und begab sich in sein Lieblingscafé in der Getreidegasse. Wenn Iris nicht Zeit hatte, würde er eine Kleinigkeit zu sich nehmen, eine Zeitung lesen und sich ein wenig entspannen.

Erfreulicherweise traf Iris knapp danach ebenfalls ein.

„Du hast ziemlich abgespannt geklungen", meinte sie, „gab es wieder einmal viel Lärm um nichts?"

„Umgekehrt", gab er zur Antwort, „es gab wenig Lärm, dafür um vieles, übel könnte einem werden."

„Noch eine Leiche?"

„Nein, Gott sei Dank noch nicht, aber man hat den Versuch unternommen ein Kind zu vergiften, genau genommen, es handelt sich um Verenas Tochter Alma."

Iris schwieg erschrocken.

„Alma", flüsterte sie dann, „wieso denn Alma?"

„Das würde ich auch gern wissen", antwortete er, „um eine Verwechslung kann es sich diesmal ganz sicher nicht mehr handeln, denn die Bonbons waren als Geburtstagsgeschenk für das Mädchen präsentiert worden."

„Aber Alma hat sie doch nicht gegessen?"

„Nein, sie kam nicht mehr dazu."

„Wie hat man denn dann diese Gemeinheit entdeckt, ich meine, woraufhin wurden denn die Pralinen überprüft? Das wurden sie doch, oder?"

„Ja", sagte er, „zum Glück. Alma bekam zum Geburtstag unter anderem auch hübsch in rosa Papier mit weißen Elefanten verpackte Pralinen geschenkt. Dass aber keinerlei Kärtchen vorhanden war, hat Verena stutzig gemacht und im Hinblick auf ihre eigene Geschichte ist sie wenigstens damit zu mir gekommen."

„Oh Gott!"

Iris war entsetzt.

„Stell Dir vor, die Kleine wäre ihrer Mutter zuvorgekommen. Wen kann denn so ein Kind um Himmelswillen schon zum Feind haben?"

„Da bin ich restlos überfragt, aber dass der Mordversuch an Verena bei den Aschenbrenners keine Verwechslung war, steht für mich damit so gut wie fest."


„Darf ich jetzt die Speisekarte bringen?", fragte der freundliche Chef des Hauses. „Allerdings empfehle ich heute ein Knödel-Potpourri, dazu sagt man ganz einfach nur Sie." Er spreizte anschaulich die Finger seiner rechten Hand vor dem Mund und schnalzte bewundernd mit der Zunge. „Göttlich, sage ich nur."

Einer so bedeutenden Empfehlung konnten sich Iris und Bernauer natürlich nicht widersetzen und bestellten dieses offenbar unverzichtbare Gericht.

Aber bereits, während sich die beiden die tatsächlich sehr geschmackvollen Knödel zu Gemüte führten, legte Bernauer plötzlich das Besteck zur Seite und sah Iris an: „Iris?", fragte er mit sichtlicher Überwindung, „hast Du je davon gehört, dass Verena und Niko Haugsdorf in näherer Beziehung stünden?"

Jetzt legte auch Iris Gabel und Messer auf den Teller.

„Fragst Du das im Ernst?"

„Ja, leider, Hofrat Sassmann hat man in der Verbindung so etwas zugeflüstert."

„Das schlägt doch dem Fass den Boden aus! Was muss sich die arme Frau denn noch alles mitmachen?"

Schnell warf Bernauer ein: „Ich weiß, Gerüchte entstehen blitzartig und Niko ist ein vielbeneideter Tausendsassa. Wenn er Verena nur etwas Beachtung angedeihen ließ, ist schon das Gerede fertig. Sie ist außerdem eine sehr hübsche Frau."

„Und zudem gerade wieder schwanger."

Nun verlor Bernauer doch ein wenig die Fassung.

„Schwanger? Jetzt eben?"

Iris nickte.

„Jetzt eben."

„Dann kann sich dieses Gerücht sogar noch schlimmer auswirken als üblich."

„Du wirst doch damit nicht sagen wollen, dass Du dem Gerede einen Stellenwert beimisst?"

„Was ich darüber denke, tut hier nichts zur Sache. Ich bin Ermittler und in dem Moment, wo ein Verdacht offen ausgesprochen wird, habe ich alle Fakten zu berücksichtigen. Bis jetzt wurde ich offiziell über nichts unterrichtet, denn Hofrat Sassmann hat mich nur privat informiert und nicht mehr. Aber Du weißt ja selbst, wie rasch sich Gerüchte verbreiten und dann, wie in unserem Fall ganz automatisch, müssten Fragen gestellt werden."

-----

„Davon hatte ich natürlich nicht die blasseste Ahnung", sagte Hofrat Sassmann bekümmert, „schwanger sagen Sie?"
„Ja, und lange wird es auch nicht mehr verborgen bleiben."
Sassmann schien erst in Schweigen zu versinken.
„Das kann ja alles in ein ganz anderes Licht setzen. Seit wann wissen Sie denn Bescheid?"
„Seit gestern."
Den entsprechenden widerwilligen Gesichtsausdruck Sassmanns verstand Bernauer dabei allerdings nur zu gut, teilte er doch inzwischen intensiv dessen immer lustlosere Betrachtungsweise der sich anhäufenden komplexen Geschehen.
Jedes neue Detail schien eine seiner Theorien zu vernichten, aber auch schon wieder neue Ansätze zu bringen, die dann sofort ein völliges Umdenken in der Sache von ihm verlangten.

„Bernauer", äußerte sich der Polizeipräsident endlich, „ich bin zwar ganz und gar nicht der Stoff, aus dem Ehemänner gemacht werden, aber dass sich hier mehr Zündstoff entwickelt als ein verheirateter Mann verkraften können soll, verstehe ich trotzdem. Erschwerend, denke ich, kommt natürlich hinzu, dass in diesen Kreisen die gesellschaftliche Stellung noch vor der Liebe und dem Geld rangiert. Was soll denn nun wirklich ein Mann tun, wenn seiner Frau eine Liaison nachgesagt wird und sie zeitgleich in andere Umstände gerät?"

„Und was tut ein Mann, der vielleicht beabsichtigt eine reiche Erbin zu heiraten, wenn das Gerücht auftaucht, er hätte eine Affäre mit einer verheirateten Frau, die jetzt eben schwanger sei?"

„Das könnte Mord und Totschlag geben, von allen Seiten, aber welche Ausgeburt unternimmt denn auch noch einen Mordversuch an einem kleinen Mädchen?"

Bernauers Gedanken wanderten qualvoll.

„Dies könnte ein diabolischer Einfall sein und mit dem Mädchen selbst nichts zu tun haben", sagte er nach reiflicher Überlegung.

Sassmann beugte sich gespannt vor und mutmaßte angewidert: „Sie halten es doch nicht für möglich, dass der Zweck des ganzen nur ein Begleitumstand sein sollte?"

Bernauers Züge hatten sich besorgt umwölkt. Er nickte.

„Doch, das halte ich sogar für sehr gut möglich. Der Verlust des Kindes muss eine Mutter gefühlsmäßig zugrunde richten und normalerweise gilt dies auch für den Vater, aber hier wissen wir ja noch nicht, wer denn der selbsternannte Rächer sein könnte. Da er bereits einmal erfolglos war, will er jetzt vielleicht die Mutter paralysieren, oder auch den Vater, unkontrolliert aus purem Hass auf einen von ihnen, oder beide. Perfid!"

Sekunden vergingen und Bernauer hatte bereits den Verdacht, Hofrat Sassmann würde sich damit begnügen nur dazusitzen und schweigend zu warten, als dieser plötzlich scheinbar unzusammenhängend sagte: „Und die Zeit bewirkt doch überhaupt nichts."

Es klang beinahe beiläufig und ebenso ruhig sprach er weiter.

„Sie vergeht zwar, aber es würde für die Eltern sein, als hätte man einen Baum gefällt und keinen sonst hätte er getroffen. Für sie aber würde es ein Leben lang die Hölle bedeuten."

Er räusperte sich streng.

„Sie sind wahrlich nicht zu beneiden, Bernauer, aber finden Sie es heraus. Ich weiß, selbst wenn Sie noch so taktvoll versuchen werden, eine passende Formulierung bei den jeweilig hochangesehenen Befragten zu finden, rund um Sie wird die Atemluft ständig drohen, wie eine Porzellantasse zu zerbrechen."

„Ich fürchte fast, die wenige Luft, mit der ich in Kürze noch haushalten kann, ist diejenige, die gemeinhin aus dem letzten Loch bläst, mitten hinein in die hochnäsige Intimsphäre der Upper-Class."

„Ich weiß", beschwor ihn Sassmann, „eigentlich müssten Sie die Sache ja wegen Befangenheit abgeben, aber wenn das ganze nicht mehr in Ihren Händen ist, wird die unausbleibliche Folge ein Riesenskandal sein. Allein schon, wenn Kinder oder schwangere Frauen im Spiel sind, kocht die Volksseele. An jedem der Beteiligten bleibt letzten Endes etwas hängen und der Prominenz flickt man besonders gern etwas ans Zeug."

-----

Wenige Tage später hatte Bernauer Verena zu sich aufs Präsidium geladen.

Verena lächelte, aber mit besorgtem Hintergrund.

„Keine Verdachtsmomente?", fragte sie.

Er geleitete sie zu seiner Sitzgarnitur, ließ Kaffee kommen und bat die Sekretärin Kuchen aus der Kantine zu holen.

Sie nickte dankbar.

„Ich komme einfach nicht zum Essen", sagte sie entschuldigend.

„Du siehst müde aus."

„Ich bin erschöpft."

„Das tut mir leid, Verena", sagte er.

„Aber Du hast jetzt natürlich dienstlich mit mir zu tun?"

„Leider habe ich keine Wahl, ich kann Dich aber nicht zwingen mir zu antworten. Es wäre nur überaus wichtig, dass Du mir unter vier Augen die Wahrheit sagst."

Sie sah ihn misstrauisch an: „Warum sollte ich Dich belügen?"

Auch wenn dies augenscheinlich eine Zusicherung war, schien ihm die jetzt eingetretene Stille wenig harmonisch zu sein.

Er wandte den Blick zur Seite und sah aus dem Fenster. Noch nie hatte er die Sonne über der Festung als grell empfunden, aber diesmal schien auch sie seinen Blick feindlich abzuweisen.

Also konzentrierte er sich wieder auf die Frau.

„Es handelt sich bisher eigentlich nur um Klatsch", stellte er fest, „demnach sollst Du zu Nikodemus Haugsdorf in näherer Beziehung stehen?"

Sie blickte überrascht auf, kräuselte die Stirn und entgegnete ruhig: „Ist es die Mühe überhaupt wert, dass ich mich davon distanziere?", und gab sich dann selbst die Antwort.

„Erfahrungsgemäß glaubt dir zu diesem Thema nämlich kein Mensch, wenn du nein sagst. Solches Geschwätz ist vulgär und daher höchst interessant, also führt es zu nichts, wenn du widersprichst."

Wieso klang für Bernauer auch diese keineswegs unrealistische Entgegnung aus ihrem Mund nicht überzeugend?

„War dies also kein eindeutiges Nein?"

„Doch, ein sehr eindeutiges. Aber ich unterstelle, dass mit dieser Frage mein Mann in den Kreis der Verdächtigen gezerrt und meinem möglichen Liebhaber natürlich ebenfalls gute Gründe unterstellt werden sollen, mich umzubringen. Nicht zuletzt sogar, dass auch meine Tochter durch meine Ausschweifungen in Gefahr schweben würde."

Bernauer legte seine Hand auf die ihre.

„Hast Du nicht noch etwas vergessen, das Du mir mitteilen solltest?"

„Antworten erwarte ich von Dir, Joschi, was sollte ich Dir zu sagen haben?"

„Ich meine, die keinesfalls unwichtige Tatsache, dass Du derzeit in anderen Umständen bist?"

„Das ist für niemand ein Geheimnis, nur für Dich natürlich eine zusätzliche Möglichkeit, die Grenzen des Falls um ein erhebliches Stück weiter auszudehnen."

„Aber dies tue ich unter größtmöglicher Schonung der Beteiligten, liebe Verena, nur ohne die volle Wahrheit wird mir diese Rücksichtnahme nicht mehr lange möglich sein. Allein schon der Kinder wegen."

„Die Wahrheit? Die hast Du wohl längst ziemlich umfassend ermittelt. Bekommen hast Du allerdings eine beachtliche Ausbeute an Dichtung und sogenannter Wahrheit. Was also willst Du von mir hören?"

Sie schob eine Haarsträhne zurück, aber dann verharrte ihre Hand in der Luft, als ob sie zu einem Schwur ansetzte.

„Ich habe Dir die Wahrheit gesagt und bin überzeugt, Du wirst jeder Einzelheit und jedem Verdacht nachgehen, gemäß Deinen  dienstlichen Anforderungen, ich weiß das natürlich. Aber all dies gibt Dir keinerlei Grund, hier Mutter zu spielen."

Jetzt hatte sie auch ihre Gesichtszüge wieder unter Kontrolle.

„Und sei außerdem sicher, nur Kinder haben Vertrauen zu jedem Nächstbesten."

Bernauer nickte, es war genauso, wie sie es ausgedrückt hatte. Hier war er nichts als ein Nächstbester, kein Freund, keine Beschützerfigur für die Kinder, nur ein funktionierender Beamter, mit dem Auftrag, neutral zu ermitteln.

„Du weißt aber, dass ich trotz allem bemüht bin, Dich weitestgehend zu schonen."

„Dafür danke ich Dir auch."

-----

Nikodemus Haugsdorfs Natur war nicht zum Herumtrödeln geschaffen, also liefen seine Gedanken sogar auf Hochtouren, als er dem Barkeeper zusah, wie er den Tresen mit auf Hochglanz polierten Gläsern neu bestückte.

Eigentlich hatte er sich in das kleine, beinahe leere Nachtlokal begeben, um ungestört nachdenken zu können, da er nach einem leidigen Abendintermezzo mit maßgeblichen Verbindungsmitgliedern vor einem Ultimatum stand.

Nun war er aber bereits beim dritten Single Malt angekommen, wodurch sich ein wenig Hitze in seine sonst völlig ausgeglichene Gefühlswelt eingeschlichen hatte, was ihn ausgiebig ärgerte. Alles, was er jedoch in seiner Situation brauchte, war ein emotionsloser, klarer Kopf.

Seit er in seiner Verbindung für die nächste Wahl als Governor auf Europaebene gehandelt wurde, musste er sich damit beschäftigen, sein Privatleben auf den Stand der überkommenen sittlichen Anforderungen zu bringen. Darunter fiel in erster Linie die unsinnige Notwendigkeit, verheiratet zu sein, und dass jetzt die höchste Zeit dafür gekommen war, hatte man ihm auf der heutigen Versammlung unmissverständlich zur Kenntnis gebracht.

Natürlich hatte er seine Amouren überwiegend und mit besonderer Sorgfalt beendet, aber nun war endgültig der Zeitpunkt gekommen, nichts mehr zu beenden, sondern im Gegenteil, die richtige Wahl unter den weiblichen Wesen zu treffen, denn selbstverständlich musste auch der Stall der in Frage kommenden kleinen Zuchtstute passend sein.

Dabei ging es weniger um Geld, denn seine eigenen Geschäfte verschafften ihm ein überaus beruhigendes Einkommen, wichtiger war die Reputation und an diese stellte das Haus Haugsdorf bereits gewisse Forderungen. Wie man ja wusste, waren Familien mit gutem Namen sehr oft ziemlich knapp bei Kasse, aber auch wenn sie Geld hatten, warfen sie es niemals sinnlos durch die Gegend wie Faschingsschlangen. Da kam ein honoriger und zusätzlich vermögender Schwiegersohn auf jeden Fall gut an, denn es war eine gelungene Form von Geben und Nehmen.

Langsam ließ er vor seinem geistigen Auge alle Anwärterinnen, die er in letzter Zeit beobachtet und in Erwägung gezogen hatte, Revue passieren. Nach Abwägung aller wichtigen Faktoren kam er zur Überzeugung, dass Anna-Maria, die Tochter des Staatssekretärs, zwar noch etwas jung für ihn war, aber sonst alle gewünschten Voraussetzungen für eine gedeihliche Ehe mitbrächte. Besonders ihre rassige brünette

Schönheit würde sie bereits zu einem Mittelpunkt der Gesellschaft machen. „Das Wichtigste für einen Mann ist eine entzückende Frau, mit der er sich zeigen kann", war schließlich das Credo seiner internationalen Geschäftsfreunde, und da Anna-Maria auch noch einen tadellosen Ruf besaß, konnte Niko keine bessere Wahl treffen, obwohl er im Allgemeinen blonde Frauen bevorzugte. Aber ein so kleiner Fehler würde in diesem wichtigen Fall absolut kein Problem darstellen.

Leider wäre die ebenfalls sehr junge Charlotte Aschenbrenner zwar seine erste Wahl gewesen, doch warnte ihn ein gewisser herber Wesenszug, der gelegentlich bei ihr durchbrach, vor einer ehelichen Bindung. Obwohl sie schön war und hochgebildet, sodass ein Mann sich mit ihr auf jedem Parkett präsentieren konnte, als Ehefrau war sie ihm einfach zu intelligent, denn Probleme gemeinsam mit seiner Partnerin zu lösen, war für seinen Haushalt nicht vorgesehen. Richtung und Tempo vorzugeben war seine Sache, und zwar ausnahmslos, also musste das geistige Niveau seiner Frau leicht unter dem seiner Zaubertricks stehen, dann funktionierte die Chose perfekt.
Brunhilde, die favorisierte Enkelin eines Studienkollegen von Onkel Hubert, fiel von vornherein gnadenlos aus der Wertung, obwohl sie aus dem Hochadel kam, denn ihre Brüste, Taille und Hüften bildeten einen soliden, ununterbrochenen Block gediegener Anständigkeit und dies nähme ihm, neben den anderen Opfern für eine gesellschaftlich höchst vorteilhaft arrangierte

Ehe, sogar noch den kleinen ausgleichenden Spaß im Ehebett.

Als Niko dann den vierten Single Malt bestellte und den Barkeeper mit dazu einlud, war die Entscheidung endgültig gefallen.

Ab sofort würden seine magischen Hände nur noch aus dem jungfräulichen Rohmaterial Anna-Maria seine wunschgerechte Ehefrau und Mutter des geplanten vielköpfigen Nachwuchses formen.

-----

Bernauer stand vor der Ankündigung des „Neuen Jedermann" und überlegte, ob Iris das Stück in dieser unüblichen Konzeption interessieren könnte, als neben ihm ein kurzes Lachen ertönte.

Er blickte zur Seite und sah Dr. Spiegelberg kopfschüttelnd auf das Plakat starren.

„Na so was", sagte Bernauer, „willst Du Karten kaufen?"

„Gott bewahre", kam die Antwort, „würde der gute alte Hofmannsthal noch leben, möchte ich freudig seine Klage vor Gericht vertreten."

„Wieso denn?", fragte Bernauer, „man passt doch lediglich die Kunst an das Niveau der Konsumenten an.

Das Original der großen Dichter und Denker verstehen doch die Leutchen heute nicht mehr. Der moderne Mensch identifiziert sich nicht mehr über sein Geschlecht, sondern die Veröffentlichung seines Geschlechtslebens."

Eine nicht eindeutig definierte menschliche Person, die sich durch die beiden am Eintritt in das Kartenbüro gehindert sah, blickte grimmig auf Bernauer und murmelte offensichtlich Böses in das möglicherweise sogar männliche Dekolleté, welches aber durch ein Busentüchlein verhüllt wurde.

„Hast Du etwas Zeit?", fragte Bernauer, „ich hätte mit Dir zu reden."

„Na, dann auf ins Tomaselli."

Unüblicher Weise war der Balkon völlig leer und so konnten sie an der Brüstung Platz nehmen, um sich ungestört zu unterhalten.

Nachdem sie ihre Bestellung aufgegeben hatten, sagte Spiegelberg: „Du wolltest mich sprechen? Worum geht es?"

„Eine persönliche Sache, allerdings nicht ganz einfach für mich."

„Geht es um Alma?"

„Nein, Sigmund, um Verena."

„Hast Du etwas herausgefunden?"

Bernauer brachte ein saures Lächeln zustande und schüttelte den Kopf.

„Im Gegenteil, mir wurde etwas zugetragen. Ich denke aber, darüber sollten wir erst inoffiziell reden."

Spiegelberg sah ihn verständnislos an.

„Verena ist schwanger?"

„Das ist kein Geheimnis."

„Es scheint ein Gerücht zu geben, sie hätte eine Liaison mit Niko Haugsdorf."

„Wie bitte? Das ist doch nicht Dein Ernst?"

„Ich spreche von einem Gerücht, doch leider ist es im Zusammenhang mit den Dingen, die in letzter Zeit geschehen sind, möglicherweise fallrelevant."

Die obligatorische Schrecksekunde nach einer derartigen Mitteilung war bei Spiegelberg zwar gänzlich entfallen, nur sein aristokratisches Profil hatte sich etwas gehoben.

„Danach wäre ich möglicherweise aus mehreren Gründen motiviert gewesen, meine Frau umzubringen."

„Du bist von bemerkenswerter Ruhe."

„Vergiss nicht, ich bin Anwalt. Auch wenn es mich bedenklich trifft, ich leiste es mir nie, die Nerven zu verlieren."

In aller Ruhe aß er sein belegtes Brötchen auf.

„Kürzen wir die Sache ab", schlug er vor, „ich schildere Dir meine Version und Du notierst, was Du davon gebrauchen kannst."

Er legte beide Handgelenke auf die Tischkante.

„Niko Haugsdorf hat einige Zeit im Bridge-Club als Fixpartner mit Verena gespielt. Die beiden sind gut miteinander ausgekommen, aber als Niko dann seine Geschäfte im Ausland auszudehnen begann, trafen sie nur noch gelegentliche Vereinbarungen und dies überwiegend telefonisch. Gelegentlich ist er auch in meiner Kanzlei, da ich ihn in internationalen Rechtsfragen berate und zurzeit in wichtigen Geschäften vertrete. Darüber hinaus war er auch öfter zum Essen in unserem Hause eingeladen."

Er winkte der Kellnerin und orderte ein weiteres Glas Bier.

„Jedenfalls aber kannst Du Dich darauf verlassen, dass die beiden kein Verhältnis haben oder hatten und der Vater unseres dritten Kindes bin einzig und allein ich. Sei versichert, dass ich, hätte ich je den geringsten Zweifel gehabt, oder hätte ihn jetzt, mit akribischer Genauigkeit der Sache nachgegangen wäre. Dies jedoch ohne Bezug darauf, dass ich Verena deshalb weniger lieben würde, sondern in der Sicherheit, dass ich ihr aus Liebe auch verzeihen könnte. Es gibt also für mich keinen Grund, die Augen zu verschließen und in Eifersucht zu schmollen, oder gar meiner Frau nach dem Leben zu trachten."

Er lächelte verschmitzt in sein Bier, bevor er einen langen Schluck tat.

„Aber, sogar wenn ich tatsächlich meine Frau oder Niko tödlich hassen würde, was aber bereits meiner Wesensart nicht entspricht, ich schicke niemanden mit Gewalt in die Hölle."

Er lehnte sich entspannt zurück.

„Ich mache ihm schon das Leben zur Hölle."

-----

Charlotte steuerte zaghaft über die Planche hin auf Dr. Sebring zu. Als er lachte, blieb sie stehen.

Was tat sie hier eigentlich, fragte sie sich, war sie größenwahnsinnig geworden? Jeder Anwesende musste über ihren Anblick amüsiert sein, wie sie, der Prototyp der Mittelmäßigkeit mit dem Florett, den Degen erhoben dem Meister gegenübertrat.

„Mädchen", sagte er, „lassen Sie mich nicht so alt aussehen, preschen Sie ruhig auf mich zu. Was sollen denn da die anderen denken? Dass Sie zögern um einen gereiften Herrn zu schonen?"

Charlotte spürte, wie die Röte in ihr Gesicht stieg und war über alle Maßen froh, das Gitter des Helms vor dem Gesicht zu haben.

„Sie sollten sich nicht über mich lustig machen", antwortete sie schnell, aber da hatte er bereits angegriffen. Touché, sie spürte die Berührung an der linken Hüfte und damit schien der Bann gebrochen, Charlotte begann zu kämpfen. Auch wenn Sebring sie zweimal entwaffnete, jetzt genoss sie die Konfrontation und spürte ihren Körper auf eine Art, wie es ihr bisher noch nie geschehen war, und nur am Rand nahm sie Anna-Maria wahr, die bereits interessiert von der Bank aus zusah.

Als sie später mit dem Grußritual den Kampf beendet hatten, nahm Sebring den Helm ab, dankte mit einem angedeuteten Handkuss für den Kampf und bot, soferne Charlotte weiter Lust dazu hätte, seine Partnerschaft an.

Ohne zu zögern nahm sie für den nächsten Freitag an und Sebring verabschiedete sich mit einer leichten Verbeugung.

Die beiden Mädchen nahmen noch ein Glas Prosecco an der Bar, besprachen selbstgefällig den Auftritt Charlottes und genossen die Blicke mehrerer erstaunter Zuschauer, die natürlich rätselten, wie das unerfahrene Mädchen zu einem Kampf gegen den Meister gekommen war.

Nachdem Anna-Maria Charlotte zuhause abgesetzt hatte, betrat die junge Frau ziemlich selbstbewusst das Wohnzimmer, aber offensichtlich war nicht einmal das Personal anwesend. Enttäuscht machte sie sich zurecht, um ins Bett zu gehen.

-----

Drei Tage später lud Niko Haugsdorf, der gegen seine sonstige Gewohnheit, bereits zwanzig Minuten vor Spielbeginn im Bridge-Club erschienen war, die beiden Mädchen auf ein Glas Prosecco ein, da er jemanden brauche, sagte er, der mit ihm einen guten Geschäftsabschluss zu feiern bereit war.

Auch in der Runde an seinem Tisch musste dem ersten Glas unabwendbar noch ein zweites folgen, jedenfalls war er in einer so fröhlichen Laune, dass er seinen Erfolg ohne Unterbrechung begießen wollte.

Trotz seines ständigen und unbestreitbaren Unterhaltungswertes flüsterte Charlotte beim Tischwechsel der Freundin zu: „Der ist aber ganz schön scharf auf Dich."

„So ein Unsinn", protestierte Anna-Maria geschmeichelt.

„Lass das nicht Deine Mutter hören", grinste Charlotte, „sie beobachtet Euch nämlich die ganze Zeit schon genau so interessiert wie ich, nur sie hört vermutlich schon die Hochzeitsglocken bimmeln."

„Nur keine falschen Vorstellungen, Schätzchen, auch Du sollst möglichst schnell an eine gute Partie verhökert werden. Vermutlich verfolgt hier ein weiteres mütterliches Auge das gleiche Ziel zur gleichen Zeit."

Charlotte fletschte die Zähne: „Kein Problem, für mich bliebe dann immer noch der aufrechte alte Haugsdorf übrig."

„Wenn ihr einen Taufpaten braucht, ich bin bereit", versicherte Anna-Maria fröhlich und brachte sich außer Charlottes Reichweite.

Nun, an Kindern war Charlotte eben so wenig gelegen wie an Hubert, aber sie freute sich bereits auf die nächste Trainingsrunde mit ihrem neuen Fechtmeister, denn zu diesem hatte sie ihn im Stillen schon erwählt. Er war freundlich, höflich distanziert und verschaffte ihr Ansehen im Club.

Obwohl Verena jetzt wieder belastbarer war und auch die Bridge-Turniere im Club spielen konnte, hatte sich eine kleine private Runde um sie gebildet.

Niko von Haugsdorf verstand es meisterhaft, sich ganz unmerklich zwischen die Partnerschaft von Charlotte und Anna-Maria zu drängen, sodass Verena und Charlotte nun zu einer fixen Bridge-Partnerschaft wurden.

Verena gab auch mindestens an einem Wochentag in ihrer Villa eine private Bridge-Party, meist handelte es sich um zwei, drei Tische, ein fixes Paar dabei waren Anna-Maria und Niko.

„Charlotte", sagte Eleonore nach einiger Zeit, „ich hoffe für Dich, dass Du Niko nicht vernachlässigst und ihn damit selbst in die Fänge von Anna-Maria treibst?"

„Nein Mutter, es liegt nicht an mir, dass Niko sich für sie interessiert, offensichtlich ist sie sein Typ und ich könnte mich höchstens lächerlich machen, sollte ich mich dazwischendrängen wollen. Außerdem kann ich mich ohnedies nicht so engagieren, schließlich habe ich noch einige Prüfungen abzulegen und in Kürze steht dann die Matura an, ich muss mich auf das Lernen konzentrieren."

„Gut pariert", hoffte sie, war aber noch ahnungslos, dass Eleonore, wenn es nötig war, vorhatte, Charlotte auf eine hochrangige Universität zu schicken, wo die besten und ältesten Familien ihre Sprösslinge ausbilden ließen.

Eleonore wiederum hatte keine Ahnung, dass Charlotte, die in Kürze ihre Großjährigkeit erlangen würde, nicht vorhatte, sich weiterhin diktatorisch einschränken zu lassen.

So sorgten also vorderhand die nur halb wahrheitsgetreuen Absichten beider für eine zwar nicht gleichgültige, dafür aber etwas überzeugungslose Entspannung der Situation.

-----

Am nächsten Freitag saß Charlotte in der Garderobe des Fechtclubs, plauderte noch etwas mit Anna-Maria, bis diese hinaus zur Übungsstunde mit dem neuen, jungen Fechtmeister ging.

Als Charlotte dann auf die Planche zusteuerte, sah sie Niko, der eben an die Bar gekommen war, wo Dr. Sebring bereits stand und mit dem Kellner plauderte.

„Ich werde also nachher ein Taxi nehmen müssen", dachte sie, „der Gecko dürfte heute keine Zeit für mich haben."

Sebring kam ihr entgegen, bat lächelnd um die Ehre dieses Turniers und widmete die nächste Stunde Charlotte und der Entwicklung ihrer Technik.

Natürlich kam es dann so, wie es Charlotte erwartet hatte. Anna-Maria war unabkömmlich, da Niko sie noch zu einer Vernissage mitnehmen wollte, also benötigte sie ein anderes Transportmittel.

Sie setzte sich an die Bar, holte ihr Handy heraus, fand den Akku leer und bat den Kellner, er möge für sie ein Taxi rufen.

„Gerne", sagte der Kellner, „aber", er sah sich um, „Dr. Klinger, unser neuer Fechtmeister, er ist eben dabei wegzufahren, vielleicht könnte er sie ja mitnehmen?"

„Vielen Dank", sagte sie, „ich will keine Umstände."

„Brauchen Sie auch nicht", meldete sich da die tiefe Stimme Sebrings, „natürlich fahre ich Sie nach Hause."

„Danke", sagte Charlotte als sie ausstieg.

„Nichts zu danken, was möglich ist, erledigen wir sofort", sagte Sebring lächelnd, „Gute Nacht."

Eigentlich hätte Charlotte noch sagen wollen, sie würde gerne auch auf ein Wunder warten, aber das hätte er sicherlich nicht verstanden.

-----

Überraschend schnell hatte sich das Wetter gewendet, den heißen Tagen folgte eine Woche Regenwetter und das Komitee der Salzburger Festspiele war in heller Aufregung. Brachten bereits die Einschränkungen durch die Pandemie schlechte Verkaufszahlen, so hinderte das kalte, regnerische Wetter auf jeden Fall auch noch eine Menge Touristen daran, durch die Stadt zu bummeln und Einkäufe zu machen.

Charlotte kümmerte sich herzlich wenig darum. Sie hatte inzwischen Gefallen am Degenfechten gefunden und einen zweiten Tag in der Woche dafür eingeschoben. Nach Hause wurde sie dann immer von Sebring gefahren und Mutter hatte ausnahmsweise nichts dagegen einzuwenden. Die sportliche Gesellschaft eines bekannten Literaturpreisträgers war die beste Gewähr dafür, dass Charlotte beschäftigt war und nicht an einen unpassenden Taugenichts geriet.

Nicht zu verhindern allerdings war das voyeuristische Interesse an der Schwangerschaft Verenas.
Als bedeutsam galt auch, dass Niko jetzt der ständige Begleiter Anna-Marias war und nicht nur Bernauer schienen da gewisse Zusammenhänge in den Sinn zu kommen.
Sollte Niko der Vater des noch ungeborenen Kindes sein, so wäre er derjenige gewesen, der vom Tod Verenas am meisten profitiert hätte. Sie allein wusste die

Wahrheit und auch im schlimmsten Fall hätte es keinen DNA-Test gegeben, das hätte ihr Mann niemals zugelassen.

In der jetzigen Situation konnten die Dinge allerdings sehr vage für Niko liegen, sollte die Vaterschaft nicht geklärt sein. Niemand wusste, wem das Kind schon rein äußerlich gleichen würde, und als Konsequenzen könnten sich Scheidung, Unterhaltszahlungen und ein Riesenskandal ergeben. Außerdem wäre eine Verehelichung mit der Tochter des Staatssekretärs unmöglich geworden, ganz zu schweigen von Nikos Stellung in der Verbindung.

Alles in allem zeigten sich schon jede Menge guter Gründe für einen Mord an der Kindsmutter.

„Also ich weiß nicht, Bernauer", meinte Hofrat Sassmann einige Tage später, „wenn der Mann wirklich so ein Trottel ist, dass ihm so etwas passiert ist, kann ich nur sagen: Gott steh ihm bei."

„Fromme Wünsche", stellte Bernauer fest, „nachdem jede und jeder alles bestreitet, ist es unumgänglich, auf Fakten zu warten, die uns leider nur das kleine Würmchen liefern kann."

„Kein sehr freudvoller Grund, um auf die Geburt eines jungen Erdenbürgers zu warten."

-----

Iris, Anna-Maria, Verena und Charlotte hatten es sich in Joschis kleinem Lieblingslokal in der Getreidegasse gemütlich gemacht. Da Iris immer vorsorglich ihre Notration an Bridge-Karten in der Handtasche mit sich trug, bestellten sie den heute angepriesenen Mohnknödel, mischten die Karten und begannen zu spielen. So entkamen sie für einige Zeit dem Salzburger Schnürlregen und dem ständigen Aufsetzen und Abnehmen der Masken in den Geschäften. Außerdem hatte Iris Gesellschaft, bis Joschi Bernauer aus dem Dienst kam.

„Also, ich geh heute nicht mehr ins Festspielhaus, das ist mir zu nass", stellte Verena fest, „wenn die Karten morgen weg sind, dann sind sie halt weg. Wenn Sigmund das Stück unbedingt sehen will, muss er eben zusehen, dass er eine Ehrenkarte bekommt. Mich reizt es sowieso nicht."

„Du meinst Euch beide reizt es nicht", lachte Anna-Maria, „Du wirst nämlich langsam ein Fall für einen Doppelsitz."

„Eher für drei. Bei Deinem Umfang werden das sicher Zwillinge", alberte Charlotte.

„Gott bewahre", stellte Verena fest. „Dann wäre es mit Ruhe und Frieden endgültig vorbei."

„Aber wieso denn?", stichelte Charlotte, „erzieh einfach die lieben Kleinchen genau so manierlich, wie Du es mit Alma und Ferdi tust."

„Ja, wenn sie Dir so gefallen", sagte Verena genüsslich, „schick ich sie Dir doch gerne noch für den Rest der Ferien."

„Tu das nicht", sagte Charlotte plötzlich ernst geworden, „für ein Kind zählt jeder Tag, den es mit seiner Mutter verbringt."

Verena nickte. „Da hast Du völlig Recht, aber denkst Du dabei auch manchmal an die geplagte Mutter?"

Sie klopfte liebevoll gegen ihr ausgeprägtes Bäuchlein.

„Noch ist Ruhe vor dem Sturm, aber mein drittes Schätzchen verlangt sogar jetzt schon meine Aufmerksamkeit. Wenn es sich nicht beachtet fühlt, tritt es mich knallhart in den Magen."

„Aber Du wirst es ihm nicht nachtragen?"

Charlotte bekräftigte ihre Frage mit dem Schütteln ihres ausgestreckten Zeigefingers.

Verena fing ihre Hand ab und grinste.

„Und Du wirst Dich genau wie immer beschweren und dann genau so wieder alle Faxen mitmachen."

„Oh nein! Ich bin ein Monster", sang Charlotte, schnitt ein grimmiges Gesicht und hob beide Fäuste zum disharmonischen Geträller: „Ich bin ein Monster."

„Sing nicht so falsch", unterbrach Iris den misstönenden Gesang, „wir fürchten uns ja zu Tode."

Im selben Augenblick durchschnitt ein Blitz den graupelzigen Regen, gefolgt von einem tiefen anhaltenden Donnergrollen.

„Hört Ihr", sagte Anna-Maria, „das war wieder ein Zauberkunststück Nikos."

„Geh trotzdem kein Risiko ein, Mädel", stellte Iris fest „schone Deinen Gecko und schick dieses Monster mit dem Taxi heim."

Anna-Maria blickte resigniert in ihre Karten. „An Monster bin ich gewöhnt, gute Iris, jedes meiner Blätter ist ein einziges Monster Mash."

-----

Da Niko Haugsdorf geschäftlich nach Dubai geflogen war, hatte Anna-Maria am Montagabend mit einem jungen Anfänger aus dem Bridge-Club gespielt und das Ergebnis war, absolut unerwartet, ziemlich gut. Sie hatten den zweiten Platz erreicht.

Man beschloss also zu sechst, das Ergebnis noch zu feiern und machte sich auf ins Dubliner Irish Pub.

Hier gab es aber schon eine Gruppe Studenten, die einen Großteil der Bar okkupiert hatten und sich schnell und zwanglos um die Neuankömmlinge, die offensichtlich etwas zu feiern hatten, scharten.

Das Ganze hatte allerdings zur Folge, dass der Abend grauenvoll lang wurde, Bierströme flossen und letzten Endes kam es, dass Iris noch heimfahren konnte, aber Verena, die noch nüchterne, werdende Mutter, nahm zwei Bierleichen mit nach Hause.

„Ihr übernachtet bei mir, ich verständige Eure Eltern."

„Bei mir nicht nötig, mein Vater hat mir das Pförtnerhäuschen ausbauen lassen, also bin ich niemandem Rechenschaft schuldig."

Anna-Maria sandte eine SMS, dass sie bei einer Freundin übernachten würde.

Niko sah die Dinge später allerdings anders.

„Ein zweiter Platz ist wirklich noch kein Grund sich sinnlos so zu betrinken, um dann bei Verena zu nächtigen."

Anna-Maria fühlte sich einerseits geschmeichelt, dass Niko offenbar eifersüchtig auf den gutaussehenden Burschen war, mit dem sie gespielt hatte, wollte die Sache aber nicht eskalieren lassen und da Niko nicht so schnell abzufertigen war, erzählte sie ihm ausführlich von der Unterhaltung, die sie mit Verena vor dem Einschlafen noch geführt hatte.

Sehr angetan war sie aber im Nachhinein von der Tatsache, dass Niko sich diesen ganzen Quatsch, der ihn überaus gelangweilt haben musste, angehört hatte. Sogar Interesse hatte er geheuchelt und Fragen dazu gestellt.

-----

„Ich brauche jemanden, der mir für ein paar Stunden die Zeit vertreibt", schrieb Verena am nächsten Freitag über WhatsApp an ihre Freundinnen, „meine Kinder sind bei einer Geburtstagsfeier und bis ich sie abhole, hätte ich Zeit."

Anna-Maria und Charlotte sagten ihre Fechtstunden ab und Iris konnte verantworten, einige Zeit auf Abruf dem Krankenhaus fernzubleiben.

Nach einem kleinen Bummel durch die Altstadt landeten sie in Bernauers Leib- und Magencafé in der Getreidegasse und dann kamen endlich die Spielkarten, die Iris immer in der Tasche trug, auf den Tisch.

„Ich werde Dich später schnell nach Hause fahren", sagte Anna-Maria zu Charlotte, „dann treffe ich mich mit Niko."

„Nicht nötig, danke", antwortete Charlotte, „ich werde den Sebring noch im Fechtclub treffen."

„Was hast Du denn mit dem zu tun?", fragte Iris neugierig.

„Sein ist mein ganzes Herz", sang Charlotte wieder entsetzlich falsch.

„Ah", sagte der Chef des Lokals, „Land des Lächelns, ich liebe es."

„Nein", protestierte Iris, „das Lächeln verschwindet bei diesem Gesang des Grauens."

„Dein ganzes Herz?", fragte jetzt Verena verblüfft, „warum erzählt mir niemand solche Sachen?"

„Weil Du schwanger bist. Schwärmereien sind nichts für Muttertiere, aber die kleine Charlotte hat noch bunte Flügel."

-----

Bernauer rutschte aus und wäre beinahe hingefallen, als er sich unter dem Absperrungsband durchgebückt hatte. Ein schwerer Wagen lag noch an der abgeschrägten Außenseite der Rechtskurve zwischen einem Müllcontainer und dem Betonsockel eines Sperrbalkens über der Einfahrt zu einem Warendepot.

Der Unfall war erst vor knapp einer Stunde von einem Lastwagenfahrer gemeldet worden, der Gott sei Dank die wenig befahrene Straße als Abkürzung genommen hatte.

Dr. Sigmund Spiegelberg hatte Iris im Krankenhaus angerufen und darum gebeten, man möge Bernauer verständigen, seine Frau Verena habe einen schweren Autounfall gehabt. Es gäbe auch einen Zeugen, der sich sofort um die verunglückte Frau bemüht hätte, allerdings verweigere er es strikt, vernommen zu werden, was darauf schließen ließ, dass er betrunken sei. Von Bedeutung könnte jedoch sein, dass er dem Lastwagenfahrer erzählt habe, es wäre ganz plötzlich eine Leiche auf der Straße gestanden.

Verena hatte unglaubliches Glück im Unglück gehabt.

Der Wagen musste sich, ausgelöst durch das Bremsmanöver, an der breitesten Stelle der Straßenkrümmung mehrere Male gedreht haben und war dann mit dem Heck gegen das Ende des Containers geprallt. Verena befand sich also bei der Kollision an der längeren Seite des Wagens, sonst wäre sie regelrecht zerquetscht worden.

Als die Rettung eintraf, kam sie kurz zu Bewusstsein und fragte nach ihren Kindern, aber die erschrockenen Männer fanden Kinder weder im Wagen noch im Umkreis des Unfalls.

„Es konnten gar keine Kinder dabei gewesen sein", sagte der Lastwagenfahrer, „die hinteren Türen waren verbogen und verklemmt, da hätte man nicht einmal ein Blatt Papier herausgebracht."

Das Rätsel klärte sich aber schnell auf. Verenas Kinder wollten von der Geburtstagsfeier einer Freundin nicht mit Verena nach Hause fahren, denn die einladenden Eltern hatten für die kleinen Gäste zum Abschluss des Festes einen Bus für die Heimfahrt gemietet, dessen Fahrer als Clown verkleidet war und in dem ein Zauberer seine Kunststücke vollführte und bunte Ballons verteilte. Da wollten die beiden unbedingt noch dabei sein und mit der Kindergesellschaft nach Hause fahren.

Dies war der verletzten Verena wohl nicht gleich erinnerlich gewesen.


Bernauer, von Iris verständigt, hatte sofort auf der zuständigen Wache angerufen und sich nach dem Stand der Dinge erkundigt.

Da Verena sich in bewusstlosem Zustand befand, würde es auch nichts bringen, wenn er sofort ins Spital käme, sagte man ihm in der Notaufnahme. Also begnügte er sich damit, den Unfallort zu besichtigen.

-----

Ehe Hofrat Sassmann wieder zum Ziel allfälliger Interventionen wurde und seinen Ärger auf Bernauer abladen konnte, hatte sich der Major bereits bei ihm anmelden lassen.

„Ich nehme nicht an, dass Sie angenehme Nachrichten bringen", sagte sein Chef.

„Da haben Sie durchaus Recht, Hofrat, ich bin ja nicht einmal sicher, dass wir es mit einem Mordversuch zu tun haben."

„Versuch?"

„Ja, die Frau des bekannten Anwalts Spiegelberg, die einen schlimmen Autounfall hatte, ist am Leben, zumindest bisher."

„Reden wir da von der Anwaltskanzlei Spiegelberg?"

„So ist es, Dr. Spiegelberg ist der Seniorpartner dieser Société."

„Ich weiß, seine Frau hatte also einen Unfall?"

Er zögerte.

„Die leidige Sache mit Niko Haugsdorf habe ich Ihnen ja schon erzählt, nicht wahr? Aber ein Autounfall? Wieso wendet sich der Mann bei einem Autounfall an die Mordkommission?"

„Wir sind über Bridge befreundet. Verena liegt verletzt im Krankenhaus, wie es um sie steht, weiß man noch nicht. Besonders schlimm ist, dass sie eben schwanger ist. Es könnten also sogar zwei Menschen sein, die ein Leben zu verlieren haben. Der Gatte ist natürlich sehr aufgeregt und bezweifelt, dass das ganze ein Unfall war."

Sassmann schüttelte zweifelnd den Kopf.

„Angehörige vermuten meistens alles mögliche, besonders natürlich das Schlimmste, erst recht bei einem schweren Unfall. Ist sicher sehr bedauerlich, aber kommt immer wieder vor. Natürlich bildet man sich leicht etwas ein, wenn man verzweifelt ist, aber gleich Mord bei einem Verkehrsunfall?"

„Meist ist es ja menschliches Versagen, doch sind es in erster Linie immer die momentanen Umstände, nach denen jeder persönlich das Unglück beurteilt."

„Da haben Sie natürlich Recht, aber die Fakten, Bernauer, die Fakten sind doch ausschlaggebend."

„Ja eben, Hofrat, und nach meinen Erfahrungen führen genau diese zu oft nicht leicht nachvollziehbaren Vorstellungen. Wenn jemand nach einer Krankheit stirbt, akzeptiert man den Tod, aber nach einem Mord oder einem ungeklärten schweren Unfall wird der Tod abstrakt und verständlicherweise inakzeptabel für die Angehörigen."

„Ein Unfall, ungeklärt, ja? Würden Sie selbst da sofort einen Mord befürchten?"

„Hier vielleicht doch, Hofrat", sagte Bernauer, „ein zufällig anwesender Zeuge hat nämlich angeblich eine Person gesehen, die auf die Fahrbahn getreten ist, als der Wagen der Spiegelberg herankam. Allerdings glaubte er, dieses Wesen sei auf ihn selbst zugekommen und wäre eine Leiche gewesen. Es hat geregnet und die Straße war wegen der Absenkung in der Kurve durch einen Brei aus Wasser und Erde rutschig geworden. Gleich darauf soll diese unbekannte Person wie durch Zauberhand verschwunden sein. Falls sie den Unfall ausgelöst hat, könnte dies unabsichtlich geschehen sein, aber natürlich auch absichtlich. Allerdings sagt der Zeuge von sich selbst so etwas Ähnliches, als ob er betrunken gewesen sei, aber dass es trotzdem ganz sicher eine Leiche gewesen wäre, die er auf der Straße gesehen hätte."

„Also, wenn er eine wandelnde Leiche gesehen hat, war er betrunken."

„Er selbst behauptete fest und steif, er wäre im Blues gewesen, aber, vielleicht handelt es sich dabei auch um ein Lokal, aus dem er kam."

Sassmann nickte wissend.

„Nein, nein. Diesen Ausdruck kenne ich. Wenn er den wirklich gebraucht hat, war er sternhagelvoll. Manche sehen da bekanntlich schon weiße Mäuse oder ähnliches, Leichen sind vermutlich erst den höheren Weihen vorbehalten."

„Etwas wird er schon gesehen haben, vielleicht ist nur einfach der Zeitpunkt falsch. Verena Spiegelberg hat scharf gebremst. Warum? Vermutlich ist sie doch von jemandem erschreckt worden. Hoffen wir auf das Beste."

Hofrat Sassmann sah Bernauer an.

„Sie meinen also schon, es könnte kein zufälliger Unfall gewesen sein? Trotz der bekannten Hirngespinste Betrunkener?"

„Bestimmt, Hofrat, eine unsichere Sache. Aber man darf trotzdem nicht außer Acht lassen, dass Verena die Kinder diesmal nicht im Auto hatte. Sie sollte sie nach dem Treffen mit ihren Freundinnen von der Geburtstagsfeier abholen. Erst zu dem Zeitpunkt, als sie dort angekommen war wurde entschieden, dass die zwei lieber gemeinsam mit den anderen Kindern im Bus fahren wollten. Wer konnte also davon wissen und dann vielleicht den Zeitpunkt so wählen, dass die Kinder in Sicherheit waren? Es müsste sich fast zwingend um jemanden handeln, der bei der Geburtstagsfeier anwesend war."

Schlagartig erwachte in Hofrat Sassmann wieder der Bluthund, der er seinerzeit als Chef der Mordkommission gewesen war.

„Das würde passen", folgerte er, „wenn Verena von Niko schwanger wäre und ihr Mann möchte die Sache sauber und ohne Skandal bereinigen, dann sicher zu einem Zeitpunkt, wo seine Kinder in Sicherheit wären. Oder, wie wäre es mit Niko, der Anna-Maria, der Tochter des Staatssekretärs, den Hof macht und vermutlich ernste Absichten hegt? Wenn da etwas von seinem Techtelmechtel mit einer verheirateten Frau, die noch dazu von ihm schwanger wäre, bekannt wird, ist er gesellschaftlich erledigt, zumindest kann er sich diese Heirat aus dem Kopf schlagen und von den Folgen in der Verbindung will ich erst gar nicht reden."

Bernauer sah mit Vergnügen Sassmanns steigendes Interesse, wodurch ihm selbst natürlich weit mehr Handlungsspielraum gewährt wurde. Er brauchte nur jede seiner eigenen Überlegungen ab sofort Hofrat Sassmann in den Mund legen.

„Wenn wir schon so weit gehen", spann Sassmann den Faden weiter, „dürften wir auch Anna-Maria nicht außer Betracht lassen. Dass womöglich eine schwangere Geliebte ihres zukünftigen Ehemannes existent ist, müsste schon ein ziemlich unerträglicher Gedanke für sie sein. Wenn beispielsweise Verena von ihrem

Mann verlassen würde, könnten sie und das Kind Niko ein Leben lang ins Haus stehen und damit auch Anna-Maria. Oder ihr Vater würde einer Heirat erst gar nicht zustimmen. Jetzt würde allerdings auch der Anschlag auf Verena im Garten der Aschenbrenners ins Bild passen."

„Hofrat", antwortete Bernauer, „Sie sind trotz Ihrer Stellung der rattenscharfe Ermittler geblieben, als der Sie seinerzeit bekannt gewesen sind."

„Schmieren Sie mir doch keinen Honig ums Maul, Bernauer", kam ausweichend die geschmeichelte Antwort des erfreuten Hofrats Sassmann.

-----

Anna-Maria, Iris und Charlotte hatten sich die schreckliche Nachricht bereits telefonisch mitgeteilt und trafen am nächsten Tag im Tomaselli zusammen.

„Was können denn wir in der Sache tun?", fragte Charlotte, „sollen wir uns bei der Polizei melden, weil wir doch vorher mit Verena zusammen waren?"

„Was willst Du denn da sagen, dass wir Prosecco getrunken haben? Das wäre für Verena eine Katastrophe", warnte Anna-Maria.

„Verena hat nur Orangensaft genommen. Ich habe darauf geachtet", korrigierte Iris, „und sie war in guter nervlicher Verfassung, da gab es nichts auszusetzen. Immerhin haben wir nur Bridge gespielt, da war sie absolut entspannt."

„In Zeitnot war sie ebenfalls nicht, eigentlich hatte sie sogar zuerst vorgehabt, die Kinder eine halbe Stunde später abzuholen", überlegte Charlotte.

„Das hat aber mit dem Unfall nichts zu tun, das war ja alles schon vorher", meinte Iris. „Ich war zwanzig Minuten, nachdem wir uns verabschiedet haben, bereits zu Hause."

„Und ich habe Charlotte in den Fechtclub gefahren, aber Sebring war schon weg, also habe ich sie nach Hause gebracht und habe mich ungefähr eine halbe Stunde später mit Niko getroffen", rechnete Anna-Maria nach.

Iris schnitt mit einer schnellen Handbewegung den unerfreulichen Disput ab.

„Wir wissen ja nicht einmal, wie lange Verena sich bei dem Kinderfest noch aufgehalten hat, bevor sie heimgefahren ist. Ich werde jedenfalls mit Joschi über die Sache sprechen und wenn man uns braucht, wird er es mir sagen."

-----

Bernauer hatte es sich vorbehalten, selbst mit dem Unfallzeugen zu sprechen, wenn er wieder ansprechbar sein würde. Die Funkstreife hatte den Mann zwar nach dem Unfall zur Protokollaufnahme mit auf die Wachstube genommen, aber bevor er aussagen konnte, war er bereits eingeschlafen und nicht mehr zu erwecken. Da er keine Papiere bei sich hatte und in seinem Zustand auch nicht vor die Tür gesetzt werden konnte, kam er in eine Zelle, wo er wenigstens seinen Rausch ausschlafen sollte.

Am nächsten Tag brachte man ihn hinauf zu Bernauer. Der Mann sah erbärmlich aus, vollkommen verkatert und wie es schien, ziemlich desorientiert.

„Nehmen Sie ihn noch einmal mit, geben Sie ihm Kaffee und irgendetwas Essbares, aber lassen Sie ihn um Gottes Willen an keinen Alkohol heran. Dann bringen Sie ihn mir wieder herauf."

Den nächsten Anlauf konnte man aber als geglückt bezeichnen, denn der Anblick des Mannes war jetzt einigermaßen manierlich und auch eine gewisse Morgentoilette hatte sich wohltuend ausgewirkt.

Etwas geniert saß er nun vor dem Schreibtisch Bernauers, zermarterte ganz offenbar sein armes Gedächtnis, was er hier sollte und schien ein riesiges Problem damit zu haben.

Da seine Personalien inzwischen festgestellt waren, versuchte Bernauer nun ganz ruhig die Befragung durchzuführen.

„Wie sind Sie denn überhaupt an diese entlegene Straßenstelle gekommen, Herr Dienstl?", begann er vorsichtig.

Der Mann dachte etwas nach und schüttelte dann den Kopf.

„Es geht um gestern?"

„Ja, gestern. Der Unfall, sie haben dem Opfer geholfen."

„Habe ich? Wahrscheinlich, ja sicher."

Er sah Bernauer scharf an, vermutlich wollte er sich erinnern, ob er ihn vielleicht schon einmal gesehen hatte.

„Merkwürdige Sache", meinte er dann, „ein Lastwagen hat mich mitgenommen, aber plötzlich ist er stehen geblieben und hat mich hinausgeworfen, ganz einfach so. Da kam mir das Kotzen", murmelte er. „Oder war das vielleicht schon vorher im Wagen?"

Dieser Sache wollte Bernauer allerdings nicht auf den Grund gehen, Hauptsache dem Mann wurde hier und jetzt nicht wieder übel.

„Sie sind also am Straßenrand gestanden?"

„Nicht richtig, nein. Gebückt wahrscheinlich oder so."

„Gelegen?"

„Leicht möglich, ja, vielleicht."

„Was war dann?"

„Ja, dann ist er gekommen, von gegenüber."

„Der Wagen?"

„Nein, der Geist, die Leiche. Das Auto, das kam dann von rechts."

„Und wieso wussten Sie, dass es eine Leiche war?"

„Er war kreideweiß mit schwarzen Augenhöhlen und auch sonst war er irgendwie weiß."

„Also ein Mann?"

„Wieso ein Mann? Habe ich gesagt ein Mann?"

„Nein, aber Sie haben gesagt ‚er'."

Dienstl versuchte sich zu erinnern, stützte sich dabei auf die Armlehnen des Sessels und machte einen sinnlosen Ansatz hochzukommen. Als ihm dies nicht gelang, hob er die rechte Hand bis ungefähr in Schulterhöhe, überlegte und sagte dann.

„Mindestens so groß. Der Kerl kommt über die Straße auf mich zu. Mir stockt das Herz. Zum Glück ist in dem Moment das Auto dazwischengekommen und ich habe die Augen zugemacht. Dann hörte ich die Bremsen kreischen, schon ist das Auto wie eine Bombe neben mir eingeschlagen, in den Container. Wie ich die Augen wieder aufgemacht habe, war da die Frau in dem Wagen und ich wollte ihr helfen und habe die Autotür aufgemacht. Herausziehen hätte ich sie nicht können, aber den Kopf, der nach vorne über eine verbogene Leiste gehängt ist, habe ich in die Höhe gehoben und ihr dann ihre Tasche unter das Kinn geschoben. Den Mund habe ich ihr auch aufgemacht, damit sie atmen kann, wenn sie noch lebt. Dann kam der Laster und ist stehen geblieben."

„Und wo war die Gestalt, die auf Sie zugekommen ist?"

„Die war verschwunden."


Die Aussage des Lastwagenfahrers deckte sich in den wenigen Einzelheiten mit denen Dienstls, nur hatte er die Gestalt mit dem Totenschädel nicht gesehen.

Auch die Gespräche mit den Freundinnen Verenas brachten nichts Nützliches zu Tage, denn alle Dinge, die geschehen waren, hatten sich erst nach dem Zeitpunkt, zu dem sie sich getrennt hatten, zugetragen.

Der Zustand Verenas stabilisierte sich relativ schnell, aber es war ein wahres Wunder gewesen, dass sie nicht lebensgefährlich verletzt worden war. Wesentlich beteiligt an ihrem Überleben war allerdings der betrunkene Zeuge Dienstl gewesen, denn Verena wäre fraglos an Erbrochenem erstickt, hätte er ihr nicht mit der Tasche den Kopf gestützt und den Mund geöffnet.
Drei Tage nach dem Unfall, und drei Wochen zu früh, wurde ihr drittes Kind, ein kleines Mädchen geboren.

„Joschi", sagte Iris Adler zu Bernauer, „wenn es keinen Zeugen außer dem Betrunkenen gibt, wird dann die Sache als Unfall abgeschlossen?"
„Nein", antwortete er, „nicht, solange sie in meiner Kompetenz liegt. Verena hat ausgesagt, einem grauen Schatten ausgewichen zu sein, allerdings konnte sie ihn nicht richtig wahrnehmen, da es dunkel war und sie natürlich niemanden auf der einsamen Straße vermutete. Es hätte also auch ein Tier gewesen sein können."
Unmotiviert blieb er stehen und wandte sich ihr zu.
„Auch wenn alles viel zu schnell gegangen ist, ich glaube einfach nicht an Zufälle und erst recht nicht an Schutzengel."
„Ich schon", lachte sie, „nämlich dann, wenn sie Joschi heißen."
„Ich liebe Dich auch", gab er zurück.

-----

Als Sebring und Charlotte eben den Fechtclub verlassen wollten, schepperte durchdringend ein Handy. Dr. Sebring erkannte seinen Klingelton und griff in die Jacke, nur, da war das lästige Ding nicht, und auch nicht in der Hosentasche. Nach der Befreiung des Schreihalses aus den Abgründen feuchter Klamotten in seiner Sporttasche verstummte endlich der nervende Klingelton, Sebring sprach kurz ins Handy und hatte Charlotte stumm bedeutet, sie möge an der Bar Platz nehmen.

„Würden Sie sich einen Moment gedulden, eine wichtige Angelegenheit", entschuldigte er sich bei ihr, wies den Barkeeper an, ein Glas Prosecco für sie zu bringen und verließ den Raum.

Als er zurückkam fragte er höflich, ob noch Zeit für ihn sei, ein Glas Bier zu trinken.

„Aber bitte. Gerne", antwortete sie.

„Wissen Sie", sagte er nachdenklich, „es geht hier um eine merkwürdige Sache."

„Geschäftlich?"

„Nein, eigentlich nicht, eher um einen jungen Autor, den ich fördern sollte."

„Hat er ein Buch geschrieben?"

„Eher Kurzgeschichten, aber ungewöhnlich gut. Er hat sie mir vor drei Wochen zugeschickt, ich habe sie gelesen und wäre in der Lage, eine oder vielleicht auch mehrere im Feuilleton einer Zeitung unterzubringen. Jetzt sagt er mir aber, dass seine Eltern damit nicht einverstanden wären und er sich stattdessen auf seine schulischen Leistungen zu konzentrieren hätte. Er ist am Boden zerstört, fürchte ich."

„Wie alt ist er denn?", fragte Charlotte etwas atemlos.

„Leider erst siebzehn, er hat noch zwei Schuljahre zu bewältigen."

„Das ist schlimm", sagte sie, „denn dann machen die ihn fertig."

Sebring sah sie fragend an.

„Weil er nichts dagegen machen kann, wenn sie ihm alles verbieten."

Sie biss sich auf die Unterlippe.

„Sogar wenn er inzwischen volljährig wird, er bleibt immer noch auf sie angewiesen und unter ihrer Fuchtel", schnarrte sie bitter.

„Ich habe ihm gesagt, er wird noch einmal vernünftig mit ihnen reden müssen. Eltern wollen doch nur das Beste für ihr Kind und in den meisten Fällen lassen sie sich auch dann breitschlagen und geben nach, wenn sie es nicht für klug halten. Das ist nun mal die Elternliebe."

„Nein", erwiderte sie, „es ist die Elterntyrannei."

„Warum denn so bitter?", lächelte er fragend.

Charlotte fühlte sich plötzlich hundeelend. Sie schämte sich, spürte aber gleichzeitig den Druck, ihren Empfindungen Luft zu machen und scheiterte in der Entscheidung durch die ängstlichen Fesseln der Erziehung und ihres gebeutelten Selbstwertgefühls. Eine junge Frau gefangen ohne Orientierung und jedes Ventil. Würde sie über kurz oder lang den Verstand verlieren?

Ihre starren Augen wurden feucht und sie fragte sich, ob ihr denn dieser Zustand überhaupt erlaubt sei. Unter all diesen Wesen um sie herum hatte sie niemanden, sie war kein Mensch unter Menschen, nur ein Synonym, wertlos in den Augen ihrer Familie und ohne Zweifel auch der aller anderen. Sie wurde aus Mitleid geschont, denn man war in dieser Gesellschaft gesittet.

Sebring legte seine Hand auf die ihre.

„Ich bin ein alter Mann", sagte er „und sie sind ein so schönes Mädchen, dass es weh tut, sie anzuschauen. Aber es tut auch weh, eine so wertvolle junge Frau wie ein waidwundes Reh neben sich zu sehen."

Charlotte konnte nicht mehr. Zum Teufel mit der Etikette.

„Ich bin ein Niemand", sagte sie, „nur eine Marionettenfigur, ein Kuckucksei, eine Possenreißerin."

„Nein, das sind Sie nicht, aber hier sollten wir nicht darüber sprechen", bestimmte er autoritär.

Sie sah überrascht auf, ihr gefiel seine bestimmende Art.

„Wenn Sie glauben, mir vertrauen zu können, würde ich Sie gerne in meine Bibliothek mitnehmen. Wenn sie reden wollen, reden wir, wenn nicht, ruhen Sie sich aus und werden dann in der Lage sein, Ihren Eltern, oder um wen es sich sonst handeln mag, gefasst gegenüberzutreten."

Charlotte nickte, drückte das Taschentuch, das er ihr gereicht hatte, an die Nase und brachte sogar ein Lächeln zustande. Gut so, aber sie würde jetzt garantiert niemanden verständigen, warum sie später nach Hause kam, allein diese Vorstellung richtete sie auf.

Dr. Sebrings Besitz war ein herrliches Anwesen, aber es wäre schwer zu heizen und teilweise renovierungsbedürftig, erklärte er.
„Eigentlich ein Anachronismus für heutige Zeiten, ist aber schon seit Generationen der Sitz der Familie gewesen."
Eine streng gekleidete Frau mittleren Alters öffnete die Tür und verschwand wieder, nachdem Sebring Kaffee und Whisky in die Bibliothek bestellte hatte.

Im Vorbeigehen konnte Charlotte in ein, wie in Rotwein getauchtes, offenes Speisezimmer sehen, das abgedunkelt und ausgestattet war mit Wandbehängen aus Samt und Gobelin und zwei großen Kristalllüstern, die es fertigbrachten, allein durch das Licht, das aus dem Flur kam, die Atmosphäre eines sternenübersäten Sommerhimmels vorzugaukeln.

Die nächste Tür war dann der Eingang in die Bibliothek, von derem rechten Ende aus zwei Flügeltüren zurück in das Speisezimmer führten. Vermutlich zogen sich früher die Herren nach dem Essen durch diese Türen in die Bibliothek zurück, um zu rauchen oder über Geschäfte zu reden, wie man es aus Büchern und Filmen kannte.
Er bat sie, sich zu setzen und Charlotte ließ sich auf der bequem wirkenden Ledercouch vor zwei kleinen

Glastischchen nieder. Er selbst nahm auf einem Fauteuil gegenüber Platz.

Inzwischen war die strenge Dame von vorhin erschienen, stellte den Kaffee wortlos vor Charlotte hin und den Whisky vor Dr. Sebring.

Lächelnd stand er auf, nahm aus einem Fach der Bücherwand eine Flasche Armagnac und stellte sie zusammen mit einem Glas vor Charlotte.

„Für alle Fälle", grinste er.

„Eines, bitte", sagte sie fest und zeigte dies bekräftigend mit dem Daumen der rechten Hand. Sie war kein Kind mehr und brauchte nicht mit Säften und Milchkaffee abgespeist zu werden.

Der Geschmack des alten Weinbrands war bitter, aber insgesamt schmeckte der Drink recht gut und beruhigend. Sie würde sich heimlich auch so eine Flasche für ihr Zimmer besorgen, nahm sie sich vor.

„Also", sagte Sebring leise, „wo drückt Sie der Schuh?"

Charlotte sah sich um. Sie selbst passte zwar absolut nicht hierher, doch ihr passte es hier ganz ungemein.

Vor ihr saß der freundliche Herr, der nun seine randlose Brille abgelegt hatte, und immer mehr fühlte sie, wie sich ihr mit Groll erfülltes Wesen beruhigte. Jetzt endlich war sie in der Lage, sich jemandem mitzuteilen.

„Nun also", begann sie, „es ist ganz bestimmt nicht so, dass ich nach vornehmem Firlefanz lechze", begann sie, „aber ich werde unbedingt und ständig dazu gezwungen, mich stilvoll zu verhalten, wie eine gut geölte Marionette."

Sie richtete den Blick auf die Armagnac-Flasche, als wäre sie das Skript für einen Vortrag, den sie zu halten hätte. Konzentriert sprach sie weiter.

„Vermutlich bin ich auch nur mittelmäßig begabt, denn ich werde Tag für Tag gedrillt, ohne die Möglichkeit zu bekommen, auch nur eine einzige eigene Entscheidung zu treffen. Woran mein Herz hängen könnte, wurde und wird mir genommen und vermutlich soll ich auch in Kürze passend zwangsverheiratet werden.

Ich sitze also rettungslos in der Falle, obwohl ich ab meinem achtzehnten Geburtstag durch eine Erbschaft vergleichsweise reich sein werde, trotz allem bleibe ich sogar dann noch meiner Mutter ausgeliefert, da mir bis jetzt jegliche Lebenserfahrung verwehrt wurde und ich habe schreckliche Angst, wenn ich mich frage: Wie lebt man denn überhaupt ein eigenes Leben, allein unter anderen Menschen?"

Sie starrte wieder ausdruckslos auf die elegante, gerillte Weinbrandflasche vor sich und zog dann mit dem Finger einige der Linien nach. Genau diesen Brandy würde sie sich für ihr Zimmer besorgen, also durfte sie nicht vergessen, die Marke aufzuschreiben. Bereits um einiges entschlossener sprach sie nun weiter.

„Natürlich macht man sich in meinem Alter auch schon Gedanken um seinen Platz in der Welt und die eigene Bedeutung, aber bei sich selbst, da soll man ja bekanntlich blind sein, noch dazu, wenn man so unerfahren ist wie ich."

Sie sah ihn zweifelnd an, denn was sie jetzt sagte war ihr reichlich unangenehm, da es sehr persönlich war.

„Ich fürchte nämlich, wer mich und meine Mutter kennt, hält mich für eine taube Nuss und behält diese Ansicht nur aus Anstand oder Mitleid bei sich. Was könnte ich da tun? Wie erfahre ich die Wahrheit über mich selbst?"

Dr. Sebring sah sie ernst an, Charlotte schenkte sich einen weiteren Armagnac ein und vernichtete ihn mit einem einzigen Schluck.

„Charlotte", sagte er sanft, „Sie haben völlig Recht, man sieht sich selbst meist mit anderen Augen als die Umwelt es tut, aber den größten Unsinn, den ich auf diesem Gebiet je gehört habe, war eben ihre eigene Beurteilung."

Sie beugte sich ungläubig vor: „Sie wollen mich beruhigen?"

Er tupfte ihr sanft die über die linke Backe rollende Träne ab.

„Sie haben den besten Ruf, Sie sind intelligent und gebildet und durch den strengen Drill, dem Sie ausgesetzt sind, sogar so gut wie perfekt. Sie werden bewundert, aber auch ein wenig bedauert dafür, dass Sie, wie alle in Ihrem Haushalt, einer Generalin unterstehen, zumindest hält sie sich selbst dafür. Ein derartiges Schicksal teilen allerdings auch viele andere mit Ihnen. Das ist die eine Seite, aber sie geht vorbei, hoffentlich nicht auch die andere."

Er stützte die Ellbogen auf und verschränkte die Finger ineinander.

„Sehen Sie, in meinem Alter habe ich keinen Grund mehr, Ihnen zu schmeicheln und ich hoffe, Sie empfinden es nicht als peinlich, wenn ich Ihnen sage, dass Sie nicht nur unglaublich klug, sondern auch wunderschön anzusehen sind, ich weiß das zu beurteilen. Aber etwas irritiert mich, und, vorausgesetzt dass Sie sich nicht über Gebühr behelligt fühlen, darf ich Ihnen eine persönliche Frage stellen?"

Sie nickte, begierig, sich ihm anzuvertrauen.

„Hassen Sie Ihre Eltern und wenn ja, warum?"

Sie legte beide Hände um seine Rechte. Ja, sie fühlte, dass es das erste Mal richtig war über ihr Geheimnis zu sprechen und es tat sogar unglaublich wohl.

„Ich weiß etwas sehr Unangenehmes, und die beiden haben davon nicht die leiseste Ahnung", flüsterte sie kindlich, sah ihn beinahe stolz an und suchte die Spannung in seinem Gesicht.

„Ich bin nicht ihr leibliches Kind", verkündete sie und erklärte dann mit Genugtuung: „Das ist auch der Grund, warum sie mich so mitleidslos antreiben, denn als Gegenleistung für meine Aufzucht habe ich perfekt zu sein, damit sie mit meinen Leistungen angeben können. Natürlich darf davon nichts bekannt werden und die letzte Mitwisserin lebt leider ohnehin nicht mehr. Also stehe ich wunschgemäß jederzeit schweigend Gewehr bei Fuß und erlaube mir selbst, wenn es zu schlimm werden sollte, mich heimlich zu betrinken. Allerdings werde ich jetzt auf diesen Brandy umsteigen."

Sie griff wieder zur Flasche, aber er nahm sie ihr aus der Hand.

„Alkohol macht die Sache nicht besser", wehrte er ab, „ich habe im Keller eine Menge Kisten Premier Cru de Puligny-Montrachet. In dem Zeug können sie meinetwegen baden, wenn sie wollen, aber für heute ist Schluss. Was Sie brauchen ist nicht Betäubung, sondern leider wieder die ihnen verhasste Disziplin. Stehen Sie zu sich, Mädchen, Sie sind etwas ganz Besonderes, das muss Ihnen zu jeder Sekunde präsent sein und verhalten Sie sich auch danach. Es wird hart werden, mein Kind, aber die Kämpferin Charlotte wird dies schneller lernen als sie es sich zutraut."

Charlottes Herz ging auf und ein warmes Gefühl durchdrang ihren Verstand und erstmalig auch ihren Körper. Sie sah ihn an und wusste jetzt, dass sie ihn lieben würde, nein, sie liebte ihn bereits.

„Ich kann jetzt nicht nach Hause, darf ich heute auf diesem Sofa schlafen?", fragte sie.

Er nahm sie an der Hand und zog sie hoch: „Keine Ausflüchte. Ich werde Sie jetzt nach Hause fahren, wo man sicher schon auf Sie wartet. Es wird Ihre erste Bewährungsprobe in der Familie sein."

Vorderhand fiel jedoch die Bewährungsprobe aus, denn Vater war bereits schlafen gegangen und Mutter bei einem Konzert.

Natürlich würde die Haushälterin am nächsten Morgen Bericht erstatten, aber gegenüber Charlotte hielt sie sich, unübersehbar feindselig zwar, distanziert und korrekt zurück.

Am nächsten Tag brach Eleonore mit dem üblichen Ritual. Noch vor dem gemeinsamen Frühstück rief sie Charlotte in ihr Arbeitszimmer.

Natürlich, die Haushälterin hatte ihr bereits vor Tagesanbruch ihre Beobachtung von gestern Abend vorgetragen, da war Charlotte vollkommen sicher.

Trotzig klopfte sie an die Tür und öffnete sie, ohne eine Antwort abzuwarten.

„Guten Morgen, Mutter, Du wolltest mich sprechen?"

„Habe ich Dich gebeten einzutreten?"

„Bestimmt, Du hast es sicher nur sehr leise gesagt."

Diese Antwort beunruhigte Eleonore außerordentlich. Das Mädchen war zu klug.

Hatte sie nämlich Charlotte rufen lassen und ließe sie dann nicht eintreten, würde es den Anschein erwecken, sie sei unentschlossen oder unsicher. So weit durfte es aber nicht kommen.

„Wer hat Dich gestern nach Hause gebracht?", sagte sie streng.

„Dr. Sebring."

„Und wieso er und warum so spät?"

„Anna-Maria hatte keine Zeit und Sebring musste vorher noch geschäftliches telefonisch erledigen. Es stand mir wohl nicht zu, für seine Freundlichkeit auch noch Bedingungen zu stellen."

„An ein Taxi hast Du wohl nicht gedacht?"

„Ehrlich gesagt, nein."

Damit hatte sich für diesen Fall alles erledigt und Charlotte wusste auch warum. Dr. Sebring war absolute

Upperclass und daher auch ein passender Umgang für Charlotte. Als emeritierter Hochschulrektor, Schriftsteller und Literaturpreisträger war er vielleicht sogar dafür gut, Charlotte zu einem angemessenen Ehemann zu verhelfen. Eine bessere Kontaktperson würde man nicht finden.

-----

Anna-Maria und Charlotte hatten sich gegen Mittag im Restaurant K+K am Waagplatz verabredet. Abgesehen davon, dass man hier hervorragend speisen konnte, war der zugrunde liegende Gedanke aber derjenige gewesen, nachher in die Babogi Kidsfashion Boutique hinüberzuwechseln, um für das entzückende jüngste Würmchen Verenas ein Geschenk zu kaufen.

Iris, die als überaus praktische Person galt, hatte ihrem Ruf wieder alle Ehre gemacht und für die Kleine Gold am Stück gekauft. „Später wird sie das zu schätzen wissen", meinte sie, „auch wenn es momentan nicht gerade plakativ ist. Sorgt also Ihr beiden für ein wenig Baby-Glamour" und empfahl ihnen das hübsche Geschäft für Babyausstattung am Waagplatz.

Obwohl es sich bei dem Mädchen um ein sogenanntes Frühchen handelte, hatte es schon das Spital verlassen dürfen und sah auf den ersten Fotos, die Verena in den Bridge-Club mitgebracht hatte, bereits gesund, pummelig und ziemlich gut gelaunt aus.

„Weißt Du, was man zurzeit mit drei Wochen trägt?", fragte Charlotte, als sie ziemlich orientierungslos zwischen Rosa, Hellblau und Weiß herumstanden.

„Du meinst, was gerade modisch ist?"

„Naja, so ungefähr."

„Spielt das wirklich eine Rolle, wenn das Baby ohnehin zugedeckt ist?"

„Es ist Sommer, Schätzchen, man lässt sein Kind nicht schweißgebadet leiden."

Eine Verkäuferin, die sich erst dezent im Hintergrund gehalten hatte, sah nun die Notwendigkeit hier einzugreifen.

„Wie alt ist denn Ihr Baby", fragte sie freundlich.

Charlotte, die sich unerwartet angesprochen fühlte, antwortete schnell: „Nein, das Baby gehört einer Freundin."

Gleich darauf kam ihr zum Bewusstsein, dass nicht sie selbst damit gemeint gewesen war. Warum musste sie sich auch immer wieder blamieren?

Doch die junge Verkäuferin besaß Klasse.

„Natürlich", sagte sie und zuckte mit keiner Wimper, „ist es ein Bub oder ein Mädchen?"

„Ein Mädchen."

Nach langem Hin und Her griffen sie dann zu einer Wäschegarnitur in Weiß mit einer gelben Ente am Latz, passenden Schühchen und eine edel schimmernde Seidensteppdecke für den Kinderwagen. Mit kindlicher Freude wählten sie auch noch Geschenkpapier samt Masche und ließen alles gleich im Geschäft verpacken.

Als sie gleich danach beim Eiskaffee im Tomaselli saßen, stellten sie ihr Paket gut sichtbar auf einen Stuhl und bedauerten plötzlich sehr, dass sie die herzigen Sachen nicht mehr ansehen konnten, ohne die schöne Hülle zu zerstören.

Ihr Geschenk mit viel Freude präsentierend trafen sie dann wenig später, wie verabredet, bei Verena ein und da das Baby Severine noch schlief, ließ es Verena vorerst mit dem Kindermädchen im Haus zurück.

In einer gemauerten Gartenlaube, die eher einer Miniaturausführung des Tempels der Vesta in Tivoli glich, wies Verena mit beiden Händen auf die marmornen Säulen. „Dass mein Vater studierter Historiker ist, brauche ich wohl nicht zu erwähnen und dies war sein Besitz, bevor er nach Wien gegangen ist."

„Mir gefällt es", stellte Charlotte fest, „Dein alter Herr dürfte ordentlich Kohle haben."


Verenas verwöhnte Lieblinge Alma und Ferdinand hatten sich Schokolade und Torte mit Schlagobers genehmigt und wurden jetzt wieder unruhig.

„Ich geh hinauf", sagte Ferdinand.

„Aber es wäre heute so schön im Garten, außerdem verdirbst Du Dir die Augen mit den ewigen Videospielen", rief ihm Verena nach. Natürlich bekam sie keine Antwort, aber Alma sprang auf:

„Dann geh ich auf die Schaukel."

Eine Stunde später kam Iris und Verena packte die Geschenke aus.

„Wunderbar", strahlte sie. „So hübsch, ich danke Euch vielmals."

Offenbar fühlte jetzt die kleine Severine in ihrem Bettchen, dass etwas Bedeutsames geschah, an dem sie teilhaben sollte und erwachte.

„Die junge Dame macht uns ihre erste Aufwartung", stellte Iris fest und Severine lächelte, flutschte und trank zum Entzücken aller ihr Fläschchen leer.

„Fräulein Severine nimmt huldvoll ihren Platz in der Gesellschaft ein", sagte Charlotte, „oder besser gesagt, sie hält Hof."

Nur Alma, die jetzt wieder am Tisch saß, schien sich zu langweilen.

„Gott ist dieser Kinderkram öde und ich mag auch nicht mehr schaukeln", trotzte sie. „Der Ferdi darf sich einfach verziehen, wenn er will und ich schlag mir wieder eine aufs Maul."

„Schon wieder dieser Ton, Liebes", mahnte Verena, „und sag nicht immer solche Sachen. Du bekommst doch immerhin Deinen eigenen Fernseher, den Du Dir für Dein Zimmer wünscht."

Charlotte erhob sich.

„Ich kann ohnehin etwas Bewegung gebrauchen. Zeigst Du mir Deine Schaukel?"

Alma nickte erfreut und sie verschwanden rasch in den verborgenen Schlünden des weitläufigen Gartens.

„Viktor", rief Alma einem älteren Mann im Overall zu, als er sich mit der Heckenschere dem Gebüsch neben der Schaukel näherte, „mach morgen weiter, wir bleiben noch hier."

Als Severine später das Mäulchen aufriss und ausgiebig zu gähnen begann, wurde sie endgültig der Kinderschwester anvertraut und die vier Frauen spielten noch einige Partien Bridge.

-----

„Würden mich heute Sie nach Hause bringen? Bitte!"
Dr. Sebring, der nach dem Duschen an die Bar kam, sah Charlotte forschend an. Wenn Anna-Maria keine Zeit hatte oder nicht im Fechtclub war, brachte er sie natürlich heim, aber heute saßen die Freundinnen zusammen am Tresen und tranken Prosecco.
„Ich glaube, Charlotte möchte noch etwas mit Ihnen besprechen, es dürfte wichtig sein."
Er überlegte. „Wenn das so ist, natürlich, wann wollen Sie denn fahren?"
„Vielleicht jetzt gleich?"
„Was gibt es denn so Wichtiges?", fragte er neugierig, nachdem sie aus dem Parkplatz gebogen waren.
„Es betrifft meine Großjährigkeit", antwortete sie, „ich habe morgen Geburtstag."
„Das ist ja fabelhaft, herzlichen Glückwunsch."
„Darf ich mir etwas wünschen?", fragte sie etwas atemlos.
„Aber gerne, was darf es denn sein?"
„Ich möchte nur mit Ihnen in Ihrer Bibliothek mit einem Gläschen Armagnac auf meinen Geburtstag anstoßen und ihnen dann mein Problem erzählen."

Bevor er antworten konnte, fügte sie hinzu: „Meine verstorbene Tante hat zwar zur Vermögensverwaltung einen Notar für mich bestellt, aber ab morgen bekomme ich bereits monatliche Geldbeträge aus meinem Erbe und sollte mich jetzt auch über die Modalitäten informieren. Ich habe aber keine Ahnung wie man das macht und außer Ihnen keinen Menschen, dem ich vertrauen kann."

Dr. Sebring nickte kurz und änderte die Fahrtrichtung.

Nachdem die Haushälterin geschmackvolle kleine Brötchen auf den Glastisch der Bibliothek gezaubert hatte, stießen Dr. Sebring und Charlotte auf den kommenden Geburtstag an.

„Ab morgen sind Sie frei", sagte er, „niemand kann Sie daran hindern zu tun, was Sie für richtig halten."

„Und was halte ich für richtig?"

„Dass Sie sich laufend Unterlagen geben lassen über die Verwaltung Ihres Vermögens, zum Beispiel, und dass Sie ihre eigenen Entscheidungen in persönlichen Angelegenheiten treffen."

„Aber ich habe keinerlei Erfahrung in Dingen des Alltags, was gilt als angemessen und wie erledigt man die nötigen Schritte?"

„Wenn Sie es erlauben, werde ich sie beraten und helfe Ihnen auch gerne dabei, in eigenen Dingen ein praktischer Mensch zu werden. Es wird allerdings ein Weg der kleinen Schritte sein, denn alles ist letztlich Gewohnheit."

Sie nickte ernst und stand auf, offenbar war sie jetzt müde. Sebring erhob sich ebenfalls, doch überraschend blieb sie stehen und wandte sich ihm zu.

„Möchten Sie mich küssen?", fragte sie und wandte ihm ihr Gesicht zu. Er starrte sie an.

„Nein", sagte er dann heiser, „ich werde Sie nicht küssen."

„Doch, Sie werden."

Ruhig nahm sie sein Gesicht in beide Hände und presste ihren Mund auf den seinen. Sanft versuchte er ihre Schultern wegzudrücken, aber als sie nicht zurückwich, zog er sie an sich und genoss kurz diesen Kuss, der ohne jede Zärtlichkeit war, aber ein höllisches Begehren in ihm auslöste. Dann spürte er ihre Brüste, die wie glühende Kohlen in seinen Körper stachen und er schob sie von sich.

„Ich bringe Sie jetzt nach Hause."

Der raue Ton seiner Stimme beunruhigte ihn selbst und verriet ihn vermutlich sogar an die junge, noch unbedarfte Charlotte.

Wortlos griff sie nach ihrer Tasche, warf den Riemen über die Schulter und ging vor ihm hinaus zum Wagen.

„Ich bin sehr unerfahren im Umgang mit anderen Menschen, aber sicher ist, dass man sogar vor sich selbst nie wirklich sicher ist", stellte sie fest und schwieg dann, bis sie ausstieg.

„Gute Nacht", sagte sie förmlich und verschwand ruhig und ohne sich umzudrehen durch die kleine Pforte neben dem Gartentor.

Eigentlich hatte Charlotte vorgehabt, Sebring die volle Wahrheit über die Tagebücher Tante Marthas anzuvertrauen, aber die Abwehr, die er ihr trotz dieses emotionalen Erlebnisses unverkennbar entgegenbrachte, hatte sie dann doch davon abgehalten. Plötzlich erkannte sie glasklar, dass sie niemals bereit sein würde, auch nur mit einem einzigen Menschen über sich und den Inhalt der Bücher zu sprechen."

An diesem Abend blieb ihr allerdings die Konfrontation mit Eleonore nicht aus, denn sie hatte bereits auf Charlotte gewartet.
Mit den Worten „Wo kommst Du jetzt her?" wurde sie bereits im Entree empfangen.
Dazu gab es nur einen Gedanken, den Charlotte nun wie einen Schild zwischen sich und die gefürchtete Autorität der Mutter schob: „Mir steht die Welt offen, ich werde morgen großjährig."
„Ich habe mit Dr. Sebring auf meinen Geburtstag angestoßen", sagte sie eisig, „in seiner Bibliothek natürlich."
„Du warst allein mit ihm in dieser Bibliothek?"
Eleonores Stimme hatte einen falsettartigen Ton angenommen.
Charlotte sah ihr ins Gesicht.
„Ja, nur wir beide, denn er lebt allein."
„Du bist ja verrückt, was ist geschehen?"
„Was soll denn schon geschehen sein? Außerdem ist es einzig und allein meine Sache."

Völlig überraschend verspürte Charlotte daraufhin den brennenden Schmerz einer Ohrfeige an der Wange.

„Was fällt Dir ein so mit Deiner Mutter zu sprechen" ächzte Eleonore, „das wird ein Nachspiel haben."

Als Charlotte sie nur schweigend anstarrte, änderte sich Eleonores Ton.

„Wir werden morgen im Goldenen Hirschen mit unseren Gästen zu Mittag speisen. Auf Deiner Geburtstagssoiree wird dann erwartet, dass Du, zum Andenken an Tante Martha, ihr Lieblingsstück vorträgst. Du verdankst ihr schließlich eine ganze Menge."

„Tante Martha verdanke ich sogar alles", dachte Charlotte, „für sie werde ich spielen wie ein Engel."

„Ja", sagte sie beinahe andächtig, „ich werde für sie spielen", aber Eleonore hatte sich bereits umgewandt und verschwand über die Treppe nach oben.


Exakt um null Uhr meldete Charlottes Handy das Eintreffen einer SMS und gleich darauf einer zweiten.

Die erste war von Dr. Sebring und lautete: „Ich wollte der Erste sein. Herzlichen Glückwunsch zum Eintritt ins neue Leben."

Nichts hätte sich Charlotte brennender gewünscht, als diese Worte dicht an ihrem Ohr zu hören.

„Du wirst mein Erster sein", flüsterte sie und hauchte einen Kuss auf seine Worte.

Der zweite Glückwunsch kam von Iris, auch sie hatte sich diesen frühen Spaß ausgedacht.

Charlotte breitete sich genüsslich im Bett aus.

„Vielen lieben Dank", trompete sie ins Handy, „diese Überraschung ist Dir gelungen."

„Na fein. Ich freue mich bereits auf morgen, aber bis Mittag wirst Du vor Glückwünschen ja schon vollkommen ausgeschunden sein. Bist Du schon sehr aufgeregt? Es ist ein so wichtiger Tag."

„Nein", lachte Charlotte, „meine Entlassung aus der Kindheit wird mir ja hoffentlich ohne langwierige Vorbereitung und Prüfungsstress verliehen."

„Das kann ich Dir leider nicht mehr sagen", alberte Iris, bei mir scheint es nämlich bereits hunderte Jahre her zu sein."

„Wenn das so ist, darfst Du mich niemals operieren."

„Wieso, kein Vertrauen zu mir?"

„Nicht so richtig, Du beginnst vielleicht voller Elan und erinnerst Dich gleich darauf nicht mehr, warum Du überhaupt angefangen hast."

„Zusammen fällt uns auch das wieder ein", grinste Iris, „ich weck Dich einfach aus der Narkose und Du sagst mir, warum ich in Deinen Innereien herumwühle. Dann bringen wir das Ding zu Ende."

Plötzlich wurde ihre Stimme ernst.

„Apropos Gesundheit! Weißt Du es schon? Die arme Verena. Es scheint, sie kommt einfach nicht mehr aus der Scheiße heraus."

„Du willst doch nicht sagen, es ist schon wieder...?"

Charlotte stockte der Atem.

„Nein, eigentlich betraf es ja Alma, aber für die Mutter war es ein schlimmer Schock. Das Mädchen ist von der Schaukel gefallen."

„Welcher Schaukel?"

„Na, der im Garten, wo Du mit Alma gespielt hast. Das Seil ist gerissen und schon lag sie am Boden und schrie Zeter und Mordio."

„Oh nein. Ist sie verletzt?"

„Eigentlich nur wenig. Gegen ihre sonstige Art war sie nicht richtig in Schwung, weil sie noch einen Apfel gegessen hat. Nicht auszudenken, wenn sie durch die Landschaft gesaust wäre, wie vom Katapult geschleudert. Du selbst hast doch auch vorgestern noch richtig wild geschaukelt."

„Nicht nur ich, wir sind dann sogar zusammen auf dem Brett gestanden und haben uns voll ins Zeug gelegt."

„Das erklärt einiges", stellte Iris fest, „das Seil war nämlich ziemlich neu, hatte aber eine merkwürdig frische Bruchstelle. Dass es dem Gewicht von zwei Personen nicht richtig standgehalten hat, ist natürlich möglich und genaugenommen hättet Ihr Euch schon vorgestern den Hals brechen können."

„Der verflixt schlechteste Zeitpunkt, um abzutreten", sagte Charlotte, „wo wir doch noch nichts von der herrlichen Eisbombe gegessen hatten, die schon auf dem Tisch stand, eine ungeheure Tragödie."

„Oh ja", feixte Iris, „es wäre gewesen wie Neapel nicht sehen und trotzdem sterben!"

„Genau das wollte ich ausdrücken. Aber, was ist jetzt mit Alma?"

„Sie hat sich zwei Fingernägel abgebrochen und einen blauen Fleck am Knie."

„Dann ist ja Gott sei Dank nicht viel passiert."

„Aber sie hat Verena trotzdem eine Riesenszene hingelegt."

„Riesenszene? Mach so etwas mit meiner Mutter, und dann spring vom Kirchturm", lachte Charlotte, „oder besser gleich in den Brunnen."

„Kirchturm oder ersaufen, eine großartige Auswahl."

„Liegt schon einiges dort unten, zumindest in unserem", sagte Charlotte, „weil es rasch verschwinden musste, wenn mir Mutter auf den Fersen war."

„Also ich würde da fraglos das schweigend von der Schaukel Fallen bevorzugen", stellte Iris fest und schüttelte sich.

„Na, dann schaukle zuerst mal mit Alma."

„Übertreib nicht so schamlos. Du wirst sehen, die Kleine ist bis spätestens Mittag schlagartig gesund und wird nur dann wieder zu leiden beginnen, wenn sie auf Deiner Geburtstagsfeier nicht genug Aufmerksamkeit erregt."

„Braves Kind. Selbstlos und freundlich", erklärte Charlotte gut gelaunt.

Welches erfreuliche Ende einer möglichen Katastrophe. Beide erwähnten mit keinem Wort, dass Alma schon kürzlich das Glück gehabt hatte, einem Anschlag zu entgehen. Aber was man ignorierte, war nicht geschehen.

Die Frage war lediglich: Konnte dieses beinahe neue Seil nicht einfach nur gerissen, sondern absichtlich beschädigt worden sein?

Nun, es gab eben Gedanken, die keine Gedanken sein durften.

Bevor sie sich aber verabschiedeten, sagte Iris plötzlich wie beschwörend: „Einem Kind würde doch niemand absichtlich etwas antun?"

„Es ist zwar abscheulich, aber Menschen sind offenbar zu allem fähig."

-----

Draußen begann es eben hell zu werden, als Charlotte erwachte. Sie sah auf die Uhr, es war erst Fünf, aber sie wusste, dass es ihr nicht mehr gelingen würde einzuschlafen. Für das Frühstück war es noch zu bald, also beschloss sie, diesen für sie sicherlich wichtigsten Tag mit derjenigen Person zu beginnen, die ihr das meiste bedeutet hatte. Eigentlich war es die einzige Person, die ihr je etwas bedeutet hatte, Tante Martha. Sie holte ihren Lieblingsband unter Tante Marthas Tagebüchern hervor, entzündete die Menora und begann auf ihr Kissen gestützt zu lesen. Es war dies das eine Buch, in dem die Tante schrieb, dass das entzückende Bündel Mensch sofort ihr Herz gerührt hatte. Hier stand es also schwarz auf weiß zu lesen: Tante Martha hatte sie sofort ins Herz geschlossen und war der Mensch gewesen, der sie, das unerwünschte Kind, geliebt hatte. Bis Charlotte sich erhob, um sich für das Frühstück fertig zu machen, hatte sie diese Passage dreimal gelesen und ging nun leichten Herzens hinunter.

Mutter und Vater saßen bereits bei Tisch, gratulierten Charlotte und küssten sie auf die Stirne.

Da im Salon schon seit Tagen Vorbereitungen für das Fest getroffen worden waren, stand auch der verhüllte Tisch für die Geschenke bereits an der üblichen Stelle und Charlotte war sicher, dass das Geschenk der Eltern dort bereits fix platziert wäre.

Eleonore war allerdings schon auf dem Sprung zum Friseur und den Verpflichtungen einer Gastgeberin, so dass Vater und Charlotte zuletzt allein ihr Frühstück verzehrten.

„Ich will Dich wirklich nicht bevormunden, besonders heute nicht mehr", sagte er, „aber Mutter macht sich große Sorgen um Dich. Musst Du Dich so sehr verschließen vor ihr?"

Charlotte wurde von widersprüchlichen Gefühlen geschüttelt. Ärger einerseits, aber dann dachte sie an Tante Martha und wurde milder gestimmt.

„Wenn mir das Leben hier auch vergällt wurde", dachte sie, „so hatte ich doch Tante Martha und wurde von ihr geliebt. Schon ihretwegen sollte ich also positiv bewerten, dass ich, für mich zwar unerwünscht, aber immerhin auf allen Gebieten hervorragend ausgebildet wurde. Das sollte auf jeden Fall für Mutter sprechen, denn ich kann jetzt alles, was ich durch sie gelernt habe, auch bis ins Kleinste nutzen."

„Ich habe mich verschlossen, weil ich immer zurückgewiesen wurde", antwortete sie, „aber da ich doch jetzt erwachsen bin, können wir ja auf einer ganz anderen Ebene verkehren. Es kann so alles nur viel besser werden", beendete sie versöhnlich.

Aschenbrenner ließ sich vom Mädchen Kaffee nachschenken und blieb sitzen, obwohl er sein Frühstück bereits beendet hatte.

„Charlotte", sagte er plötzlich, „Deine Mutter hat auch Niko und di Angelo zu Deinem Geburtstag eingeladen."

„Sie erwartet also, dass ich einen Bräutigam anschleppe?"

Bei dem Gedanken an die vermeintlichen Kandidaten schmunzelte sie amüsiert.

„Vater", sagte sie, „Niko muss in Kürze eine Ehefrau vorweisen. Er hat sich für Anna-Maria entschieden und sie ist eine ausgezeichnete Wahl.

Di Angelo ist ein freundlicher Mann, aber behandelt mich ausnahmslos als Kind, unterhalten hat er sich auch bevorzugt mit Verena. Ein Mädchen wie ich kommt da fraglos von Haus aus nicht in Betracht. Soll ich mir eine Abfuhr holen, die niemandem nützt? Du siehst, ob ich interessiert wäre oder nicht, steht in beiden Fällen überhaupt nicht zur Debatte, also werde ich auch nicht in der Lage sein, irgendjemandem ein Geschäft mit unserer Bank schmackhaft zu machen, es tut mir wirklich leid."

Fragend sah sie ihn an: „Ich muss doch annehmen, dass eine derartige Absicht dabei auch eine tragende Rolle spielt?"

„War das jetzt wirklich nötig?", sagte er ruhig.

„Es war völlig unnötig", lenkte sie ein. „entschuldige bitte."

Der mittägliche Empfang im Goldenen Hirschen war eine Sensation geworden, nur die Creme der Gesellschaft war geladen und Charlotte wurde mit Glückwünschen und Komplimenten überhäuft. Sogar der Direktor des Hauses erschien zur Gratulation und das Personal marschierte anschließend mit einer dreistöckigen Torte ein, die unter Unmengen von Sprühkerzen den Eindruck einer einzigen lodernden Fackel erweckte.

Als dann zartes Verdauen die Gesellschaft ruhiger werden ließ, fragte di Angelo, der links neben Charlotte platziert worden war, ob sie Lust hätte, mit ihm an die Bar zu gehen und ein wenig abzuspannen. Sie nickte dankbar.

„Whisky?", fragte er, „Du bist ja jetzt schon ein großes Mädchen."

Sie lachte. „Ich hätte gern Armagnac", sagte sie zum Barkeeper. „Passt das für ein großes Mädchen?"

„Exakt", sagte er ernst, „Sie sind genau der Typ dafür."

„Wieso Armagnac?", fragte Giorgio, „wie kommst Du denn dazu?"

„Kannst Du schweigen?"

„Wie eine Gruft!"

Jetzt endlich begann Charlotte sich von der Seele zu reden, was sie niemandem hatte sagen können. In einem einzigen Strom erzählte sie ihm von Dr. Sebring, wie großartig er war, und dass sie von Anfang an zu ihm Vertrauen gefasst und ihn dann auch geküsst hatte. Sie sah Giorgio forschend an.

„Du denkst jetzt, dass ich mich ihm an den Hals geworfen habe? Aber so ist es nicht, es ist mehr. Wir beide wissen es."

Di Angelo schwieg einige Sekunden. Es war schließlich noch nie geschehen, dass er eine solche Geschichte zu hören bekam.

„Hast Du mit ihm geschlafen?", fragte er.

„Nein, er ist Kavalier alter Schule, aber wir werden heiraten."

„Hat er das gesagt?"

„Nein, aber er lebt allein und wir lieben uns."

Di Angelo konnte nicht glauben, was sie da erzählte, aber er würde sich gründlich informieren.

„Charlotte", fragte er, „bin ich für Dich ein Freund?"

„Würde ich Dir sonst mein Geheimnis anvertrauen?"

„Natürlich nicht, aber versprich mir eines. Lass das Verhältnis so wie es ist und in zwei, drei Wochen, vielleicht auch etwas früher, sprechen wir dann wieder darüber. Kann ich mich auf Dich verlassen?"

„Du brauchst ihn nicht zu überprüfen, er ist ein angesehener Mann und anständig."

„Das habe ich nicht bezweifelt, aber trotzdem, kannst Du es mir versprechen?"

Sie lachte und schlug leicht gegen seine Hand, die auf dem Tisch lag.

„Geht in Ordnung, so eilig habe ich es jetzt nicht mehr, ich bin ja ab heute mein eigener Herr."

„Braves Mädchen", sagte er, aber es gab kaum etwas, das di Angelo mehr bezweifelte.

Die Geburtstagssoiree Charlottes stellte eine einzige Ansammlung von Gästen der Klasse Platinplastikkarten dar. Männer in Maßhemden, seidenen Rollkragenpullovern und schwarzen Anzügen sowie weibliche Wesen, deren Glitzern an Hals und Gelenken harmonisch auf die Designerroben abgestimmt war.
Im offenen Salon der Familie Aschenbrenner hatte man darauf verzichtet Sesselreihen für die Zuhörer des Konzerts aufstellen zu lassen, da die Aufführung der Kleinen Nachtmusik von Mozart lediglich sechzehn Minuten beanspruchte, sodass es bequemer für die Gäste war, sofort an den im Raum verteilten Tischen Platz zu nehmen.
Armin und Eleonore Aschenbrenner standen mit Tochter Charlotte am Eingang, um die Gäste zu begrüßen.
Auch eine Bar befand sich im näheren Eingangsbereich, an der es sich bereits einige Gäste bequem gemacht hatten. Auch Niko und di Angelo hatten sich mit Bernauer und Iris bereits dort eingenistet.
Als die Familie des Staatssekretärs eingetroffen war und sich ebenfalls zu ihnen gesellt hatte, rief man nach Charlotte, um wenigstens kurz mit ihr anzustoßen.
Di Angelo erhob sein Glas und schwenkte damit über den Saal hin.
„Oh frivol ist mir am Abend", sagte er.

„Du bist ein herzensschlechter Mensch, Giorgio", lachte sie, „was würden unsere Gäste sagen, wenn sie wüssten, wie Du über sie denkst?"

„Ich bin Geschäftsmann, mein Engel, und die anderen sind es auch. Böse Buben erkennen einander."

Dann richtete sich sein Blick auf den Staatssekretär.

„Du siehst Dich natürlich als weißer Ritter, der sich aufs Pferd schwingt und die Demokratie rettet."

„Während Du, majestätisch wie eine Königin, langweiligen Unsinn verzapfst."

„Unterbrecht kurz das Kabarett", sagte Charlotte, „ich bin gleich wieder da, habe nur schnell jemanden zu begrüßen."

„Joschi", wunderte sich Iris, „fühlst Du Dich nicht wohl?"

„Wieso, sehe ich so aus?"

„Nein, aber es gab keine einzige sarkastische Bemerkung von Deiner Seite."

„Weil Du mich dann mit einem Blick getötet hättest, der Mordermittler aber in der Regel nicht die Opferrolle übernimmt."

„Wie kommst Du denn jetzt auf mich?"

Sekunden später verstand sie und fragte empört: „Die majestätische Königin? Soll das vielleicht heißen, dass auch meine Beiträge zu Deinen Ermittlungen Unsinn sind?"

„Aber nie langweilig, das muss auch dazu gesagt werden", lächelte er und küsste ihre Fingerspitzen.

Endlich war die Gesellschaft vollzählig, die fünf Musiker hatten sich positioniert und als man allgemein Platz genommen und der Vater des Geburtstagskindes eine kurze Rede gehalten hatte, begann das Konzert.

Nachdem anschließend das Buffet eröffnet war, zogen sich der Staatssekretär und Niko an die jetzt vereinsamte Bar zurück und waren sehr schnell in eine heftige Diskussion verwickelt.
Bernauer, der auch privat stets ein dienstliches Auge offenhielt, konnte zwar nicht verstehen was gesprochen wurde, aber er hatte das gewisse untrügliche Gefühl, dass die angebliche Affaire Nikos mit Verena das Thema war. Vielleicht hatte er sogar versucht, seinen Heiratsplan mit Anna-Maria zu realisieren und dem Vater war inzwischen das kursierende Gerücht zu Ohren gekommen, oder noch schlimmer, hegte der Staatsekretär gegen Niko womöglich einen gewissen Verdacht im Zusammenhang mit dem Überfall auf Verena?
Es blieb aber Bernauer für weitere Beobachtungen nicht mehr die Zeit, denn nun trat Charlotte auf das Podium und dankte den Anwesenden für ihr Erscheinen, die Glückwünsche und Geschenke. Dann fügte sie an: „Zum Schluss aber möchte ich mich an meinem achtzehnten Geburtstag am herzlichsten und liebevollsten bei Tante Martha, meinem Lebensmenschen, bedanken und ihrer gedenken. Erinnern Sie sich bitte jetzt mit mir bei Tante Marthas Lieblingslied dieser wunderbaren Frau."

Dann entzündete Charlotte die Menora, setzte sich ans Klavier und in die eingetretene würdevolle Stille erklang das, wie mit dem Herzblut der Pianistin geschriebene und von Beethoven vertonte, Lied: „Die Himmel rühmen des Ewigen Ehre."

Noch während der Applaus toste und Charlotte sich bescheiden verbeugte, fühlten zwei der Anwesenden eine tiefe Besorgnis in sich aufsteigen, es waren Joschi Bernauer und Giorgio di Angelo.

Es gab für beide keinen Zweifel, Charlotte war in ihren Gefühlen nur der Verstorbenen verhaftet und zugleich mit dem kraftvollen Spiel hatte sie auch ihren Hass auf die Lebenden abreagiert. Wozu mochte die junge Frau tatsächlich fähig sein und wo lag der wahre Grund dafür?

Di Angelo hoffte, dass Charlotte letzten Endes nicht stark genug war, tatsächlich Dinge auszuführen, die ihr zumindest vielleicht gelegentlich vorschwebten.

Bernauer aber erkannte aus Erfahrung untrüglich die Notwendigkeit, sich bei seinen Ermittlungen zu den mysteriösen, ungeklärten Fällen jetzt mehr als bisher auf Charlotte zu konzentrieren, auch wenn er keinen realen Zusammenhang benennen konnte.

Bei allen anderen Personen im Dunstkreis der Ermittlungen gab es zumindest einen gewissen beachtenswerten Bezug zu den Geschehnissen. Dass aber alle Vorkommnisse irgendwo miteinander in Verbindung standen, vermutete und bezweifelte Bernauer gleichzeitig, je nachdem, was er gerade zutage förderte. Um sich entscheiden zu können fehlte ihm einfach der gemeinsame Nenner und den fand er nicht. Wer konnte zweimal versucht haben, Verena zu töten und dann auch noch ihre Tochter, oder waren es zwei verschiedene Täter?

Wenn die lebende Verena einer Heirat Nikos mit Anna-Maria im Wege stand, wieso sollte dann auch das Mädchen Alma getötet werden? Außerdem konnte der Anschlag auf das Kind, womöglich sogar ein zweites Mal über die Schaukel, nur von einer Person begangen worden sein, die Zutritt zum Hause der Familie Spiegelberg hatte. Wenigstens hier war die in Frage kommende Anzahl begrenzt.

Wenn aber Verena eine Affaire gehabt hatte und ihr Mann wollte sie umbringen, um jeden Skandal zu vermeiden, warum dann auch noch seine eigene Tochter? Der Junge war dabei immer unangetastet geblieben, das konnte natürlich auch Zufall sein. Andererseits wieder war unklar, ob der Täter, der Verenas Unfall herbeigeführt hatte, wusste, dass ihre Kinder nicht mit im Wagen saßen und deshalb zuschlug. Oder wusste er es nicht und wollte sie alle zusammen töten?

Inzwischen waren nun auch die Geschenke besichtigt worden und Charlotte hatte gebührend Freude gezeigt, aber in Wahrheit war sie nur am Geschenk ihrer Eltern interessiert, einen VW Golf Sport in Dunkelblau. Ein Repräsentationsgeschenk aus Sicht der Eltern, aber für sie bedeutete es Freiheit. Sie musste jetzt nur noch so schnell wie möglich ihren Führerschein bekommen.

Charlotte, die nun auch über die monatlichen Zahlungen aus dem Erbe verfügen konnte, begann erstmalig, dem Leben angenehme Seiten abzugewinnen, obwohl sie momentan gesteigert zu büffeln hatte, denn nicht nur die Führerscheinprüfung, sondern auch die Matura fiel an. Da sie jedoch durch die harte Schule ihrer Eltern darauf gedrillt war, schnell und effizient zu lernen, hatte sie noch vor der Matura ihren Führerschein gemacht und auch ihr Versprechen gegenüber di Angelo gehalten, den Kontakt zu Dr. Sebring lose laufen zu lassen. Eigentlich wäre sie jetzt zu allem, das man von ihr verlangt hätte, bereit gewesen, denn sie sah sich dem von ihr angestrebten Ziel schon sehr nahe und war ruhig und ausgeglichen.

Da sie es nun nicht mehr nötig hatte, irgendwo mitzufahren, entfielen auch die Fahrten, mit denen Dr. Sebring sie nach dem Training heimgebracht hatte.

Als aber Sebring an einem der nächsten Tage vor dem Tor seines Anwesens ausstieg, hielt Charlottes Wagen neben dem seinen.

Ehe er zu Wort kam, legte sie ihren Finger auf seinen Mund.

„Nur einen Armagnac", sagte sie. „Bitte."

„Nur einen?"

„Sonst nichts."

Erstmalig erschien Sebrings Hausdame nicht, aber Charlotte scheute davor nach ihr zu fragen, doch nachdem sie ihr Glas mit einem Schluck geleert hatte, gab sie sich innerlich einen Ruck und sagte „Ich hätte nämlich eine Bitte. Es geht um meine Matura."

„Gibt es Probleme?", fragte er etwas besorgt.

„Nicht, wenn Sie mir erlauben, dass ich hier bei Ihnen lernen darf."

Er schwieg, dann nahm er sie an den Schultern und dreht sie zu sich herum.

„Warum hier?"

„Ich möchte einfach nur bei Dir sein", antwortete sie, „irgendwann wirst Du mich küssen wollen, ich habe Zeit."

„Irgendwann würde es Dir leid tun, Charlotte, ich bin ein alter Mann."

„Der aus mir eine junge Frau machen könnte."

Seine Augen starrten sie an.

„Willst Du wirklich bleiben?", fragte er dann klanglos.

Sie zog seine Hände über ihre Brüste.

„Wenn Du haben willst, was Du fühlst?"

Da umfasste er ihre Hüften und presste sie dicht an sich.

„Fühlst Du, wie sehr ich es möchte?"


Charlotte fuhr nun zum Lernen außer Haus und übernachtete offiziell in Lerngemeinschaften, dabei hütete sie sorgfältig das Geheimnis ihrer Beziehung und war endlich glücklich. Nun begleitete sie ja auch der erfahrene Mann überaus kompetent durch das Züngeln ihrer aufgebrochenen Gefühle in den sicheren Genuss

und zum ersten Mal gab es für sie Stunden ohne Zwang und Hemmungen.
In diesem Zustand hatte sie dann auch die Matura mit ausgezeichnetem Erfolg bestanden.

Di Angelo, der sich vielseitig bemüht hatte, Sebrings Hintergrund auszuleuchten, konnte nichts herausfinden, das Schatten auf den Mann werfen konnte.
Er war emeritierter Hochschuldekan und Literaturpreisträger, war reich und lebte allein.
Seine Frau war vor einem Jahr nach einem Schlaganfall gestorben und sein Sohn und seine Schwiegertochter, lebten seit Jahren in Wien.

„Giorgio", sagte Charlotte, als er zum Salzburger Bridge-Großturnier angekommen war, „möchtest Du mich nicht wenigstens einmal sehen, wenn ich die Klinge kreuze? Mein Gegner ist Dr. Sebring."
Nach dem Kampf unterhielten sich die beiden Männer längere Zeit über geschäftliche und politische Dinge, auch noch nachdem sich Charlotte bereits verabschiedet hatte.
In einer Pause des Bridge-Turniers am nächsten Tag fragte Charlotte, ob sich Giorgio von Dr. Sebring ein Bild gemacht und was er über ihn herausgefunden hätte.
„Nur, dass er einen verheirateten Sohn hat, der in Wien lebt, aber im diplomatischen Dienst ziemlich viel unterwegs ist. Negatives über ihn selbst ist mir nicht

bekannt geworden, aber wir brauchen uns ohnedies nicht mehr darüber zu unterhalten."

„Wieso?", fragte sie erstaunt.

„Du schläfst längst mit ihm, ihr seid zu vertraut im Umgang miteinander."

„Du findest es also nicht richtig?"

„Irgendwann wirst Du es auch nicht mehr für richtig halten."

„Und Du hast immer recht?"

„Nein, aber wenn Du Hilfe brauchst, Onkel Giorgio hat ein offenes Ohr."

„Du bist zwar ein Scheißitaliener, aber ich liebe Dich."

„Und Du bist ein kuhäugiger Salzburger Trampel und ich liebe Dich auch."

-----

Charlotte schob die Stay Ups mit dem breiten schwarzen Spitzenrand ihre frisch rasierten Beine hinauf, tupfte ein wenig Parfum über die nackten Brüste und Schultern und wandte sich dabei Sebring zu.

„Warum hast Du eigentlich ein neues Mädchen, was ist denn aus Deiner Haushälterin geworden, hast Du sie meinetwegen nicht mehr?"

„Nein, ihre Mutter hatte einen Oberschenkelhalsbruch und die erste Zeit wird sie von ihrer Tochter betreut."

„Aber dazu haben die Leute doch Krücken?"

„Die Frau wird demnächst neunundachtzig, noch lebt sie allein."

„Oh Gott", sagte Charlotte, „wer will denn schon neunundachtzig werden?"

„Na, jemand, der achtundachtzig ist", sagte er, umarmte sie und strich mit dem Mund sanft über ihren Hals.

Plötzlich richtete sie sich auf und sah ihn an.

„Und das Mädchen, lebt es hier im Haus?"

„Welches Mädchen?"

„Das Dienstmädchen."

„Ja."

„Macht sie Dich an?"

„Keine Ahnung."

„Sie hat riesige Brüste."

Er grinste amüsiert.

„Unübersehbar."

„Hast Du Lust sie anzufassen?"

„Spiele ich nicht ausgiebig mit Deinen Möpsen?"

„Das ist keine Antwort. Ihre sind weit größer und ziemlich schwer. Ist sie hier, weil Du scharf darauf bist ihren Busen zu befummeln. Vielleicht sogar lieber als den meinen?"

Er runzelte betont scheinheilig die Stirn.

„Lieber vielleicht gerade nicht", sagte er dann, „aber wenn ich sie schon befummeln soll, werde ich natürlich auch an ihren prächtigen Nippeln knabbern, das magst Du doch auch so gerne."

„Ach, sind sie hart, ihre prächtigen Nippel?"

„Weiß ich nicht."

„Wieso sagst Du dann, dass sie prächtig sind?"

„Charlotte, sei doch nicht kindisch, ein Mann weiß eben, wie Brüste aussehen."

Verärgert sah sie ihn an und löste sich aus seinen Armen.

„Ganz wie Du meinst. Ich werde jedenfalls nicht für Dich spielen", trotzte sie und schlüpfte in ihr Negligee.

„Doch", sagte er bestimmt, „Du wirst Bach für mich spielen und dazu diesen Fummel ausziehen."

„Du kannst mich nicht zwingen, ich habe keine Lust."

Er griff nach ihr und wortlos drangen seine Finger zwischen ihre Beine.

„Warum zwingen, Charlotte? Wir lieben es doch beide, wenn Du nackt auf meinem Schoß sitzt und spielst, wie ein Engel, weil Du süchtig danach bist, auf meinem Taktstock zu reiten. Deine Nippel sind hart, auch ohne, dass ich sie berühre."

„Sind sie nicht."

Er fuhr mit der Zunge über die Spitzen ihres Busens.

„Egal, ich habe ohnedies keine Lust sie anzufassen."

„Ach ja? Bist Du nur noch auf die wabernden Fettmöpse Deines Dienstmädchens scharf?"

Sebring vereitelte lächelnd ihren Versuch die Schenkel zu schließen.

„Warum nicht? Vielleicht beschäftige ich mich jetzt mit Deiner Anregung, wenn Du schon so drauf herumreitest, muss ja wohl etwas dran sein. Außerdem hasse ich Eifersuchtsszenen."

„Ich und eifersüchtig auf ein Dienstmädchen mit Hängetitten?"

„Du hast keinen Grund hochnäsig zu sein, mein Kind, allein die Matura holt noch lange keinen Mann in Dein Bett, also, lass es sein."

„Natürlich, Hauptsache ist doch, Ihr Männer könnt wie in einem Pudding wühlen, ganz egal, was Ihr dabei zwischen die Finger kriegt, dafür seid ihr blind und taub", stöhnte sie wütend und wurde dabei von seinen Händen in einen nicht zu unterdrückenden, wollüstigen Taumel getrieben.

Er grinste diabolisch.

„Irrtum, meine Finger wühlen doch sehr gezielt, findest Du nicht?"

Sie gab keine Antwort.

„Aber Du wirst nicht nur jetzt, sondern auch später wiederum kommen, mein Engel, noch, bevor Du Bach zu Ende gespielt hast."

Kaum gesagt forderte die virtuose Sprache seiner Hände ihren ersten Tribut, Charlotte stöhnte unbeherrscht auf.

„Ich werde Bach nicht spielen", wimmerte sie.

„Natürlich wirst Du das tun, aber heute erlaube ich Dir nicht das Stück vorzeitig abzubrechen. Ich liebe Deine herrlichen Kontraktionen", flüsterte er, „aber wenn Du dabei jämmerlich über die Tasten herumackerst, werde ich jede dieser Zuckungen doppelt genießen."

Zart strich sein Finger über ihre Kehle.

„Bis Du dann so weit bist, wirst Du zwar halb verrückt sein, aber wir werden uns bei jedem Deiner Misstöne brünstig ineinander verkeilt haben."

Seine Pupillen starrten unerbittlich in die ihren.

Charlotte zitterte und sah mit verhangenen Augen zu ihm auf.

„Ich liebe Dich."

Dann kam die Explosion.

„Genau so will ich es haben, Charlotte, dieses heftige Pulsieren Deiner Auster, wenn ich in Dir bin", sagte er gelassen.

Im selben Moment begann die Türglocke zu schellen.

„Deine Haushälterin?"

„Auf keinen Fall."

„Nicht jetzt, nein", stöhnte Charlotte, „lass es klingeln."

„Das Mädchen sieht sicher bereits nach."

Schon hörte Charlotte Schritte im Flur und drückte rasch ihre Brüste an sein Gesicht.

Die dickbusige Kuh sollte sie überraschen und auf die erste Sekunde sehen, wo sie stand.

Doch mit dem Mädchen trat zeitgleich auch Eleonore ins Zimmer. Hochrot und bedrohlich kam sie auf Charlotte zu.

„Du schmutziges Mädchen", sagte sie empört, „zieh Dich sofort an."

Charlotte versuchte ihrer Stimme einen festen Klang zu geben.

„Nein, Mutter, das werde ich nicht tun."

„Du kommst jetzt sofort mit mir, es sei denn, Herr Dekan Sebring möchte einen öffentlichen Skandal provozieren."

„Woher weißt Du?" Charlottes Selbstbewusstsein versagte.

„Ich habe mich zu Deinem eigenen Besten um die Sache gekümmert, Deine ständigen Lügen waren ebenso dumm wie Du selbst."

„Aber ich bin erwachsen", begann das Mädchen wieder, „und keine einfältige Jungfrau mehr."

„Charlotte", sagte Dr. Sebring ruhig, „tu, was Deine Mutter sagt."

„Aber ..."

„Nein", seine Stimme wurde unnachgiebig, „Du gehst jetzt mit ihr und wir werden darüber sprechen, wenn wir uns alle etwas beruhigt haben."

„Und wie wir darüber sprechen werden", giftete Eleonore.

„Ihre Tochter wird mitkommen und ich darf Sie jetzt bitten, mein Haus zu verlassen."

Charlotte war völlig fertig. Wieder war geschehen, wovon ihr ganzes Leben überschattet worden war, beschämender Verrat, Demütigung und Herabwürdigung ihrer Person durch Fremdbestimmung. Sie ging hinaus, um sich anzuziehen und ihr herrliches Lustgefühl hatte sich plötzlich in peinliche Nacktheit verwandelt.

„Das wird ein Nachspiel haben", verkündete Eleonore im Hinausgehen.

„Ich werde Ihnen zur Verfügung stehen, gnädige Frau", antwortete Sebring gelassen.

„Wir werden heiraten", schluchzte Charlotte als sie zu ihren Fahrzeugen gingen.

„Bist Du denn völlig verrückt, Charlotte?", sagte Eleonore jetzt ruhiger, „ein Mann seines Namens macht sich doch nicht durch eine Heirat mit einem halben Kind zum Affen."

Charlotte verbrachte die nächsten drei Tage auf ihrem Zimmer, dann teilte sie ihrer Mutter mit, dass sie ab dem Herbst nach Wien gehen würde, um Musik zu studieren.

„Wie willst Du das ganze finanzieren, mit tausendfünfhundert Euro im Monat?"

„Ich werde in eine Wohngemeinschaft ziehen und zusätzlich Nachhilfestunden geben. Dafür bin ich militärisch trainiert worden, mit Deiner Hilfe."

Eleonore schüttelte den Kopf.

„Nein."

Dann trat sie auf Charlotte zu.

„Wir wollen nicht vorschnell emotional sein, aber ich versichere Dir, dass ich immer nur das Beste für Dich gewollt habe."

„Das kann ich sogar nachvollziehen", antwortete Charlotte kalt, „schließlich hast Du mich ja gekauft, um ein Glanzstück in der Familie zu haben. Bitte, ich habe Euch doch recht gut bedient, oder?"

„Was sagst Du da?"

„Reden wir nicht mehr um den Brei herum", sagte Charlotte unerbittlich, „ich habe Tante Marthas Tagebuch gelesen und weiß, was ich Euch als Kuckucksei schuldig bin. Meine Eltern, pardon, meine richtigen Eltern, sowie Ihr und Dr. Sebring, habt Euch wohl schief gelacht über eine Kreatur wie mich, eine dümmliche Marionette?"

Für Eleonore hatte die Grundfeste zu beben begonnen.

„Kein Mensch hat je über Dich gelacht, Du bist klug und schön, aber abgrundtief selbstmitleidig. Eine unerfahrene Gans von achtzehn Jahren, die ihr Herz aus einem unerfindlichen Grund an einen alten, verantwortungslosen Schwätzer gehängt hat."

Als Charlotte empört auffahren wollte, schnitt ihr Eleonore einfach das Wort ab.

„Und er wird Dich ab sofort in Ruhe lassen und eines Tages wirst Du es auch verstehen."

Da sie keine Antwort erhielt, sprach sie weiter.

„Du kannst meinetwegen Musik studieren, aber ich erwarte, dass Du daneben auch ein Rechts- oder Wirtschaftsstudium absolvierst. Wir würden Dir dann monatlich Dein Einkommen verdoppeln."

Charlotte ließ immer noch keine Regung erkennen.

„Geh und überleg Dir die Angelegenheit in Ruhe, dann werden wir auch über alle anderen Dinge reden. Worauf ich aber sofort bestehen muss, ist eine Erklärung, ob die Möglichkeit besteht, dass Du schwanger bist."

„Das werden wir zu gegebener Zeit ohnedies erfahren, unmöglich wäre es nicht."

„Charlotte, ich bitte Dich."

„Du sagtest bitten, Mutter? Du musst Dich geirrt haben."

Als Charlotte den Raum verlassen hatte, sank Eleonore zurück auf ihren Stuhl. Was hatte Martha denn wohl in ihrem Tagebuch geschrieben? Eines aber war jedenfalls sicher, niemals dürfte die kluge besonnene Schwester etwas Dümmeres getan haben.

Sie selbst hatte sich doch nur brennend ein Kind gewünscht und waren es nicht ihre vornehmsten Absichten gewesen, einen perfekten Menschen aus ihm zu machen? Dem Mädchen sollten immer nur die besten Chancen offenstehen, die sie ihm bieten konnte. Offensichtlich war aber dann der militärische Drill, in dem Eleonore und ihre Schwester Martha von ihren eigenen Eltern erzogen wurden, nicht mehr zeitgemäß und ihre eigenen Bestrebungen ein einziges Missverständnis.

War sie jetzt womöglich diejenige, die am falschen Dampfer saß?

Alles komplizierte sich plötzlich außerordentlich und unverständlich. Was mochte Charlotte gelesen haben und woher wusste Verena denn von der unglücklichen Liaison Dr. Sebrings mit Charlotte?

Die beiden waren doch anscheinend befreundet, warum hatte sie, statt mit dem Mädchen selbst zu reden, Eleonore verständigt? Welche Szene spielte sich hier hinter den Kulissen ab?

Sie öffnete die seitliche Schublade ihres Schreibpults, nahm die Whiskyflasche heraus und ließ einen Schwenker halbvoll laufen.

„Besondere Anlässe verdienen eine besondere Behandlung", murmelte sie und spülte den rauen Inhalt in einem Zug hinunter.

Für Charlotte wieder gab es nur zwei Personen, die ihre Mutter über ihre Beziehung zu Sebring aufgeklärt haben konnten, Anna-Maria und Giorgio di Angelo.

Der Einfachheit halber traf sie sich zuerst einmal mit ihrer Freundin im Glockenspiel.

„Na, lass es raus", sagte Anna-Maria, als sie merkte wie unruhig und geladen Charlotte war.

In dem Moment brachte der Kellner die bestellten Espressi und fragte: „Darf es auch was dazu sein?"

„Ja", bellte ihn Charlotte an, „bringen Sie einen besonders scharfen Schnaps, ich habe etwas zu desinfizieren."

„Anna-Maria", fragte sie dann, „hast Du Mutter von Dr. Sebring und mir erzählt?"

„Na hör mal, ich bin doch nicht lebensmüde."

„Sie hat uns nämlich in seiner Villa überrascht, einen Riesenzirkus veranstaltet und mich förmlich erpresst dazu, mit nach Hause zu kommen."

„Mein Gott", flüsterte Anna-Maria, „da fällt mir ein, ich habe seinerzeit bei Niko eine Andeutung gemacht, als er gefragt hat, ob Du einen Freund hast."

„Warum hast Du das getan?", fragte Charlotte scharf.

„Weil es mich geärgert hat, dass er durchblicken ließ, wir wären so lange hilflose Mauerblümchen, bis sich endlich ein Mann findet, der sich unserer annimmt."

„Kann es sein, dass er es Verena erzählt hat?"

„Du glaubst doch nicht ...?"

„Und ob ich es glaube, jetzt weiß ich es sogar."

„Du bist sicher?"

„Darauf kannst Du Gift nehmen, aber Du bist meine Freundin, wirst Du wenigstens jetzt zu mir stehen und über alles schweigen, auch zu Niko?"

Das erschrockene Gesicht Anna-Marias verunsicherte Charlotte, also fügte sie an: „Ich schwöre Dir, Du wirst alles haarklein erfahren, wenn ich meine Dinge geordnet habe."

„Und was möchtest Du, dass ich tue?"

„Nichts, Anna-Maria, außer dass Du Montag nach dem Bridgeturnier allein heimfährst, ich möchte mich nur nachher, ohne dass es jemand mitbekommt, allein mit Niko unterhalten."

„Willst Du ihm eine Szene machen?"

„Sei doch kein Dummkopf. Ich will lediglich wissen, wie das Gespräch mit Verena gelaufen ist. Eigentlich interessiert mich nur, was sie in der Angelegenheit geäußert hat."

Charlotte sah Anna-Maria zweifelnd an.

„Das wirst Du doch für mich tun?"

„Hier gibt es wohl keinen Zweifel", bekräftigte das Mädchen, „schließlich war ich ja der Verursacher dieser Scheiße. Und Du bist wirklich nicht böse auf mich?"

„Vielleicht hast Du mir sogar einen Gefallen getan. Wenn nicht, kann ich Dich später immer noch umbringen", lächelte Charlotte.

-----

„Ich müsste Dich dringend kurz allein sprechen, hast Du nach dem Turnier noch etwas Zeit, Anna-Maria weiß Bescheid, sie fährt allein nach Hause."

„Stört es Dich, wenn di Angelo währenddessen an einem Nebentisch sitzt?"

„Im Gegenteil, wir ziehen ihn einfach bei."

„Du möchtest wissen, wieso ich bei Verena eine Andeutung über Deine Amour mit Sebring gemacht habe?", fragte Niko, als sie im Flip zu dritt an der Bar saßen.

„So ist es."

„Ganz einfach, sie hat mich angerufen und gefragt, ob Du mit Anna-Maria unterwegs bist. Ich habe gesagt, dass ich das nicht wüsste, denn Anna-Maria sei nicht hier."

„Aber wieso wollte sie denn das wissen?"

„Sie hat nur gesagt, es sei etwas absolut Wichtiges und Du würdest nicht ans Handy gehen. Da habe ich ihr den Rat gegeben: „Wenn es sehr wichtig ist, probiere es doch mal beim alten Fechtmeister. Sie meinte nur: Du machst wohl Witze, und ich sagte: Sei nicht albern, Alter schützt vor Torheit nicht und Jugend genauso wenig. Gönn doch den Leuten ihren Spaß."

„Es war auch ein Scheißspaß, als meine Mutter plötzlich in seinem Haus erschienen ist."

„Gütiger Heiland, sie wird doch nicht seine beschwerlichen Ansätze hochzukommen, gestört haben."

„Spar Dir die blöden Witze", fuhr ihn Charlotte an, „wenn Du als Geschäftsmann genau so naiv bist wie in privaten Dingen, kriegst Du zu Weihnachten einen Kaufmannsladen. Mit Spielzeug kannst Du wenigstens keinen Schaden anrichten."

Dann wandte sie sich di Angelo zu: „Ich hoffe nur, dass Du nicht auch noch derartig vergnügliche Gespräche geführt hast."

„Nein", versicherte er, „aber mein Angebot steht. Wenn Du Hilfe brauchst, Onkel Giorgio ist da."

„Danke bestens, aber ich komme weit einfacher allein zurecht", blockte sie ab.

„Sichtlich aber nicht", fuhr er beharrlich fort.

„Willst Du mir vielleicht sagen, was ich brauche?"

„Wenn Du schon so fragst, ja. Was Du nämlich dringend brauchst, sind immer und ewig Schuldige für Deine Jammerlitaneien und das sind natürlich ständig die herzlosen Anderen. Dass Du auch einiges selbst zu verantworten hast, übersteigt offensichtlich die Grenzen Deines Fassungsvermögens."

Charlotte sah ungläubig nach Unterstützung heischend auf Niko, aber der bremste den erstmalig rauen Kurs di Angelos nicht.

„Das sind nun einmal die Tatsachen und niemand hat sich hier etwas vorzuwerfen. Ins Bett Sebrings bist Du ohne Zweifel doch ganz allein gestiegen und dass dies nicht geheim bleiben würde, war die unvermeidbare Konsequenz. Wer glaubst Du wirklich, wer Du bist? Tust einfach was Dir gefällt und wirst zynisch, wenn die Chose zuweilen schiefläuft."

Charlottes Beine versagten offenbar ihren Dienst, denn sie ließ sich wieder zurück auf den Stuhl sinken, sah nach dem Kellner und klopfte mit dem Fingernagel gegen ihr leeres Glas.

„Und Ihr fühlt Euch jetzt dazu berufen, mir weniger milde, aber dafür salbungsvoll, die Hucke vollzuquatschen?"

„Wären Dir Schlägertypen mit Rasterlocken und Tattoos lieber?"

„Keine Verwendung, solange ich Mutter habe."

-----

Montag früh ging bei der Polizei der Anruf einer Frau Lydia Kalon ein, dass sich ihr Nachbar, Dr. Sebring, in seinem Haus erschossen habe. Die junge Aushilfskraft des Nachbarn hätte zum Wochenende frei gehabt und wäre nach Hause gefahren. Montag habe sie dann den Toten entdeckt und sei voller Panik zu ihr herübergelaufen, um Hilfe zu holen.

„Ich behalte sie bei mir, bis Sie kommen."

Dann gab sie ruhig und prägnant den eigenen Namen und den Dr. Sebrings an und erklärte den Weg über die Abkürzung zu dessen genauer Adresse.

„Wenn Sie bei der Tatortuntersuchung kein unnötiges Aufsehen erregen wollen, fahren Sie ohne Blaulicht und Martinshorn. Der Mann ist aus der Upperclass und sein Name wird Ihnen sofort das lästige und arbeitserschwerende Interesse der Medien bescheren."

Innerhalb einer halben Stunde waren der Gerichtsmediziner und die Spurensicherung vor Ort, wo Dank der Voraussicht der betagten Dame in der Nebenvilla alles noch völlig verlassen dalag.

Dr. Sebring saß aufrecht in seinem Lederfauteuil. Rechts vor ihm stand ein Nierentischchen, auf dem sich neben einer Flasche Whisky auch ein benutztes Glas befand. Die Pistole lag noch in der rechten Hand des Toten und seine rechte Schläfe ließ einen Schmauchhof erkennen. Der Schuss musste wohl aufgesetzt gewesen sein.

Nachdem der Pathologe seine Arbeit beendet hatte, wies er den leitenden Beamten an, die Mordkommission zu verständigen.

„Ich kann nicht mit Sicherheit ausschließen, dass Fremdverschulden vorliegt", stellte er fest.

In Anbetracht der Bedeutsamkeit des Toten landete der Fall zielsicher bei Bernauer.

Um aber der Angelegenheit die Spitze zu brechen, erwarb Bernauer nach der Besichtigung des Tatortes sofort einen Termin bei Hofrat Sassmann und ersparte sich dadurch sämtlichen Ärger, den Sassmann über die garantiert folgenden Interventionen auf ihn ablud.

„Noch ist aber gar nicht sicher, dass es sich um Mord handelt", sagte er beruhigend, „vielleicht können wir die Zweifel ja auch beseitigen."

„Damit liegen Sie zwar goldrichtig, Bernauer, aber auch ein Selbstmord in dieser Liga lässt die Folgen an uns nicht abgleiten wie Sardinen auf Öl. Verdächtigungen auf Gefälligkeitsfeststellungen und Verschleierung von Hintergründen sind uns heute schon sicher. Was wird man alles ausgraben und zu Sensationen umfunktionieren?"

„Es wird ohnehin nicht ausbleiben, die Familie und sein Vorleben zu durchleuchten, bevor uns womöglich zuerst die Medien darüber informieren."

„Wieso wurde denn überhaupt die Mordkommission beigezogen?", fragte Sassmann.

„Auf Wunsch des Pathologen. Er hatte berechtigte Zweifel an einem Selbstmord. Allein schon die Situation schien ihm merkwürdig. Wenn der Mann rechts die Ablageplatte der Bar heruntergelassen und mit zwei Flaschen Whisky bestückt hatte und das Glas dazu auf einem Tischchen ebenfalls rechts vor ihm stand, müsste er, so nahe wie er saß, seinen Arm unnatürlich verrenkt haben, um die Pistole an die Schläfe setzen zu können, und merkwürdigerweise hatte er die Waffe noch in der Hand."

„Und Sie, Bernauer, glauben Sie auch, dass man den alten Knaben ins Jenseits befördert hat?"

„Unvorstellbar wäre es nicht."


Verena hatte Bernauer im Büro aufgesucht. Sie wusste offensichtlich bereits vom Tod Dr. Sebrings und bat darum, ein vertrauliches Gespräch mit ihm führen zu können.

„Dr. Sebring war mein Großvater", sagte sie.

Anscheinend nahm sie den Tod des Großvaters aber sehr gefasst hin, nur man wusste ja nie, wie die Dinge wirklich aussahen. Daher war Bernauer nicht nur von dieser Mitteilung überrascht, sondern nun auch sehr vorsichtig.

„Wir sind uns nie besonders nahegestanden, genau genommen waren wir uns fremd", sagte sie.

„Und wieso war er Dir fremd, Kinder lieben doch im allgemeinen ihre Großeltern und umgekehrt?"

Verena lächelte spöttisch.

„Ach, der kitschige Volksmund: Blut ist dicker als Wasser? Das dümmste, das ich ja gehört habe, nirgendswo bekriegen sich die Leute schäbiger als in den Familien um jeden Vorteil, jeden Fetzen Geld, das Erbe und so weiter und sofort. Dieser Mann, der mein Großvater war, hat mich nicht geliebt, glaube mir, ein Kind weiß so etwas."

„Und was fühlst Du jetzt bei seinem Tod?"

„Was ich auch sonst fühle, wenn ich die Listen der Verstorbenen in der Zeitung lese."

„Kennst Du sein Testament?"

„Ja. Ein Großteil geht an irgendeine schlagende Verbindung, zum Beispiel auch seine Villa und ein weiteres Grundstück. Den Rest bekommt mein Vater, aber das wird immer noch genug sein."

„Wo leben Deine Eltern eigentlich?"

„Grundsätzlich in Wien, aber da Vater im diplomatischen Dienst ist, sind die beiden sehr viel im Ausland.

„Hast Du mit Ihnen Kontakt?"

„Eher wenig, ich glaube aber auch nicht, dass ihre Kommunikation mit Großvater übermäßig gewesen ist."

„Also allgemein wenig familiäre Bindung."

„Es gibt kaum etwas, das uns zusammenhalten könnte. Meine geliebte Familie sind meine Kinder und mein

Mann, daher ist es auch schwierig für mich, wenn ich Dir dienliche Hinweise geben soll, ich weiß einfach kaum etwas über seine persönlichen Befindlichkeiten."
„Also hast Du auch nicht den leisesten Verdacht, warum Dein Großvater sich das Leben genommen haben könnte?"
„Nein, es passt nämlich auch so gar nicht zu ihm. Er hat immer getan, was er wollte, ohne die Interessen oder Gefühle anderer zu berücksichtigen, und wie Du vermutlich bereits gesehen hast, lebte er in glänzenden finanziellen Verhältnissen. Meine Großmutter, die voriges Jahr verstorben ist, war eine streng gläubige Frau, die sich ihm vermutlich in allem untergeordnet hat, aber nach außen hin selbstbewusst aufgetreten ist. Etikette war alles."
„Wie viel Kontakt hattest Du mit Deinen Großeltern?"
„Wenig, obwohl wir längere Zeit im ersten Stock desselben Hauses gewohnt haben, aber mein Vater taugte nicht zum ständigen Untertan seiner Eltern.
„Der er hätte sein sollen?"
„Wie jeder, der mit Großvater zu tun hatte."
Verena sah auf die Uhr.
„Du bist vermutlich nicht überzeugt, dass er Selbstmord begonnen hat?"
„Bist Du es?"
„Es gibt nichts, das ich weniger annehmen würde, da es überhaupt nicht zu seinem Charakter passt. Also denke ich, dass Du mich jetzt fragen musst, was ich zum entscheidenden Zeitpunkt getan habe."
Bernauer nickte.

„Ich war das ganze Wochenende im Haus, das können Dir das Mädchen und die Haushälterin bestätigen, außer Samstag, da haben Sigmund und ich im Mozarteum ein Konzert besucht. Wenn Du seinen Worten nicht misstraust, kann er bestätigen, dass wir da immer zusammen gewesen sind."

Verena stand auf.

„Würdest Du bitte nicht öffentlich machen, dass es sich um meinen Großvater gehandelt hat?"

„Ich werde nichts dergleichen tun. Aber eine Frage habe ich noch. Woher wusstest Du, dass sich Charlotte eben zu diesem Zeitpunkt im Hause Deines Großvaters aufgehalten hat?"

„Ich bekam zum zweiten Mal den Anruf einer Frau, frag mich nicht, wer sie ist, ich kannte die Stimme nicht."

„Was hat sie gesagt?"

„Beim ersten Mal, dass Charlotte es, wie sie sich ausdrückte, mit dem Sebring treibe. Ich habe es nicht geglaubt, aber weder Charlotte noch Anna-Maria erreicht. Also habe ich Niko angerufen und nach Charlotte gefragt, wie Du sicher bereits weißt. Notgedrungen teilte ich nun Eleonore die Verdächtigung mit und daraufhin überwachte sie ihre Tochter, obwohl diese schlau zu Werke ging. Der nächste Anruf war dann allerdings ganz konkret: Willst Du nicht sehen, wie der Sebring die kleine Fotze nagelt? Dabei weiß ich nicht einmal, warum die Frau mich angerufen hat, denn dass er mein Großvater war, konnte sie ja nicht wissen und überhaupt, woher wusste sie denn von mir?"

„Du hast sofort Eleonore verständigt?"

„Ja. Großvater zu erreichen hätte doch keinen Sinn gehabt. Eleonore aber wusste es ohnehin bereits, auch sie wurde angerufen."

„Und?"

„Na was schon? Sie hat sich in den Wagen gesetzt und anscheinend der Sache ein Ende bereitet."

Jetzt fügten sich die Dinge für Bernauer schon wesentlich besser ineinander.

„Ich danke Dir für Deine Offenheit."

„Selbstverständlich, man erzählt dies halt nur so ungern", erklärte sie halbherzig, „aber mit Deiner Erlaubnis würde ich mich jetzt gerne verabschieden, Sigmund wartet."

„Grüße ihn von mir."

Ganz zufriedenstellend waren die Dinge, die sich aus dem Gespräch mit Verena ergaben, für Bernauer zwar immer noch nicht, aber er wusste jetzt über ein wichtiges Detail Bescheid und hatte außerdem jemanden, an den er sich in Familienangelegenheiten wenden konnte. Diese Menschen schienen sich nicht nur nie besonders verstanden zu haben, sie vermieden auch, wenn möglich, jeden näheren Kontakt. Warum mochte der Himmel wissen und wer neidete denn überhaupt Sebring das bereits bröckelnde Herbstlaub seiner Sexualkraft. Vermutlich war das Ganze lediglich harmloses Getändel gewesen, das bösartig überschätzt wurde, da es um ein interessantes Thema, wie aus der Feder des Russen Nabokov ging: Charlotte als die

Kindfrau Lolita und der geistvolle alte Mann als Humbert Humbert.

Im Bridge-Club hatte Niko einmal en passant erwähnt, dass Dr. Sebring ein Ass als Degenfechter gewesen war und da Bernauer wusste, dass Charlotte und Anna-Maria Mitglieder eines Fechtclubs waren, dehnte er seine Recherchen nun auch in diese Richtung aus. Wenn er das Umfeld besser erfasste, würde er schnell herausfinden, was an der ganzen Geschichte wahr sein konnte. Es war einfach unglaubwürdig, Charlotte als Bettgenossin Sebrings zu akzeptieren und noch unangenehmer berührte es ihn dann, sie direkt danach fragen zu müssen.

Ein nicht erwartetes Geschenk war für ihn daher, dass er im Gespräch mit dem Barkellner und der Angestellten am Empfang des Fechtclubs sofort einmal erfuhr, dass sich Charlotte aufs Degenfechten verlegt und jede Woche mit Dr. Sebring trainiert hatte.

-----

Charlotte saß mit finsterer Miene in Bernauers Büro und ihre Missstimmung umgab sie wie ein Wall.

„Ich habe gehört", sagte er einfühlsam, „dass Du im Fechtclub auch eine Partnerin Dr. Sebrings warst."

Charlotte nickte.

„Konntest Du in letzter Zeit vielleicht erkennen, dass er sich über etwas Sorgen gemacht hat, oder es vielleicht jemanden gab, mit dem er Probleme hatte, ihn vielleicht sogar bedrohte?"

Blitzschnell erfasste Charlotte die Situation. Bernauer hegte den Verdacht, dass Sebring ermordet worden war. Ob er auch von ihrem Verhältnis zu ihm wusste, war nicht zu erkennen, aber vermutlich nicht.

Sebring hatte sie zwar schmählich fallengelassen als ihre Mutter plötzlich aufgetaucht war, aber bot sich hier nicht eine fabelhafte Gelegenheit, auch ihre Mutter für alles, was sie ihr angetan hatte und Verena für den Verrat Charlottes an die Mutter zu bestrafen? Eine gute Möglichkeit, aber hatte di Angelo, oder war es Niko, ihr nicht vorgeworfen, sie sei ein selbstmitleidiges Weichei und war dabei nicht zwischen den Zeilen die Feststellung gestanden, sie sei egoistisch mit krankhafter Selbstbezogenheit, also eigentlich eine Egomanin, die sogar Wohltaten als Angriff auf ihre Person ansah?

„Nein, damit kann ich mich später auch noch auseinandersetzen", dachte sie und entschied sich in der gleichen Sekunde dafür, beide zu belasten.

„Nun ja", piepste sie wie ein verschrecktes Kind, „Ich möchte in der furchtbaren Sache auf jeden Fall helfen, aber ..."

„Was aber? Du brauchst Dir keinerlei Gedanken zu machen, wenn Du sagst, was Du vielleicht weißt. Du tust das Richtige und ich werde alles sehr vorsichtig verwenden."

„Und wenn ich, na, wenn ich zum Beispiel selbst vorkomme dabei, wird es dann jemand erfahren?"

„Hast Du etwas mit Dr. Sebrings Tod zu tun?", fragte er ernst.

„Nicht, dass ich ihn erschossen hätte, nein, so etwas nicht, es ist ganz anders."

„Wie anders?"

„Ich könnte nämlich doch schuldig sein an seinem Tod, auch wenn wir uns geliebt haben, wir wollten heiraten, aber es hat ihm kein Glück gebracht."

Einen Moment lang blieb Bernauer die Luft weg. War das Mädchen vielleicht verrückt geworden in seinen Teenagerträumen? Heiraten? Der Mann war geschätzte sechzig Jahre älter und hatte einen vorzüglichen, gesellschaftlichen Ruf.

„Bei welcher Gelegenheit hat er Dir gesagt, dass er Dich liebt?"

„Wenn wir miteinander geschlafen haben, brauchten wir keine Erklärungen."

„Ihr habt miteinander geschlafen?", fragte er, wie es ihm selbst schien, etwas dümmlich.

„Ja, und meine Mutter, die von Verena davon verständigt worden ist, dass ich mit ihm zusammen war, kam mitten in eine intime Szene in Dr. Sebrings Haus hereingeplatzt und hat entsetzlichen Stunk gemacht."

Zufrieden sah sie, wie Bernauer ziemlich fassungslos aufzuhorchen begann.

„Sie hat Euch wobei überrascht?"

„Wir hatten da eine ganz persönliche Art des Vorspiels, Mutters Ansichten in solchen Dingen sind sehr ehrbar und damit wohl eher sehr hausbacken, sie muss zu Tode erschrocken sein."

Das konnte doch nicht wahr sein, Bernauer war überzeugt davon, dass die Abgründe, die sich da vor ihm
aufzutun schienen, kaum mehr als die hysterische
Romantik dieses pubertierenden Wesens waren.

„Und es war Verena, die Deiner Mutter von diesem
Verhältnis erzählt hat, sagst Du?"

„Ja, sie hat es zufällig von Niko erfahren und machte
sich Sorgen um mich. Sie dachte, ich wäre da auf einen älteren Mann hineingefallen. Es war ein Irrtum,
aber sie hat es einfach gut gemeint."

Sie starrte ihn an.

„Erst habe ich ja auch gedacht, er hätte sich erschossen, weil er unsere Trennung nicht ertragen konnte,
aber wenn Sie mich jetzt fragen, dann bin ich nicht
mehr so sicher, obwohl es unvorstellbar ist, dass sie
damit gemeint hat, sie würde ihn umbringen."

Anscheinend verstört wickelte sie eine Haarsträhne
um den Finger und schien den Tränen nahe.

Bernauer versuchte sich in dieser neuen Version zu
orientieren und einigermaßen die Spreu der Behauptungen vom Weizen der Tatsachen zu trennen. Wusste Charlotte von den ursächlichen anonymen Anrufen
einer offensichtlichen Insiderperson oder nicht?

„Und wer hat vom Umbringen gesprochen? Doch nicht
Deine Mutter?"

„Nicht direkt. Umbringen, nein, das würde Mutter nie
tun, auch wenn sie ihm erst gedroht hat, ihn zu vernichten, und mich dann einfach mitgenommen hat. In
Wirklichkeit ist sie nämlich schrecklich puritanisch und
hat auch mich nur nach Gesetzbuch und Bibel erzo-

gen. Sogar Comics durfte ich nicht lesen, da sie gewaltbereit machen würden, sagte sie. Auch wenn ich mit dem Ganzen nicht klarkomme, aber Mutter würde nie etwas Unrechtes tun."

Sie überlegte.

„Auch Verena ist nicht der Mensch zu so was. Außerdem stehe ich ihr nicht so nahe, dass sie meinetwegen einen Mord begehen würde. Für ihre eigenen Kinder vielleicht, aber das ist eine völlig andere Sache."

„Aber sie hat Deine Mutter verständigt, warum?"

„Sie hat gesagt, es wäre zu meinem Besten gewesen, auch wenn ich es nicht wirklich verstehen könnte. Es dürfte wohl der Altersunterschied gewesen sein, den sie missbilligt hat, aber ich ..."

Charlotte stockte plötzlich.

„Aber Du hattest ein gewisses Gefühl dabei?"

Sie nickte.

„Du kannst es ruhig aussprechen, es wird niemandem schaden, der nicht schuldig ist. Ich verspreche es."

Sie sah ihn zögernd an und sagte leise: „Ich hatte das unsichere Gefühl, sie mag ihn nicht. So, als ob sie irgendetwas Erschreckendes wüsste."

Dann fügte sie schnell an: „Aber es war wirklich nur so ein Gefühl, ich weiß nicht einmal, wie ich dazu kam."

„Aber es könnte ausschlaggebend sein."

„Nein, nein. Dass sie Mutter gewarnt hat, war bereits genug getan für das, was sie für richtig hielt. Wozu ihn denn dann noch umbringen?"

„Diese Möglichkeit hast Du nicht erwogen?"

„Niemals."

Sie schüttelte den Kopf und sagte dann nachdenklich überlegend: „Das hätte dann aber mit mir nichts zu tun gehabt."

„Hat Deine Mutter wörtlich gesagt, sie würde ihn vernichten?"

„Ja", kam es kaum hörbar von Charlotte, aber dann setzte sie fort: „Das war auch der Grund, warum er alles regeln wollte, wenn sie sich einigermaßen beruhigt hätte, er sagte auch, er würde ihr jederzeit zur Verfügung stehen."

„Hast Du dann Dr. Sebring inzwischen noch einmal gesehen?"

„Nein, ich nicht."

„Aber Deine Mutter?"

„Sie hat zwar von einem Nachspiel gesprochen, als wir anschließend an den Skandal das Haus verlassen haben. Ob es inzwischen dazu gekommen ist, weiß ich leider nicht, vielleicht hat sie sich ja auch noch vorher mit Verena besprochen."

„Worüber?"

Charlotte stockte sichtlich. „Vielleicht wollten sie ja doch lieber gemeinsam mit ihm reden, aber wahrscheinlich gab es dazu gar keine Gelegenheit mehr."

„Haben Deine Eltern Waffen im Haus?"

„Ich habe nie welche gesehen."

-----

Für Bernauer schienen sich nun die Schwierigkeiten zu verlagern. Wo war der Unterschied zwischen Pubertätsphantasien und der Realität und wie weit konnte er andererseits den Ausführungen der Erwachsenen Glauben schenken? Jedenfalls war es unerlässlich geworden, auch Anna-Maria einer diesbezüglichen Befragung zu unterziehen.

Das Mädchen begrüßte ihn zuerst unbefangen, wurde jedoch verschlossener, als es den wahren Grund seiner Befragung erfuhr.

„Ist es wirklich notwendig, dass ich mich in die privaten Dinge meiner Freundin einmische?", fragte sie abwehrend.

„So ist es nicht", stellte Bernauer richtig, „hier geht es um keine Einmischung in die Angelegenheiten anderer, sondern die Befragung zu einem Todesfall. Wenn Du also antwortest, tust Du nur Deine Pflicht."

Anna-Maria nickte, sah aber trotzdem unglücklich aus.

„Weißt Du, ob Dr. Sebring und Charlotte ein Verhältnis hatten?", fragte er geradeheraus.

Sie zuckte sichtlich zusammen und sagte dann: „Sie waren viel zusammen. Er hat sie schon, wenn ich nicht Zeit hatte, gefahren, als sie noch keinen Führerschein hatte und durch ihn ist sie auch zum Degenfechten gekommen."

„Und", fragte er schnell, „war die Rede davon, wie weit die beiden auch intim geworden sind?"

„Direkt gesagt hat sie es nicht und eigentlich war er auch viel zu alt für solche Sachen, aber Charlotte war irgendwie scharf auf ihn. Vielleicht weil sie mit ihren Eltern nicht zurechtkommt."

Sie überlegte und suchte offensichtlich eine Erklärung für das Vorkommnis, das sie nicht verstand und vermutlich auch nicht nachvollziehen konnte. Dann aber hatte sie eine Bedeutung für diese Angelegenheit gefunden, die sie auch selbst akzeptieren konnte.

„Er war einfach gut für sie", entschied sie, „bei einem erfahrenen Mann geht alles ganz leicht."

Sie bemühte sich offensichtlich um eine weitere anschaulichere Erklärung und schloss mit einer ausdrucksvollen Handbewegung ab: „Weil er das einfach schon besser kann."

Bernauer schmunzelte in sich hinein und als jetzt der Damm gebrochen war erzählte sie auch, dass sie selbst eine gewisse Schuld an dem Eklat trug, da sie bei Niko unvorsichtig erwähnt hatte, was er dann wiederum Verena erzählte. Allerdings hätte Anna-Maria nie gedacht, dass Verena dies Charlottes Mutter erzählen würde. Schließlich waren sie und Charlotte doch Freundinnen und Charlotte auch kein Kind mehr.

Kaum hatte Anna-Maria das Präsidium verlassen, begann sich auch schon ihr Gewissen zu regen. Hatte sie womöglich wieder etwas getan, das peinlich war und ihrer Freundin schaden konnte?

Sie nahm ihr Handy, rief Charlotte an und erzählte ihr wahrheitsgetreu, was eben mit Bernauer gesprochen worden war.

„Hast Du Verena gefragt, warum sie Deine Mutter informiert hat?", fragte sie dann.

„Darauf kannst Du Gift nehmen", stellte Charlotte fest, „aber vielleicht interessiert Dich auch ihre Antwort?"

„Natürlich, irgendwann möchte ich nämlich wissen, wie ich mich in Zukunft verhalten soll und was ich sagen darf und was nicht."

„Sag einfach, was man Dich fragt. Wie es scheint, hat es Verena nur gut mit mir gemeint und dachte mich vor einer drohenden Gefahr einer sinnlosen Beziehung schützen zu müssen."

„Du glaubst Ihr?"

„Glaubst Du ihr?"

„Es fällt mir schwer."

„Ja, es ist auch schwer zu glauben, aber der Mann hat mich schmählich im Stich gelassen, wie es scheint und wie es Verena offenbar auch annahm. Je länger ich aber darüber nachdenke, erscheint es mir eher greifbar, dass er eben dabei war unsere Zukunft vorzubereiten."

„Und das wäre natürlich ein großer Unterschied gewesen."

„Ein himmelhoher sogar. Trotzdem weiß man natürlich, dass jeder die Dinge so sieht, wie er sie sehen will. Aber auch das wird sich klären."

„Sicher. Bist Du am Abend im Club?", fragte Anna-Maria.

„Ja, bin ich. Also dann bis später."

„Bis später", erwiderte Anna-Maria erleichtert, aber auch Charlotte war mit sich sehr zufrieden.

-----

Bernauer und Iris hatten sich in ihrem Caféhaus in der Getreidegasse getroffen und auch noch einen Tisch in dem kleinen Innenhofgärtchen ergattert.

Die Tageskarte bot Beuschel und Blunzengröstl an und so bestellten sie beides, man konnte ja dann ein wenig zusammentauschen.

„Ach geh", lachte die Kellnerin, „ich bring einfach zu beidem einen zusätzlichen Teller, dann gibt es kein Herumpatzen, Herr Doktor."

Iris grinste, als die freundliche Kellnerin abgesegelt war und meinte: „Zu mir sagt sie nur Frau Doktor, wenn Du nicht dabei bist."

„Mädchen, Mädchen", sagte er, „Du versuchst doch nicht schon wieder die natürliche Weltordnung in Frage zu stellen?"

Iris rückte Salz und Pfeffer auf die lästige Ecke, an der der Wind im Zehnsekundentakt das Tischtuch aufhob.

„Reden wir vordringlich einmal von Deiner Weltordnung", antwortete sie, „wenn ich Dich richtig verstanden habe, soll ich da vielleicht wieder helfen, ein wenig aufzuräumen."

„Iris, ich möchte jetzt ziemlich offen mit Dir reden, kann ich erwarten, dass Du nicht aus Freundschaft Dinge verschweigst, weil sie sehr persönlich sind."

„Wie persönlich?"

„So persönlich, dass sie geeignet sind, einen Mörder zu überführen. Letzten Endes bleibt nichts verborgen, nur der Schaden könnte größer werden."

„Frag schon."

„Hatte Charlotte ein Verhältnis mit Dr. Sebring?"

Iris schluckte.

„Sie haben zusammen gefochten, er hat sie früher oft nach Hause gefahren, wenn Anna-Maria verhindert war, aber ob sie definitiv mit ihm geschlafen hat, weiß ich nicht, es wurde nie darüber gesprochen.

„Hast Du es vermutet?"

„Jein. Sie ist, wie Du selbst festgestellt hast, ein ziemlich unglücklicher Mensch, fehlende Wärme und ständige Forderungen machen ihr schwer zu schaffen. Vielleicht war er der erste Mann, der zugleich ihr brennendes Verlangen nach Geborgenheit und Anerkennung gestillt hat und dadurch auch zur Erfüllung ihrer sexuellen Wünsche geworden ist."

Halb zweifelnd, halb ungläubig sah Bernauer auf.

„Joschi", nahm sie das Gespräch wieder auf, „es ist ein Irrtum zu glauben, es käme einer Frau in der Liebe nur auf das Kanonenfeuer einer ständigen Erektion an, das ist chauvinistischer Unsinn. Liebevolles Verständnis, und das ist sehr oft die Art, mit der ältere Herren auf eine Partnerin eingehen, kann auch im Bett tiefe Zufriedenheit bei einer Frau auslösen."

Als Iris sah, wie sehr sie Bernauer durch die sachliche Schilderung intimer Einzelheiten irritiert hatte, ließ sie ihren Ausführungen genüsslich noch die Feststellung folgen: „Kämpferische Hochleistungen allein sind auf die Dauer langweilig und mühsam, man sollte sie eher kurzfristig als Höhepunkt auf dem jeweiligen Schlachtfeld erbringen."

Das hatte gesessen.

„Wumm", dachte Bernauer beeindruckt, „diese weibliche Ansicht würde vielen Männern mit Versagensängsten auf die Beine helfen. Eile mit Weile und nicht nur ständig mitten hinein ins volle Leben."

Wenn Iris sich zu dieser Bemerkung hinreißen ließ, konnte man außerdem Gift auf ihre Richtigkeit nehmen und an ihrer gnadenlosen Beurteilung führte ohnehin kein Weg vorbei. Ihr scharfer Verstand analysierte und kommentierte sofort ehrlich und emotionslos jede Situation, sodass ihr jeweiliges Gegenüber immer gut beraten war, wenn es den Gegenstand einer Auseinandersetzung vorerst selbst einer kritischen Prüfung unterzog.

Ausritte von dieser Regel gab es nur, wenn es um Hinterhalt und Verschwörung ging, denn da war Iris vorschnell bereit, sinnlos Romantik zu verschwenden und Verrat zu wittern, zumindest bis zu einem gewissen Grad. Wo sie in der gegenständlichen Sache stand, war allerdings noch ziemlich schwer abzuschätzen.

Da inzwischen schon serviert wurde, begann sich das Interesse vorläufig auf die Teilung der Portionen zu verlagern, aber nach einigen Minuten, in denen sie sich schweigend dem Genuss hingegeben hatten, begann Bernauer wieder auf das Thema zurückzukommen.

„Was weißt Du eigentlich über Dr. Sebring? Habt Ihr gelegentlich auch privat über ihn gesprochen?"

„Nein, das Ganze war kein Thema, da sind wir diskret. Solange Charlotte nicht über ihn sprechen wollte, war die Sache tabu."

„Und Verena hat ihn auch nicht persönlich gekannt, denkst Du?"

„Sicherlich nicht."

„Und genau da irrt Goethe", dachte Bernauer belustigt.

„Warum hat sie dann Eleonore gewarnt?"

„Keine Ahnung. Charlotte ist eine Freundin, die zwar von den Kindern Verenas, die mehr als verzogen und auch ziemlich nervig sind, als von schrecklichen kleinen Biestern spricht, aber kaum haben sie einen Wunsch, ist sie sofort dabei, bringt ihnen Schokolade mit oder schaukelt mit Alma, wenn diese sich langweilt, und hat auch so freudig für die kleine Severine das Taufgeschenk mit ausgesucht. Sie ist eine absolut loyale Freundin und Verena sollte sich diese Freundschaft eher erhalten wollen."

„Es hat sich aber jemand anderer eingemischt."

„Wer?"

„Es muss da etwas ganz Besonderes gegeben haben, einen triftigen Grund für die gegenwärtige Situation, und die jeweiligen Anrufe dazu kamen immer anonym."

„Anrufe?"

„Ja, auf diese Art wurde Verena die angebliche Amour fou zugetragen."

Iris durchfuhr ein frostiges Gefühl.

„Ungeheuerlich, aber wenn das ganze Sinn haben soll, mussten auch die Interessen der anrufenden Person betroffen gewesen sein, was bedeuten könnte, dass sie nicht einmal aus dem Kreis der uns bekannten Personen stammt."

„Absolut möglich."

„Was ich aber trotzdem nicht verstehe ist, wieso das Ganze dann in der Folge so komisch gelaufen ist. Das mindeste wäre für mich gewesen, dass Verena zuerst mit Charlotte darüber gesprochen hätte."

Doch misstrauisch zu sein, war nun einmal in erster Linie Bernauers Beruf und Passion.

„Für mich scheint es ohnehin eher eine Notwendigkeit als sonst etwas gewesen zu sein. Sonst frage ich mich nämlich, wozu brauche ich unter normalen Umständen der Mutter einer über Achtzehnjährigen erzählen, dass die Tochter mit einem alten Mann schläft? Sebring ist in jeder Beziehung unbescholten, spätes Glück eben und die Konsequenz hat er selbst zu tragen, wenn Charlotte dorthin zurückgeht, wo sie hingehört, zu einem altersmäßig passenden Partner."

„Dann stellt sich jetzt allerdings die Frage: Wo liegt da der Nutzen?"

„Und für wen?"

Insgeheim hatte Bernauer allerdings noch eine andere Idee, die ihm nur so gar nicht gefiel, da er Verena derartiges nicht zutrauen wollte.

Was wäre, wenn sie es doch aus Bosheit getan hätte, aber nicht gegen Charlotte, sondern gegenüber ihrem Großvater. Wenn nämlich Charlotte mit einem alten Mann schliefe, ginge davon für keinen die Welt unter, höchstens eine gewisse Peinlichkeit könnte sich ergeben. Aber wenn der Hass auf ihren Großvater so groß war, dass sie ihn ernstlich hätte treffen wollen, könnte sie vielleicht riskiert haben, einen anständigen Skandal loszutreten.

Was wäre zum Beispiel, wenn doch etwas an dem Gerücht wäre, dass Verena mit Niko ein Verhältnis gehabt hätte und Severine womöglich seine Tochter wäre und Sebring hätte es aus irgendeinem Grund gewusst? Derartiges könnte Sebring wütend gemacht haben. Er hätte es Verena vielleicht spüren lassen und sie wieder könnte sich nur durch die Veröffentlichung der Eskapade des Großvaters revanchieren. Vielleicht war es auch die Angst, dass die junge Charlotte aus dem Vermögen Sebrings erben würde, oder es sollte überhaupt von Haus aus ausgeschlossen werden, dass die möglicherweise neue Frau Sebring nach einer Heirat erben könnte? Ältere Herren waren sehr oft unberechenbar, wenn es um junge Frauen ging. Diese Möglichkeit musste im Allgemeinen unter allen Umständen verhindert werden.

Das Erbe zu teilen oder sogar zu verlieren würde da lediglich unter „Liebe Deinen Nächsten" fallen und bestenfalls in der Bibel ein schmückendes Element darstellen. Ein Punkt allerdings, über den er  momentan noch nicht offen reden konnte, denn dass es sich bei Sebring um Verenas Großvater handelte, wusste ja auch Iris noch nicht.

„Wer weiß denn schon, ob nicht auch Erpressung irgendwie im Spiel ist", überlegte Bernauer andeutungsweise.

„Erpressung? Das würde für Dich wieder eine weitere Belastung bringen, denn auf dem Gebiet soll nämlich die liebe Polizei meist kein besonderes Engagement an den Tag legen, hört man oft."

„So, so, hört man das?"

Bernauer schüttelte missbilligend den Kopf.

„Typisch. Der Normalbürger hat zwar keine Ahnung wie schwierig es ist, diesen Leuten beizukommen, aber geurteilt wird schnell und gnadenlos. Erpressung ist ein gemeines Verbrechen und kein unterhaltsamer, abgefuckter Kino-Gag."

Iris betrachtete eine derartige Belehrung als absolut ungebührlich, ärgerte sich und fiel boshaft grinsend über ihn her.

„Wir Normalbürger sind also ahnungslos? Vielleicht meintest Du aber nur hilflos, oder, Du hast das System nicht richtig durchschaut."

„Welches System?" Bernauer schüttelte verständnislos den Kopf.

„Na, die Erpressung des Normalbürgers von oben herab. Die ist nämlich genau so wenig Kintopp, sondern in diesen Zeiten sogar obligatorisch."

„Iris, was soll denn das jetzt bedeuten?"

Sie sah ihn scharf an.

„So dumm sind wir kleinen Leute dann auch wieder nicht, dass wir nicht sehen, wie uns in der Gegenwart jegliche Minderheiten, mit Zustimmung der maßgeblichen Vertreter dieses Staates, in allen Belangen erpressen. Zahle fleißig Steuern für die Erfüllung der

Fremdbestimmung, jedenfalls aber dann, wenn Du nicht Bekanntschaft mit dem Strafrecht machen willst."

„Iris, ich bitte Dich. Warum musst Du denn immerzu den Rufer in der Wüste spielen?"

Damit goss er leider weiterhin Öl ins Feuer und brachte sie erst richtig in Fahrt.

„Den Rufer spielen, sagst Du? Rede ich vielleicht chinesisch, wenn ich auf meine Rechte hinweise, ha? Warum soll ich beispielsweise Willkommenskultur zeigen, wenn ich niemanden eingeladen habe oder mich nicht beschweren, wenn ich mich in meinen Menschenrechten verletzt fühle? Aber kaum mache ich nur den leisesten Versuch, gerate ich schon gnadenlos in die Mühlen der Justiz. Das nenne ich staatliche Erpressung am kleinen Mann. Deinen eigenen Worten nach ein Verbrechen, aber mit Vorbildwirkung und sicher kein Kino-Gag."

„Iris, ich will nicht Europa retten, sondern einen Mörder überführen."

„Mein Gott, Ihr mustergültigen Beamten", bellte Iris, „immer schön stramm mit zweierlei Ellen messen."

„Hier wird überhaupt nichts gemessen, ich mache meine Arbeit, aber zufällig habe ich es jetzt mit Menschen zu tun, die bereits Teilhaber am großen Kapital und längst schon nicht mehr in der Lage sind, sich zu entflechten. Alles, was sie sich noch leisten können, ist beleidigt zu sein und offen aufeinander herumzuhacken, oder sich heimlich zu erpressen. Das Wort Rufmord kommt auch nicht von ungefähr, das müsste sogar eine aufsässige Normalbürgerin begreifen."

Nun hatte aber der Rest seines Blunzengröstls aufge-
hört zu dampfen und drohte schal zu werden. Schnell
schob er die letzten Bissen in den Mund.

„Aber im Grunde genommen hast Du ja recht", sagte
er dann friedfertig, „ich bin auf die rasche Vorarbeit
meiner Kollegen angewiesen."

Er sah sie etwas unsicher an.

„Wenn Du allerdings meine subalterne Beamtenhal-
tung ein klein wenig außer Acht lassen könntest, dürfte
ich Dir dann noch eine für mich überaus wichtige Frage stellen?"

Iris Haltung versteifte sich zur menschgewordenen
Empörung.

„Also wirklich, Joschi", meinte sie vorwurfsvoll, „Du
hast die Gabe aus jeder Mücke einen Elefanten zu
machen. Ist doch lächerlich, frag einfach ohne jedes
Brimborium."

Bernauer, wieder einmal sprachlos durch die Virtuosi-
tät, mit der Iris jede selbsterzeugte Kurve meisterte,
nahm vorsichtig den nächsten Anlauf in der heiklen
Sache.

„Hast Du vielleicht eine Ahnung, oder weißt sogar, ob
Verenas Affaire tatsächlich existiert und wenn ja, ob
Spiegelberg möglicherweise Bescheid weiß, aber aus
einem guten Grund da mitspielt?"

Schon war Iris wieder bei der Sache.

„Egal was noch alles möglich wäre", sagte sie und
schüttelte überlegend den Kopf, „ich habe einfach nur
das Gefühl, dass die Ehe der Spiegelbergs gut ist, also
glaube ich auch nicht, dass Verena fremdgeht oder

Sigmund in der Sache irgendeine Rolle spielen könnte. Das ist aber auch alles, was ich dazu sagen kann. In meiner Gegenwart ist wahrhaftig nie nur das Geringste geschehen, das einen Zweifel in mir erweckt hätte."

„Und wer hat dann Deiner Meinung nach nun old Sebring erschossen?"

Iris blickte sorgenvoll auf ihre Fingernägel.

„Hoffentlich nicht young Aschenbrenner", murmelte sie, „das Mädchen wurde seelisch sicherlich sehr schwer verletzt durch sein Verhalten. Der Scheißkerl hat sie doch einfach mit der Mutter wieder nach Hause geschickt."

„Es könnte natürlich noch schlimmer gekommen sein und die Kleine wäre schwanger gewesen. Ein stärkeres Motiv für Mutter und Tochter, die Dinge selbst in die Hand zu nehmen, gibt es nicht."

Iris schüttelte sich entsetzt, als sie den Gedanken Revue passieren ließ.

„Ihr Polizisten! Wenn ich all diesen furchtbaren Dingen nachgehen und jeden einzelnen Menschen solcher Dinge verdächtigen müsste, hätte ich den Beruf schon längst an den Nagel gehängt."

Er lachte.

„Frau Primaria, wenn ich den Weg zum Herzen meiner Mitmenschen mit einem Skalpell suchen müsste, wäre ich schon beim ersten Mal umgekippt und für immer weggetreten."

„Na also", sagte Iris und griff nach der Dessertkarte. „Schuster bleib bei deinem Leisten. Ich nehme noch

die Eisspaghetti, Dir würde ich rein berufsbedingt Eisbecher Spekulatius empfehlen."
Er lachte.
„Ich spekuliere nicht, Mädchen, Präzision liegt auch
mir am Herzen."

-----

Bernauer hatte sich die Sache reiflich überlegt. Wenn
er in seinen Ermittlungen weiterkommen wollte, mussten zumindest die am meisten beteiligten Familien
durchleuchtet werden und das könnte heikel werden.
Er ließ sich also einen Termin bei Hofrat Sassmann
geben, nicht nur weil er ihn erstens unbedingt als Rü-
ckendeckung benötigte, sondern ihm zweitens auch
einige Vorschläge zu machen hatte, die nicht unbedingt dem normalen Dienstweg entsprachen.

„Wenn Sie schon so forsch angerückt kommen, ist das
vermutlich ein Versuch mich einzulullen, bevor Sie
mich wieder einmal in eine unangenehme Lage bringen. Ist doch so, oder?"
Er wies auf seine berüchtigte, wogende Ledercouch
und lächelte boshaft, als er Bernauer zusah, wie er
auch diesmal ziemlich aussichtslos den Kampf um ein
einigermaßen stabiles Plätzchen austrug.
„Glauben Sie aber ja nicht, sich auf meiner Couch in
Sicherheit wiegen zu können, das fühlt sich vielleicht
so an, ist es aber nicht."

„Ich bin zwar inzwischen ziemlich seegangsresistent geworden, Hofrat, trotzdem kann von Sicherheit auf diesem Unikum keine Rede sein", antwortete Bernauer und reichte ihm, mühsam die Balance haltend, seine eigenen bereits ausgedruckten Notizen.

„Dies sind Dinge", erklärte er, „die ich privat, sozusagen unter dem Siegel der Verschwiegenheit, zusammengetragen habe. Wie Sie sehen, ist auch Ihr Hinweis über die angebliche Liaison von Verena und Niko Haugsdorf verzeichnet. Ich würde aber die Unterlagen gerne noch bedeckt halten, da womöglich damit ein unschöner Skandal ausgelöst werden könnte."

„Unbedingt", versicherte Sassmann, sobald er sich kurz in das Elaborat vertieft hatte.

„Wovon beabsichtigen Sie denn jetzt offiziell auszugehen?"

„Dass ich an Selbstmord Dr. Sebrings nicht glaube, und das tut auch der Pathologe nicht. Dies ist meine Grundlage und es häufen sich inzwischen jede Menge Verdachtsmomente, die auf Fremdverschulden hindeuten, auch wenn der Tote Schmauchspuren an der Hand hatte."

„Und es kommen mehrere Personen in Frage?"

„Das kann man wohl sagen, es ist, als würde man durch ein Fenster in einen vollen Versammlungsraum glotzen und nicht wissen, wen man eigentlich sucht, während drinnen der Voodoo-Zauber ungebremst abläuft."

„Das interessiert mich natürlich", sagte Hofrat Sassmann, „aber geben Sie meiner Sekretärin eine Chance, bevor Sie mir gleich sagen werden, was ich eigentlich nicht hören will."

Die Vorzimmerdame hatte offensichtlich nur auf das Stichwort gewartet und stand bereits mit den Kaffeetassen parat. Sassmann nahm einen Schluck, richtete seinen Blick aus dem Akt auf Bernauer und verkündete geradeheraus:

„Mit dem ewigen Hin und Her verliere ich sowieso langsam die Zusammenhänge, also helfen Sie mir kurz auf die Sprünge und geben Sie mir den roten Faden mit den inzwischen tatsächlich wichtigen Dingen. Dann können Sie, ohne Zwischenfragen von mir, Ihre neuesten Überraschungen ausbreiten."

Dies konnte die Angelegenheit tatsächlich wesentlich vereinfachen und Bernauer versuchte die Dinge so auf die Reihe zu bringen, dass sie für Hofrat Sassmann lückenlos einen vernünftigen Sinn ergaben.

„Lassen Sie mich schnell Revue passieren", sagte er.

„Ich bitte darum."

„Begonnen hat es, wie Sie wissen, dass ich bei einer Einladung im Hause Aschenbrenner unmissverständlich mitbekam, dass die Tochter des Hauses, Charlotte, eine zwischendurch immer wieder erkennbare tiefe Abneigung gegen ihre Mutter hegt. Offensichtlich ist die Frau sehr streng.

Bei besagter Einladung wurde eine Spielerin unseres Bridge-Clubs, Verena Spiegelberg, im Garten überfallen und beinahe getötet. Einen Hinweis auf das Motiv gab es nicht, im Gegenteil, der Nachmittag vorher verlief angenehm und unterhaltsam. Der Neffe Hubert von

Haugsdorfs, Niko, hat sich den Abend über besonders aufmerksam um Anna-Maria, die Tochter des ebenfalls anwesenden Staatssekretärs, bemüht.

Wie Sie aber wissen, soll der Fama nach der Kontakt Nikos mit Verena in der Zeit davor intensiver als üblich gewesen sein, man munkelt jetzt sogar Verenas drittes Kind soll von ihm sein, doch an diesem Tag war sie deutlich erkennbar für ihn nicht mehr up to date."

Sassmann hakte sofort ein: „Könnte es sein, dass sie beseitigt werden sollte, weil sie den neuen Interessen Nikos im Weg stand? Halten Sie das für möglich?"

„Wenn viel Geld und Macht im Spiel ist, traue ich jedem alles zu."

„Aber der Gatte der Spiegelberg, wenn der bereits davon gewusst hätte, wäre dann der Tod Verenas nicht auch für ihn die sauberste Lösung gewesen, kein Skandal, keine Scheidung und kein fremdes Kind?"

Bernauer registrierte erfreut, dass er bei Sassmann den richtigen Einstieg gefunden hatte.

„Niederschmetternd", beteuerte er, „aber denkbar, Menschen morden oft um weniger Erfolg. Nur unangenehm war es für die Familie Aschenbrenner, ausgerechnet in ihrem Haus geschieht so etwas."

Sassmann hob, wie um den Verdacht abzuschwächen, beide Hände: „Aber überlegen wir trotzdem, ob ohne schlagende Beweise eine Konstruktion zwischen dem ersten Mordanschlag im Garten der Aschenbrenners und dem bis jetzt ungeklärten Autounfall auf der Straße nicht etwas gewagt ist."

„Natürlich darf man diesen Einwand nicht über die leichte Schulter hin vernachlässigen, aber die Tatsache, dass auch auf Verenas Tochter Alma bereits zweimal ein Anschlag verübt worden ist, nicht nur die Pralinen waren mit Nikotin versetzt, auch die Schnur der Schaukel wurde angesägt, das ist jetzt sicher, liegt für mich genau auf der gleichen Schiene."

„Sie vermuten also stark, dass auch der Autounfall Verenas absichtlich herbeigeführt wurde?"

„Genau das tu ich, nur inzwischen lässt sich Charlotte mit Dr. Sebring ein und kommt ebenfalls mit ins Spiel. Ihre Freundin und Bridge-Partnerin Verena verrät das Verhältnis mit Sebring Charlottes Mutter und diese reagiert wie eine Furie. Unverständlicherweise verhält sich dann der Mann als wäre nichts gewesen, anstatt zu dem Mädchen zu stehen. Was ist denn nur in diesen Familien los?"

Als von Sassmann keine Antwort kam, spann Bernauer seinen Gedanken weiter.

„Dass Mutter Eleonore und die sitzengelassene Tochter jeden Grund gehabt hätten, sich einzeln oder zusammen an Sebring zu rächen, wäre doch absolut denkbar."

„Grund genug ihn umzubringen?", fragte der Hofrat ungläubig, „die junge Frau ist schließlich einverstanden gewesen mit dieser Beziehung."

„Das ist allerdings richtig, aber, wusste sie in ihrem Alter auch wirklich, was sie tat? Sogar durch ihr Einverständnis wird aus diesem für ihn unverbindlichen

Beischlaf keine harmlose Bestäubung. Denken Sie doch an die möglichen Folgen."

Hofrat Sassmann erstarrte.

„Folgen?"

„Hypothetisch gesehen, natürlich. Aber auch der Mord an ihm selbst könnte eine dieser möglichen Folgen gewesen sein. Trotzdem, auch ohne erkennbaren Zusammenhang, ich bin sicher, dass alle einzelnen Vorkommnisse in Beziehung zueinanderstehen."

„Und wie trete ich jetzt in die Szene?", erkundigte sich Hofrat Sassmann etwas lahm.

„Ihr Beitrag würde, schätze ich, für Sie keine große Ungelegenheit darstellen. Da wäre zum Beispiel Ihre Verbindung, es spricht sich doch viel lockerer und unkontrollierter, so unter Gleichgesinnten. Was dort nur als unverfänglicher Klatsch gilt, würde ich selbst bestenfalls mit Beziehungen und jeder Menge Zeitverlust erfahren. Aber sicher wäre man mir gegenüber ohnedies misstrauisch und somit wahrscheinlich auch taubstumm."

„Agenten sterben einsam", zitierte Sassmann den einzigen Spionagefilm, den er je gesehen hatte, „außerdem bin ich nicht Richard Burton, sondern ein mittelmäßiger und uninteressanter älterer Herr, kein Mensch wird mir etwas anvertrauen."

„Zeigen Sie sich als Patron der Missgünstigen und man wird Sie mit Material überhäufen."

„Aber ich bin missgünstig", insistierte Sassmann, „manchmal wenigstens, das macht einfach dieser Beruf aus uns."

Er straffte sich, hob den Krawattenknoten und sprang dann endlich mit auf den Zug.

„Auf wen haben wir es denn besonders abgesehen?"

„Dr. Sebring, Verenas Eltern und die Aschenbrenners. Es wäre mir schon sehr geholfen, wenn ich wenigstens einen Anhaltspunkt bekäme, wo ich zu graben beginnen könnte."

-----

Als Bernauer zurück in sein Zimmer kam, sah er auf seinem Handy, dass Giorgio di Angelo dreimal versucht hatte, ihn zu erreichen.

Dies ließ nur die Vermutung zu, dass die Angelegenheit wichtig war. Bernauer nahm auf seiner Couchgarnitur Platz und rief zurück.

„Ich war bei Sassmann, was liegt an, Giorgio?

Di Angelo, der durch die neue Entwicklung die Dinge offen ansprechen konnte, ohne dabei einen Vertrauensbruch an Charlotte zu begehen, überfiel ihn sofort mit der Frage, ob Niko Haugsdorf schon an ihn herangetreten sei.

„Worüber sollte er mit mir geredet haben?"

„Na, die Verleumdung, die Sache mit Verena."

„Gibt es denn etwas Neues?"

„Das kann man wohl sagen", bekräftigte Giorgio, „Anna-Marias Vater hat Niko den Umgang mit seiner Tochter so lange untersagt, als es nicht erwiesen wäre, dass an dem Gerücht, er wäre Verenas Liebhaber gewesen, nichts Wahres sei. Na, gut, das ist das eine, aber bis dahin legt er auch seinen Beitrag zu dem geplanten Objekt in den Emiraten auf Eis. Also keine Unterstützung auf diplomatischem Parkett und keine privaten Empfehlungen an den wichtigen Adressen."

Sichtlich ermüdet von dieser rasanten Suada fragte er gequält: „Weißt Du Joschi, was mich jeder einzelne dieser verhunzten Tage kostet?"

„Ich teile Deinen Schmerz", sagte Bernauer, „aber was kann ich da für Dich tun?"

„Gibt es denn noch überhaupt keine Erfolge? Wer will Niko oder Verena schaden und dann noch dazu auf so gemeine Weise? Das spielt doch alles in die Sache mit Sebring herein. Den habe ich allerdings gründlich unter die Lupe genommen, herausgekommen ist nichts, aber jetzt, wo ohnedies alles geplatzt ist, könntest Du doch dort ansetzen und auch mit Charlotte offen reden. Da muss jemand im Hintergrund stehen, der Verena dazu gebracht hat, Charlotte zu verraten und uns damit alle in der einen oder anderen Art in die Pfanne zu hauen. Dabei weiß ich aber definitiv, dass weder Charlotte noch Anna-Maria zu geschäftlichen Dingen Zugang haben, es geht also um verdammte private Gründe, und der Sebring hat aus demselben Grund ins Gras gebissen. Check die Überlebenden, für Euch Bullen gibt es doch sowieso keinen Datenschutz."

„Nicht so hastig", unterbrach ihn Bernauer, „sag mir erst auf Ehre und Gewissen: Hatte Niko mit Verena ein Verhältnis? Ja oder nein?"

Giorgio schnaubte einige Sekunden vor sich hin.

„Nein, aber er hat es versucht. Wenn Verena auch sein Gesülze genossen hat, im Bett war nichts, da kannst Du Gift darauf nehmen. Niko ist entre nous wenig verschwiegen, er hätte mir, wie sonst immer, seinen Erfolg brühwarm erzählt."

„Bis wann musst Du den Staatssekretär wieder in den Krallen haben?"

„Genau in zehn Tagen."

Bernauer zog die Luft hart durch die Vorderzähne.

„Pass auf", sagte er, „Du hast bei mir einiges gut, aber ich schulde Dir lediglich die Bemühung, nicht den Erfolg. Ist das o.k.?"

„Mein Horoskop spielt ohnehin schon verrückt und Du versetzt mich noch weiter in tiefere Unruhen."

„Dann vergiss auf keinen Fall das Morgen- und Abendgebet. Du hörst von mir."

-----

Hofrat Sassmann war inzwischen nicht untätig geblieben. Vermutlich war es seiner langjährigen Praxis im Polizeidienst zuzuschreiben, dass er bereits zwei Tage später herausgefunden hatte, wie das Gerücht um Verena zustande gekommen war und sogar ein Exemplar der Steine des Anstoßes vorweisen konnte.

Ein Unbekannter hatte ein Handy-Foto, auf dem unscharf zu sehen war, dass Niko Verena einen Gegenstand, vermutlich eine Decke, entweder auf den Schoß legte oder ihn von ihr gereicht bekam, an mehrere Her-

ren der Verbindung versandt, versehen mit einem Zettel: Der besorgte zukünftige Herr Papa.
Der Hintergrund war unkenntlich gemacht worden.
In Bernauers Kopf begann sich ein merkwürdiger Gedanke einzunisten.

„Hofrat Sassmann, das ist ungeheuerlich, bringt uns aber ein gutes Stück weiter, da es den Rahmen einschränkt."
Jetzt kam aber noch so ziemlich das Schwierigste in der Zusammenarbeit mit Sassmann, denn Bernauer musste ihn so mitreißen, dass er sich über einen Teil der Datenschutzverordnung hinwegsetzte und vorerst die genauen persönlichen Angaben zumindest von einigen der beteiligten Familien erhob.
Wie vorausgesehen begann sich Sassmann sofort auf das Gesetz zu berufen und erklärte Bernauer, dass er absolut keine Möglichkeit hätte, sich einen unbegründeten derartigen Einblick in Stammdaten zu verschaffen, ohne fix registriert zu werden.
„Hofrat", sagte Bernauer beschwörend, „wir brauchen diese Daten. Ich habe bereits eine gewisse Vorstellung, aber wenn ich gezwungen bin, notdürftig herumzumurksen, laufen wir Gefahr, dass noch weitere Opfer ihren Platz in der Kiste verlassen. Bis jetzt haben meine Nachforschungen lediglich einige kleinere Glückstreffer gezeitigt, aber geht es weiter so, läuft uns die Zeit davon."
„Sie und Ihre drastischen Schilderungen. Und wie stellen Sie sich das Ganze tatsächlich vor? Soll ich einen

Hindernislauf gegen die Vorschriften führen, wissen Sie außerdem, wie lange das dauert?"

Bernauer sah ihn mit einem tiefen Blick des Vertrauens an und erklärte dann in leicht verschwörerischem Ton: „Eigentlich hatte ich nicht an den Dienstweg gedacht, Hofrat. Ich bin nämlich davon überzeugt, dass ein Mann Ihrer Position auch von hinten durch die Brust ins Auge trifft."

Die Klärung des Problems wurde im Moment rüde unterbrochen, denn Bernauers Handy hatte sich gemeldet.

Sassmann bedeutete ihm, er möge das Gespräch annehmen.

„Und gehen Sie mir aus der Sonne", sagte er.

Es war di Angelo, der Bernauer anrief.

„Wie steht es?", fragte er.

„Wenn Du nur anrufst, um mich das zu fragen, mach schnell Dein Testament."

„Warum nimmst Du denn immer alles so bierernst?", nörgelte er. „Eigentlich wollte ich Dir ja selbst einen kleinen Erfolg melden."

„Aha!"

„Also hör zu: Dr. Sebring war der Großvater Verenas."

„Sie hat es mir bereits gesagt, aber niemand sonst weiß es."

Di Angelos Stimme klang hörbar enttäuscht.

„Na gut", nuschelte er mürrisch, „der Mann war Literaturpreisträger und nicht nur ein ziemlich hohes Tier in

Universitätskreisen, sondern auch Mitglied in einem Gremium, das sich mit der Lösung länderübergreifender religionstechnischer Fragen beschäftigt, was immer auch darunter zu verstehen ist.

Menschlich duldete er keinerlei Widerspruch und schien auch seine Familie ziemlich despotisch behandelt zu haben. Die Ehe seiner Enkeltochter hat er tief missbilligt, da sie nicht seinen Wünschen, einer akademischen Laufbahn des Mädchens, entsprochen hat. Zudem ist Verenas Mann ein erfahrener Jurist und doch einiges älter als Verena. Dass es daher nicht Sebring war, der in der Ehe seiner Enkelin die Zügel in Händen hielt, war logisch."

„Das ergab vermutlich einen Bruch?"

„Nicht nur, Sebrings Sohn, der Vater Verenas, war aus der Landespolitik in den diplomatischen Dienst übergewechselt, wodurch sich Sebrings Einfluss in wichtigen Dingen empfindlich verringerte, wie beispielsweise beim Kontakt mit dem Staatssekretär."

Dies klang für Bernauer absolut einleuchtend.

„Und Verena schwankte vermutlich als schwächstes Glied zwischen den Stühlen."

„Wahrscheinlich hat sie auch so bald geheiratet, um dem Diktat des Familientyrannen zu entkommen. Jedenfalls wirft hier jeder jedem etwas vor und die Folge ist, dass sie alle seit Jahren keinen Kontakt miteinander pflegen."

Vielleicht gab es also eine neue Richtung für die Ermittlungen.

„Das könnte eine Erklärung dafür sein, dass Verena es ihrem Großvater heimzahlen wollte, als sie Charlottes Mutter informierte."

Nun war es an di Angelo ungläubig zu sein.

„Aber Du hältst es doch nicht im Ernst für möglich, dass die Mordanschläge auf Verena bereits mit ihrem Großvater zu tun hatten?"

„Man möchte es natürlich nicht wahrhaben, aber verbohrte alte Männer sind in ihrem Hass oft zu allem fähig, wenn man sich ihnen widersetzt. In diesem Fall saß das Ressentiment schon viel länger tief und dazu kam jetzt das Verhältnis mit der jungen Frau."

„Also wirklich, in seinem Alter?"

Bernauer konnte die unfassbare Empörung Giorgios förmlich spüren.

„Also bitte Joschi, das ist doch alles zu abstrus. Dieser angegraute Belami läuft genau so wenig im Bett zur Höchstform auf, als er mordend durch Gärten und Straßen rennt. Wenn er allerdings jemand mit dem Degen erstochen hätte, wäre es für mich immerhin denkmöglich."

„Er brauchte es ja auch gar nicht selbst getan zu haben, Giorgio."

„Noch besser, das würde Nikos Unschuld beweisen. Dahingehend müsst Ihr ermitteln und dem Alten kann es ohnehin nicht mehr schaden. Tempus fugit, Joschi, ich brauche sofort Beweise, oder willst Du mich an den Bettelstab bringen?"

„Wenn Du mich erpressen willst, bringe ich Dich lediglich in eine Zelle", bemühte sich Bernauer ernst zu
bleiben. „Aber jetzt ganz ohne Spaß, wenn Dir doch
etwas bekannt ist, wonach Verena zu Niko eine, wenn
auch unwichtig scheinende Beziehung hatte, dann sag
es mir jetzt, denn auch das könnte eine bedeutende
Rolle gespielt haben in dem Kodex einer Welt der
Dünkelhaftigkeit und Vorrechtsansprüche. Vielleicht
hatte er einen guten Grund, nicht mit seinem Erfolg zu
prahlen. Wie die Geschichte unter die Leute gekommen ist, wurde nämlich geklärt. Maßgebliche Herren
der Verbindung unseres Polizeipräsidenten erhielten
mit der Post eine schlechte Handyaufnahme von den
beiden, wie sie sich einen undefinierbaren Gegenstand
zureichen, wobei man in das Foto interpretieren kann,
was einem gerade gefällt. Der Hintergrund ist unkenntlich gemacht, aber beschriftet ist die Post mit: ‚Der besorgte zukünftige Herr Papa‘."
„Ziemlich dümmlich."
„Ziemlich genial", verbesserte Bernauer, „hier kann
jeder seine natürliche Bosheit ausleben und behaup-
ten, das Bild sei absolut eindeutig."
„Auch wieder der Alte?"
„Vielleicht, aber was absolut nicht ins Bild passt, sind
die Anschläge auf die kleine Alma. Wie groß müsste
sein Hass auf die Familie sein, dass er sogar die Ur-
enkelin töten wollte? Aber auch wenn es so wäre, zum
Familiensitz der Spiegelbergs hatte Sebring absolut
keinen Zutritt, da hätte er einen internen Gehilfen gebraucht."

Nach kurzem Schweigen fragte di Angelo mit hörbar rauer Stimme: „Du denkst aber nicht ernstlich an Charlotte?"

„Unter diesen Umständen sehe ich weit und breit sonst niemand. Wenn ihm die junge Frau im Bett hörig war, könnte es Sebring absolut gelungen sein, die Kleine für sich einzuspannen. Er war ein imposanter Mann, reich und routiniert genug, um in einem halben Kind ein Feuerwerk der Leidenschaft auszulösen. Ein skrupelloses Alphatier und ein seelisch angeschlagenes Kind, welches den Hass auf seine Mutter an glücklichen Kindern abreagiert. Viel wäre nicht beizutragen gewesen, die mit Nikotin versetzte Schokolade brauchte sie nur hinzulegen und die Schnur einer Schaukel anzureißen ist auch keine Schwierigkeit, wenn man noch dazu knapp vorher auf dieser Schaukel gesessen hat."

„Hast Du Dich schon ernstlich darauf festgelegt?"

„Natürlich nicht", betonte Bernauer sachlich, „für mich sind alle anderen noch mit im Spiel und mir politischen oder geschäftlichen Sand in die Augen zu streuen, nützt niemandem. Letzten Endes wartet auf jeden, der ihn bestellt hat, sein persönlicher Schierlingsbecher."

Er lachte überzeugend und di Angelo schluckte kurz. Er glaubte ihm hier aufs Wort.

„Verstehe. Die Polizei, Dein Freund und Helfer! Aber ich bin unter Zeitdruck, Du informierst mich doch?"

„Wenn Du mich nicht dauernd bei der Arbeit störst, ja."

„Spielen wir Montag im Club? Ich werde gegen vierzehn Uhr in Salzburg ankommen."

„Der Staatssekretär?"

„Noch nicht. Und Du wirst mich in unserer Sache garantiert nicht hängen lassen?"

„Wenn ich inzwischen meine Migräne loswerde, nicht."

„Nimm Avamigran, ein Superbomber. Schlucke ich selbst."

„Und wie bringt man dieses Geschoss dann hinunter?"

„Whisky hat einen hohen Eigengeschmack."

Bernauer überkam schon allein bei dieser Vorstellung ein zwanghaftes Zittern und tausende kleine Viecher schienen seinen Rücken hinunterzukrabbeln.

„Klingt gut", sagte er obenhin, „werde ich machen."

-----

Hofrat Sassmann hatte tatsächlich seine Verbindungen spielen lassen und so fand Bernauer bereits vier Tage nach ihrer Unterredung die gewünschten privaten Erkundigungsergebnisse über die besprochenen Familien vor.

Nachdem er sie aufmerksam gelesen und sich die wichtigen Daten notiert hatte, sah er bereits eine Linie, die es ihm endlich ermöglichte, zielgerecht vorzugehen. Dazu befragte er auch Iris noch einmal gründlich zu allen Dingen, die sie über die Familie der Spiegelbergs wusste.

In der Folge begann sich für ihn das, was erst als Gefühl in ihm aufgestiegen war nun so zu verdichten, dass es zu einem regelrechten Verdacht geworden war und er ließ Verena zur Vernehmung im Präsidium vorladen.

Verena schien allerdings wenig bereit zu sein, weitere Auskünfte in persönlichen Dingen zu geben und wirkte merklich verkrampft und abwehrend.

Auf seine Frage, warum sie die Mutter Charlottes auf die Beziehung des Mädchens mit Dr. Sebring aufmerksam gemacht hatte, ohne vorher mit Charlotte darüber gesprochen zu haben, sagte sie nur: „Als ich durch den ersten anonymen Anruf erfahren habe, dass Charlotte sich offenbar mit meinem Großvater näher angefreundet hatte, habe ich es als meine Pflicht angesehen, etwas zu unternehmen.

Wie ich bereits gesagt habe, wäre mit Charlotte zu reden absolut sinnlos gewesen, also habe ich Eleonore angerufen und ihr die Sache geschildert. Beim zweiten Anruf hat es sich nicht mehr um eine vage Behauptung gehandelt, sondern die beiden hatten zu diesem Zeitpunkt effektiven Geschlechtsverkehr."

„Und wieso hast Du es denn überhaupt als Deine Pflicht angesehen, zu verhindern, was Dich eigentlich nichts angegangen ist? Du hast Charlotte damit nicht nur blamiert und gekränkt, sondern zusätzlich auch noch kompromittiert. Das Geschehene konnte ohnedies nicht mehr zurückgenommen werden."

„Das war nicht meine Absicht, aber es war sicherlich das kleinere Übel."

„Wieso?"

„Mein Großvater war nicht der Gentleman, den man in ihm vermutet hat. Im Gegenteil, er war ein egoistischer, despotischer Mensch, der meine Großmutter und jeden, der irgendwie von ihm abhängig war, terrorisiert und bevormundet hat. Außerdem konnte er in seinem Zorn sogar gewalttätig werden. Deshalb hat sich auch die ganze Familie von ihm abgewandt und die Umstände wurden erst erträglich, als der Kontakt völlig abgebrochen war."

„Und was hatte dies mit Charlotte zu tun?"

„Großvater hatte eine Menge Affairen mit jungen Mädchen, die er aber lediglich benutzt hat, ohne sich Gedanken über die Folgen zu machen. Letzten Endes ist auch Charlotte in seine Fänge geraten und allein daraus, wie er sich dann letztlich in der Sache gegen sie benommen hat, lässt sich deutlich erkennen, wie Recht ich hatte."

Bernauers Verdacht schien sich nun weiter zu bestätigen, doch der winzige Schlussstein, der den Ausschlag gab und alles, was bisher gesagt wurde und geschehen war, ins richtige Licht setzte, blieb verborgen, wie die letzte Ziffer einer Zahlenkombination, die das Öffnen eines Tresors ermöglichte und damit den einzigen, zugrundeliegenden Sinn des Inhaltes preisgab.

„Verena", sagte er nach einiger Überlegung, „hältst Du es für möglich, dass Dein Großvater Charlotte dazu angestiftet hat, Deiner Tochter etwas anzutun?"

„Und sie ihm aus Hörigkeit gefolgt ist, meinst Du?" fragte sie erschrocken.

Bernauer nickte.

„Nein", antwortete sie bestimmt. „Nein, das würde ich keinesfalls glauben. Das würde Charlotte niemals tun."

-----

„Iris", sagte Bernauer, als sie einen der vermutlich letzten sonnigen Abendstunden am Balkon des Cafés Tomaselli ausnutzten, um einen kleinen Imbiss zu nehmen, „Du hast doch Spiegelberg schon während Deiner Studienzeit gekannt, kannst Du mir vielleicht auch davon etwas mehr erzählen. Es könnte sehr wichtig sein und ich weiß jetzt auch über die anderen beteiligten Familien Bescheid. In erster Linie geht es mir darum, diejenigen Dinge auszuschalten, die unwichtig oder falsch sind. Du würdest Deinen Freundinnen einen großen Gefallen damit tun."

Iris sah ihn ungläubig an.

„Komisch", sagte sie, „die Geschichte habe ich nun schon einige Male erzählt, warum wollen denn plötzlich alle diese ollen Kamellen aufwärmen?"

„Wem hast Du denn diese Geschichte bereits erzählt?"

„Wenn ich mich recht erinnere, waren es Niko, Giorgio, Charlotte und jetzt Dir. Na ja, und Eleonore, glaube ich auch."

„Du lieber Himmel, dann reiß Dich jetzt zusammen und trage das Ganze noch einmal vor, so, wie Du es ohnehin bereits ständig getan hast, ich bin ganz Ohr."

Nun hatte Bernauer noch zwei weitere Personen ein-
zuvernehmen. Er entschied sich für den Lastwagenfahrer, der nach dem Unfall Verenas gekommen war,
ihr geholfen hatte und dann die Polizei verständigte.

Der Mann blieb Punkt für Punkt bei seiner gemachten
Aussage, aber Bernauer bat ihn, die Situation noch
einmal genau zu überdenken. Hatte er nicht doch vielleicht irgendetwas wahrgenommen, das er als völlig
unwichtig betrachtet hatte, völlig aus dem Zusammenhang scheinend.

„Ich habe wirklich bereits alles zu Protokoll gegeben.
Da war nichts.“

„Ich weiß“, sagte Bernauer beruhigend, „es könnte ja
auch schon knapp vor oder nach dem Unfall gewesen
sein. Gehen Sie im Geist Ihren ganzen Weg noch
einmal durch, sozusagen Meter für Meter.“

„Das wird schnell gesagt sein, denn die Straße war
menschenleer.“

Er schloss die Augen und dachte angestrengt nach.

„Ich habe alles genau vor Augen“, stellte er fest.

„Mein Wagen stand voll beladen vor dem Lager, ich
bin eingestiegen und losgefahren. An den ersten beiden Kreuzungen hatte ich noch Gegenverkehr.“

„Wie weit war es da noch bis zum Unfallort?“

„Geschätzte fünf Kilometer, sag ich mal. Es war aber
jetzt schon ziemlich grau, sodass ich später die Frau
auf dem Fahrrad fast nicht bemerkt hätte.“

„Welche Frau?“

„Keine Ahnung, sie kam mir nur dicht am gegenüberliegenden Straßenrand entgegen, also war die ganze

Situation ungefährlich, auch wenn die Sicht schlecht war."

„Sie kam also vom Unfallort her?"

„Zumindest aus der Richtung, aber es gibt da auch noch andere Möglichkeiten."

„Aber würden Sie sie wiedererkennen?"

Der Mann lachte.

„Es war nur eine Sekunde, wo ich sie gesehen habe. Ich glaube nur, dass es eine Frau war, weil ...", er überlegte, „na, weil es eben so aussah."

Er dachte nach.

„Dann gab es kein Lebenszeichen mehr. Neben dem Zeughaus der Feuerwehr stand ein Cayenne, aber es gab nirgends mehr wo ein Licht."

„Ein Salzburger Kennzeichen?"

„Ich glaube schon, dunkelblau oder schwarz, der Wagen."

„Wie weit ist es von dort bis zur Unfallstelle?"

„Einen Kilometer, so ungefähr."

Bernauer glaubte nun zu wissen, wie die wandelnde Leiche an den Unfallort gelangt war, aber noch blieb ihm dabei die Wahl zwischen Fahrrad und Cayenne, Charlotte oder Eleonore.

-----

„Bernauer", mahnte Sassmann, „wir können nichts beweisen und freiwillig zugeben werden beide nichts.

Man würde uns vorzeitig die Anwälte auf den Hals hetzen und uns jetzt erst recht bei der Arbeit behindern."

Natürlich hatte der Hofrat Recht, aber Bernauer war so nah dran, die Fälle zu lösen, dass er sich weder faule Ausreden noch frömmelndes Getue anhören wollte. Am kommenden Spielabend hatte ihm di Angelo angekündigt, werde er zusätzlich ein überzeugendes Beweisstück präsentieren.

In der Zwischenzeit verlegte sich Bernauer noch einmal darauf, jede Aussage zu überprüfen und untereinander zu vergleichen.
Interessant konnte allerdings jetzt auch noch eine Befragung der damals abwesenden Haushälterin Sebrings sein. Diese Person musste schon rein gezwungenermaßen eine ganze Menge mehr über die Vorgänge im Haus wissen, denn natürlich war sie auch während ihrer Abwesenheit im Hintergrund präsent und hatte zudem einen Großteil ihrer Habe in ihrem ständigen Zimmer in der Villa Sebrings. Je mehr Bernauer jetzt von ihr erfahren würde, desto besser.

Sie bestätigte dann auch, was sich ohnehin nicht verheimlichen ließ, nämlich, dass Charlotte Sebrings Geliebte gewesen war.
„Und haben Sie das für richtig befunden, ich meine wegen des Altersunterschiedes?"

„Meine Meinung stand nicht zur Debatte, zu keiner Zeit. Dr. Sebring bevorzugte schöne junge Frauen, aber diese eine schien mir die unerfahrenste zu sein, wissen Sie, was ich ehrlich dachte?"

„Sagen Sie es mir."

„Die wird sich doch gegen eine Schwangerschaft schützen, das habe ich mir gedacht, sie sah so unreif aus."

„Und wenn er doch ernste Absichten gehabt hätte?"

„Dann müsste das auf jeden Fall eine unglaubliche Frau, und ich sagte Frau, gewesen sein, und kein achtzehnjähriges Mädchen."

Bernauer ließ ein kurzes bedeutungsvolles Schweigen im Raum stehen und wusste, das konnte nicht alles gewesen sein.

Völlig unvermittelt stellte er ihr dann die Frage: „Was haben Sie sonst noch gesehen oder gehört? Bringen Sie es hinter sich."

Sie überlegte sichtlich und nickte dann bedächtig.

„Sie würden ohnehin keine Ruhe geben und ich fürchte, auch die Nachbarin könnte es doch noch erwähnenswert finden."

Sie begann an ihrem Nagellack zu zupfen.

„Vermutlich wissen Sie, dass ich meine Mutter pflege?"

Als er nickte sprach sie weiter.

„Meine Mutter war für drei Tage im Spital, also habe ich die Gelegenheit genutzt, mir etwas zusätzliche Wäsche aus dem Haus Dr. Sebrings zu holen. Ich brauchte ihn dazu nicht einmal zu belästigen, da man durch den Dienstboteneingang kommen kann.

Ich habe also mein Fahrrad abgestellt und sehe jetzt, als das automatische Gartentor aufgeht, eine Frau, die die Auffahrt hinaufgeht und mit Herrn Sebring das Haus betritt. Ich gestehe, dass ich neugierig gewesen bin, aber außer einem Streit, der zwar leise, aber schneidend geführt wurde, habe ich nichts bemerkt."

„Keinen Lärm, keinen Schuss?"

„Nichts. Weiter als in mein Zimmer und den Flur zum Hinterausgang bin ich ja nicht gekommen, gerade die Streiterei konnte ich noch hören. Außerdem war ich in Eile, denn die Wohnung meiner Mutter liegt nicht im besten Viertel, man sollte also zu Hause sein, solange noch Menschen auf der Straße sind. Beim Wegfahren habe ich Frau Kalon, die eben ein Fenster schloss, zugewinkt und zu ihr gesagt, ich hätte mir etwas Kleidung geholt."

„War die Frau, die vor Ihnen die Auffahrt hinaufgegangen ist, noch im Haus, als sie gingen und würden Sie sie wiedererkennen?", fragte Bernauer.

„Ja, sie war noch da und auf jeden Fall würde ich sie erkennen, rufen Sie mich ruhig, falls ich gebraucht werde."

Bernauer hatte plötzlich einen Einfall.

„Warten Sie bitte noch einen Moment", sagte er als sie bereits in der Tür stand und zeigte auf die Couch vor dem Fenster, „ich habe da so eine Idee."

Er drehte seinen Stuhl zum Computer und rief die Unterlagen zum Akt Verena Spiegelberg ab. Nach einigen Minuten hatte er das Gesuchte."

„Würden Sie sich hier dieses Bild ansehen?", fragte er höflich und die Frau erhob sich und kam an den Bildschirm.

Zu sehen war auf einer Aufnahme der Spurensicherung die Stelle des Überfalls auf Verena im Garten der Aschenbrenners und einige anwesende Personen.

„Ist die Frau, die Sie in der Nacht im Hause Sebring gesehen haben, auf diesem Bild?"

Sie nickte und zeigte auf Eleonore Aschenbrenner.

„Es war zweifellos diese Frau."

„Dann nehmen Sie bitte wieder Platz für eine Protokollaufnahme", sagte er.

-----

Verena Spiegelberg schied nun voraussichtlich im Mordfall Sebring aus.

Zusammen mit der Aussage des Lastwagenfahrers, und derjenigen der Hausangestellten Sebrings sowie der von Verena Spiegelberg konnte Bernauer rasch einen Hausdurchsuchungsbeschluss für die Villa Aschenbrenner erwirken.

Das Unternehmen verlief jedoch völlig erfolglos und Eleonore Aschenbrenner bestritt jetzt auch nicht mehr Sebring in seinem Haus aufgesucht zu haben und auch nicht, mit ihm gestritten zu haben.

Sebring schien sich damals nämlich gefangen zu haben und hatte ihr mit der ihm eigenen Arroganz klar gemacht, dass nichts geschehen sei, das Charlotte nicht gewollt habe. Wenn Eleonore aber darauf bestehen würde, ihn weiter zu belästigen, wäre es besser für die Tochter, sie während der Schmutzkübel-Affaire ins Ausland zu schicken, um damit dem bleibenden Ruf einer Schlampe zu entgehen.

„Ich schwöre aber", versicherte Eleonore, „dass Sebring gelebt und Whisky getrunken hat, als ich das Haus verließ."

-----

„Hofrat Sassmann", begann Bernauer mit einem üblen Gefühl im Magen, nachdem er ihm seinen Bericht erstattet hatte.

„So wie die Dinge liegen, werde ich den Akt jetzt an die Staatsanwaltschaft weitergeben müssen."

„Wissen Sie, wie viel Dreck da sofort aufgewirbelt sein wird und wie viele Anwälte uns das Leben schwer machen werden? Es hängen mehrere bedeutende Persönlichkeiten des öffentlichen Lebens an dem Ganzen. Hält denn die ganze Angelegenheit einer durchdringenden Überprüfung stand?"

„Ich fürchte nicht, denn es gibt keine handfesten Beweise, alle Anschuldigungen ruhen auf schlüssigen Konstruktionen. Denken Sie, wir könnten es verantworten innerhalb von ein bis zwei Tagen alles noch einmal durchzugehen?"

Sassmanns Gedanken hatten sich offenbar in schlechten Erinnerungen verfangen und so entschied er sich jetzt für den Weg ausweichender Seitwärtsschritte.

„Zumindest muss alles hieb- und stichfest gegliedert sein, wenigstens da könnten zeitraubende Umwege vermieden werden."

Dies betrachtete Bernauer auf jeden Fall als dienstlichen Auftrag zum Zuwarten.

-----

Am Nachmittag ließ sich Bernauer zum Haus Dr. Sebrings fahren. Man wusste nie, schließlich gab es auch Inspirationen, die von den Orten des Geschehens vermittelt wurden.

Seltsamerweise fand er die Villa unversperrt.

Als er mit dem uniformierten Kollegen durch die großzügige Marmorhalle schritt, drang von irgendwoher auf der Balustrade über dem geschwungenen Treppenaufgang Musik zu ihnen herab. Bernauer hielt sich zwar selbst nicht für einen großen Musikkenner, aber dieses brachiale Dröhnen passte ganz sicherlich nicht hierher.

„Rammstein", sagte sein jüngerer Begleiter, „Ich tu Dir weh", und als Bernauer ihn daraufhin etwas zweifelnd ansah, fügte er hinzu: „Supertyp, dieser Lindemann."

Verursacherin dieser rabiaten Darbietung, stellte sich heraus, war eine junge Frau, die auf einer weißen Couch in einem karmesinrot gestrichenen Zimmer lag. Neben ihr, am Boden, stand ein Whiskyglas.

„Wer sind Sie?", fragte sie und kniff prüfend ein Auge zu.

„Kriminalpolizei. Und wer sind Sie, was tun Sie hier?"

„Judith Riegel, die Witwe des hierorts Verblichenen", grinste sie.

„Witwe? Wieso Witwe?"

Sie wälzte sich amüsiert auf dem Möbel.

„Ja, ja, nicht gerade mit Ring", sie hob die Hand und wedelte mit dem bloßen Ringfinger, „dafür die mit dem Kind im Bauch."

„Sie sind schwanger, von wem?"

„Na von meinem Herzallerliebsten, dem Doktorchen, meinem Busenfreund."

Sie strich sich mit beiden Händen über die füllige Oberweite.

Eines war für Bernauer sicher, dieser verrückte Zustand kam nicht allein vom Whisky. Sie musste zusätzlich irgendetwas geschluckt oder geschnupft haben.

„Können Sie sich ausweisen?", fragte der uniformierte Kollege.

„Wozu? Ich bin hier nicht mehr die Angestellte, ich bin die Mutter seines Kindes."

Jetzt betastete sie fröhlich ihren Bauch.

„Franz Sebring jun. wird erben", frohlockte sie, „und Sie befinden sich hier in seinem Haus und dem seiner Mutter natürlich. Alles paletti?"

„Ich muss Sie trotzdem jetzt bitten, mitzukommen", antwortete Bernauer.

„Ich denke nicht daran."

„Dann werde ich sie abführen lassen, also stehen Sie schon auf."

An der Treppe klammerte sie sich an seinen Kollegen.

„Gib gut Acht, Bulle", lallte sie, „Du begleitest wertvolles Gut und wage es ja nicht, mich zu betatschen."

-----

„Um Gottes Willen", schauderte Iris, „jetzt brauche ich aber einen Doppelten. Was ist mit Dir?"

Bernauer hob zwei Finger.

„Zwei doppelte Marillenbrand", rief er der Kellnerin zu.

„Glaubst Du, die Sache mit dem Kind ist die Wahrheit?"

„Ich fürchte ja."

„Das wird für Charlotte unerträglich werden", den Rest ließ Iris unverständlich als brummelndes Selbstgespräch ausklingen.

„Hast Du was von Brunnen gesagt?"

„Nur sprichwörtlich, als seelischen Papierkorb, wo man hineinwirft was man loswerden möchte. Für Charlotte immer so etwas wie ein Rettungsanker."

Als sie nach Gulaschsuppe und Mineralwasser zum Fußgängersteg über die Salzach marschierten, gab sogar Bernauer zu, dass er überfordert wäre, sich als Mitglied dieser Familie richtig zu verhalten.

„Auch die ganzen Mitakteure rundum scheinen zumindest leicht gestört zu sein. Langsam wird mir dadurch schon der Bridgeclub verleidet", stellte er fest, „ich habe nichts Greifbares in der Hand und zusätzlich erweitern sich ständig die Fakten und jeder lügt, was das Zeug hält. Alle Welt will wissen, wie es weitergehen soll, der Staatsanwalt sitzt mir im Nacken und Hofrat Sassmann hat seine eigenen Vorstellungen."

„Vergiss nicht di Angelo, das halbstaatliche Arrangement im Nahen Osten und den unseriösen Touch durch nichtbewiesene Beschuldigungen."

Inzwischen waren sie bei Iris Wagen angekommen.

„Eigentlich hätte ich das vorhin gar nicht hören dürfen", sagte sie und stieg ein, „es wird mich während des ganzen Nachtdienstes beschäftigen."

„Es gibt keinen Notfall heute Nacht. Ich weiß es."

„Dein Wort in Gottes Ohr."

-----

Schon beim Morgenkaffe war Bernauer schlechter Laune und sie verschlechterte sich weiter, als er im Büro einen Zettel vorfand, auf dem nichts weiter stand als COMPUTER!

Was sollte der Unsinn? Wer immer diese Nachricht hinterlassen hatte, hielt ihn wohl für einen Quiz-Kandidaten.

Er griff zum Diensttelefon, doch in der Wachstube schien niemand anwesend zu sein, also versuchte er es noch im Sekretariat Hofrat Sassmanns.

Aber offenbar schien der Eindruck, den er mit seiner Frage hinterließ, nicht so zu sein, wie er ihn gewollt hatte, denn die immer freundliche, verständnisvolle

Sekretärin kam einige Minuten später in sein Zimmer, lächelte wie lorbeerbekränzt und erzählte ihm von ihrem neuesten Geheimtipp aus der Apotheke. Eine kleine Probepackung habe sie allerdings auch für ihn mitgebracht.

„Vier Tropfen auf die Zunge, eine Minute an den Gaumen drücken und sie fühlen sich erholt wie ein Baby", säuselte sie, „man kommt ja gar nicht mehr zu sich selbst heutzutage." Weg war sie.

Bernauer betrachtete verständnislos die kleine moosgrüne Schachtel und stellte fest, dass es sich um ein Hanfpräparat handelte, Naturextrakt und Premium.

Kopfschüttelnd, aber beinahe automatisch verabreichte er sich aus dem Fläschchen vier Tropfen des Mittels, stützte den Kopf auf die Ellbogen und wartete.

Vermutlich war er ein wenig ins Dösen geraten, aber wie auf Kommando begann sich dann plötzlich seine Laune zu heben und aus der Verworrenheit wurde Klarheit. Es musste einfach der Brunnen sein.

Eine halbe Stunde später traf die Spurensicherung wieder in der Villa Aschenbrenner ein und Bernauer beorderte sie zielsicher vor den Brunnen. Nahe dem Irrgarten und überwuchert von Gebüsch befand sich, ziemlich uneinsehbar abgedeckt, der tiefe Brunnenschacht, in den jetzt einer der Männer stieg.

Auf vermutlich halber Höhe war dann an einem matschigen, stinkenden Haufen Papier, der vermutlich zum Teil aus alten Comics bestand, die Tasche Verenas und eine Axt zum Zerkleinern von Reisig hängengeblieben.

Wie hatte Iris gesagt? Der Brunnen war früher ein Rettungsanker Charlottes gewesen. Dabei war es also nicht nur um einen ideellen Rettungsanker gegangen, sondern auch einen tatsächlichen. Ein richtiges Versteck für Dinge, die verschwinden mussten.

Aber warum sollte Charlotte Verena nach dem Leben getrachtet haben? Natürlich konnte sie auch nur jemand anderem, vermutlich Niko, beim Verschwinden von Beweismaterial behilflich gewesen sein. Dass sie und Niko in der Zeit, als Verena überfallen worden war, gemeinsam zum Haus zurückgingen, wurde schließlich auch nur von den beiden gegenseitig bezeugt. Oder das Gespräch Charlottes mit Spiegelberg, während dessen er bei der Bridge-Einladung seine Frau suchte, bevor er sie am Boden liegend fand, konnte tatsächlich stattgefunden haben, oder auch nicht. Was entsprach jetzt den Tatsachen?

Aber welchen Grund wiederum hätte Charlotte gehabt, Verenas Mörder zu unterstützen?

Als Bernauer etwas später ins Büro zurückkam fand er einen weiteren Zettel vor. Ein Irrläufer sei erst in der Wachstube gelandet und man habe ihn an Bernauers Computer umgeleitet. Das also bedeutete die frühere Nachricht auf seinem Schreibtisch, er sollte sofort im Computer nachsehen.

Tatsächlich handelte es sich um die Kopie eines Krankenaktes, den er mit Giorgio di Angelo zu besprechen hätte. Die Geschehnisse schienen sich langsam zu lichten und im Moment rückte Charlotte, wenn man zusätzlich nun die Anschläge auf die Kinder Verenas bedachte, untrüglich auf Platz eins der Verdächtigen vor.

-----

Hofrat Sassmann fiel aus allen Wolken, als ihm Bernauer berichtete, dass ihm kein Ausweg bliebe, als Charlotte festzunehmen.

„Wissen Sie eigentlich, welche Katastrophe wir hier lostreten? Ein halbes Kind aus der besten Gesellschaft. Sind wenigstens die Beweise niet- und nagelfest? Nein!"

„Hofrat", brachte Bernauer an, „ich fürchte man hat uns immer nur das Unwichtige erzählt und wir sollten dabei übersehen, was uns vor der Nase lag. Im Allgemeinen ein Trick der Zauberkünstler, aber jetzt scheint sich alles aneinander zu reihen."

„Naja, dann lassen sie das Ganze vom Stapel."

Dabei wies der Hofrat mit der Hand auf seine unheilvolle Couch und der schwarze Gewitterhimmel hinter seinem Rücken verstärkte Sassmanns ungeheure Missbilligung zu diesem Thema.

„Im Moment kann ich Ihnen nur die belastenden Umstände aufzählen", begann Bernauer, „den tieferen Beweggrundrund müsste uns Charlotte offenbaren, denn lange wird sie der Konfrontation nicht standhalten können, dazu ist sie zu jung."

„Dann versuchen Sie es zuerst mit einem hartgesottenen Profi."

Plötzlich glühte hinter Sassmanns Fester durch ein Loch in der vorüberziehenden Wolkenformation ein Sonnenstrahl wie weißes Feuer auf und traf Bernauers rechtes Auge wie ein Speer. Odysseus blendet Polyphem, ging es ihm durch den Kopf, habe ich das womöglich sogar verdient?

Er konzentrierte sich wieder und Sassmann bedeutete ihm bereits mit einem Rotieren der rechten Hand, er möge endlich zur Sache kommen.

„Leider kam der Hinweis nicht früher", begann Bernauer. „Iris erwähnte gestern en passant, dass Charlotte die Gewohnheit hatte, Dinge, die sie vermutlich vor ihrer Mutter verbergen wollte, in den Brunnenschacht zu werfen.

Da wir den Besitz der Aschenbrenners vollkommen abgesucht und Verenas Tasche, Handy und die Tatwaffe nicht gefunden haben, kam mir der Verdacht, dass sie ebenso im Brunnenschacht gelandet sein konnten.

Tasche und Axt wurden daraufhin schon gefunden, aber da der Schacht beinahe dreißig Meter tief ist, wird nach dem Handy noch gesucht.

Wer hat also von dem Schacht, der einzigen Möglichkeit etwas gründlich zu verstecken, gewusst und ihn nachweislich schon früher benutzt? Charlotte.

Nun zu dem Autounfall Verenas. Ein Mädchen mit einem Fahrrad passierte genau zur richtigen Zeit die Stelle, an der dann der Unfall geschah. Charlotte hatte zu diesem Zeitpunkt noch keinen Führerschein und keinen Wagen, fuhr also mit dem Rad.

Weiters war Charlotte immer entweder anwesend, oder aber vorher schon dagewesen, wenn auf die Tochter Verenas ein Anschlag erfolgte. Zigarettenstummeln in Wasser aufzulösen und dieses Gift in das Konfekt zu befördern ist leicht und die Schnur der Schaukel anzusäbeln ist ebenfalls nicht schwer. Wieso ist denn die Schnur nicht schon gerissen, als Alma und Charlotte auf der Schaukel standen? Weil sie da noch unversehrt war. Fragt sich nur, was hätte Charlotte persönlich gegen Verena oder die kleine Alma haben sollen?

„Keine Ahnung, aber ich weiß schon", unterbrach ihn Sassmann missmutig, „am schwersten wiegt der Mord an Dr. Sebring."

Bernauer nickte.

„Fakt ist, dass sie ihn offenbar geliebt und er sie benutzt hat. Sie muss ihn gehasst haben, als ihr Traum so schmählich zerplatzte, und war sicherlich wütend, dass Verena ihre Mutter verständigt hatte, auch wenn sie es nicht zugibt. Dieses konnte aber mit den vorherigen Anschlägen nicht zusammenhängen, denn es passte schon zeitlich nicht.

Denkbar wäre noch, dass Charlotte von Judith Riegel und ihrer Schwangerschaft erfahren hätte, denn die Frau triumphiert ja förmlich. Nicht aus der Welt wäre auch, dass Charlotte Sebring dann mit seiner eigenen Pistole erschossen hätte. Munition hat sich in seinem Schreibtisch noch gefunden.

„Sie haben Recht, die Geschichte ist erdrückend. Aber haben Sie sich auch mit der schwangeren Geliebten Dr. Sebrings weiter beschäftigt?"

„Ich bin dabei."

„Dann tun Sie, was Sie für richtig halten, aber wenn ich morgen wieder aus dem Bett geholt werde, weil man sich über Sie beschwert, werde ich Sie in Stücke reißen."

„Dann warte ich mit Ihrem Einverständnis noch zwei Tage und ziehe die Beschäftigung mit den möglicherweise involvierten Herren vor."

Bernauer raffte seine Unterlagen zusammen und verschwand, ehe Hofrat Sassmann auch diesen Rest noch erörtern wollte.

Gegen Mittag traf dann di Angelo ein und beide waren überzeugt, dass es jetzt nur eines geben dürfte: Schweinebraten im Elefanten.

Beim Kaffee überraschte ihn Giorgio mit der Tatsache, dass Dr. Spiegelberg überredet werden konnte, einen DNA-Test durchführen zu lassen, das Ergebnis aber noch nicht vorliege.

„Und wie bist Du eigentlich an die Krankenakte Verenas herangekommen?", fragte Bernauer bewundernd.

„Bin ich das? Daran erinnere ich mich gar nicht", grinste Giorgio.

„Das ist immer die Schwierigkeit mit Dir, Dein mieses Erinnerungsvermögen."

„Joschi! Das Problem liegt einfach bei Dir. Insgeheim bist Du von meinen Fähigkeiten fasziniert."

Bernauers gespitzte Lippen stießen einen heftigen Luftstrom aus, während er beide Hände an seine Schläfen drückte.

Daraufhin pochte Giorgio leicht mit dem Fingernagel gegen das Bierglas und flüsterte grinsend: „Ich brauch nur einer ins Auge zu schauen..."

Bernauer schmunzelte: „Ich weiß: Schon isse hin."

-----

Als sich di Angelo dann in Geschäften auf den Weg machte, wurde Bernauer sehr tätig.

Eine Stunde später hatte er einen Durchsuchungsauftrag für Riegels Wohnung erwirkt, die hinter den Pferdeställen eines Reitklubs, in dem sie als Kellnerin tätig gewesen war, lag.

Judith Riegel hatte ihr Whiskyglas diesmal auf dem Küchentisch platziert und blätterte in einem vergilbten Album des Reitclubs, aus dem einige Bilder herausgerissen worden waren.

„Was war denn da angeklebt?", fragte Bernauer und zeigte auf die leeren Seiten.

„Weiß nicht, Fotografien wahrscheinlich."

„Da sind aber auch noch Reste von einem Zeitungsausschnitt", sagte er.

„Das Ding gehört nicht mir, sondern dem Club, das habe ich doch nur gefunden, mit einigem anderen alten Zeug."

„Wo haben Sie es denn gefunden?"

„Na hier, wie ich als Kellnerin eingezogen bin. Die Bude gehört auch dem Reitclub."

Als Bernauer und di Angelo am Abend am Bridgetisch saßen, hätten sie sich ebenso gut im Verhörraum befinden können. Im Saal verteilt spielten Anna-Maria mit Niko, Eleonore Aschenbrenner mit Dr. Spiegelberg, Charlotte mit Verena Spiegelberg und Bernauer fragte sich, wer von ihnen der Mörder oder Attentäter sein könnte und obwohl er inzwischen noch wertvolle Hinweise bekommen hatte, beschlich ihn das Gefühl, dass der Übeltäter vielleicht doch nicht im Raum war.

Im Laufe des Abends wusste Bernauer, was er tun würde. Er musste versuchen alle gegeneinander auszuspielen, um wenigstens Dichtung und Wahrheit zu trennen.

Nachdem Spiegelberg inoffiziell einer DNA zugestimmt hatte, legte Bernauer di Angelo nahe, dem Staatssekretär mitzuteilen, dass in spätestens einer Woche die Angelegenheit vollständig geklärt werden würde, und dass alle Schritte, die er zuvor auf eigene Faust unternähme, nachher auch einen handfesten Eklat auslösen könnten.

Um die Sache möglichst zu beschleunigen, lud Bernauer Anna-Maria, Nikodemus von Haugsdorf, Verena Spiegelberg, Dr. Spiegelberg und Eleonore Aschenbrenner-Daun zur Vorsprache in seinem Büro ein und man einigte sich auf den übernächsten Tag.

-----

Die Sitzgelegenheiten für die Geladenen waren im Verhörraum positioniert worden, wodurch die Situation etwas beklemmend wirken mochte. Dass man letzten Endes auch noch Judith Riegel, die im Flur saß, vorgeladen hatte, wurde von allen Anwesenden als Affront gesehen. Immerhin war sie schon beim Nachlassgericht wegen des Erbes tätig geworden.
„Ich beantrage, dass Frau Riegel an keinem unserer Gespräche teilnimmt", sagte Dr. Spiegelberg verärgert.
„Da sie von Dr. Sebring schwanger ist, ist sie auch bis zu einem gewissen Grad Beteiligte geworden, wenn es nötig werden sollte, werde ich sie beiziehen", entschied der das Verhör führende Beamte.
„Eine Unverschämtheit, diese Posse hier aufzuführen."
Dr. Spiegelberg setzte sich allerdings wieder, als ihm seine Frau Verena leicht bedeutete, nicht weiterzusprechen.

Bernauer, der sich bei der Einvernahme von einem Kollegen vertreten ließ, hatte sich lediglich neben diesem niedergelassen, da er Wert auf den Anschein legte, dass jeder der Anwesenden in der Lage sei, selbst die Inszenierung zu beherrschen. Daher musste es auch der Kollege sein, dem man listigerweise die ehrlichen Antworten verweigerte.

Der Kriminalbeamte begann nun in phrasenhaften Sätzen zu reden und ging dann auf Dinge ein, die längst bestätigt oder verworfen worden waren und die Abwesenheit Charlottes erklärte er mit der Feststellung, dass sie des Mordes und des Mordversuches beschuldigt werde und eben in polizeilichen Gewahrsam genommen worden sei.

Außerdem werde ihr der Anschlag auf Verenas Tochter Alma zur Last gelegt.

Eleonore Aschenbrenner sprang wie von Furien gejagt auf und verlangte, sofort ihre Tochter zu sehen.

„Dazu werden Sie noch ausreichend Gelegenheit bekommen, also nehmen Sie wieder Platz."

Plötzlich erhob sich Verena und bat mit Dr. Bernauer unter vier Augen sprechen zu dürfen. Der Beamte gestattete es, unterbrach das Gespräch für zwanzig Minuten, und beide traten auf den Gang hinaus.

„Joschi", sagte Verena flehentlich, „darf ich Dir etwas anvertrauen, auch wenn es ganz unter uns bleiben müsste?"

„Ich weiß nicht ob ich darüber schweigen kann, je nachdem, wie wichtig es für den Fall ist."

„Es ist sehr wichtig", flüsterte sie, „aber der Täter ist absolut schutzwürdig."

„Geht es um ein Kind?"

Verena nickte und Tränen standen in ihren Augen, aber sie straffte sich und sagte dann fest: „Es fällt mir schwer, aber ich kann niemand büßen lassen, für Dinge, die er nicht getan hat."

„Wieso soll jetzt ein Kind ins Spiel kommen?"

Sie schien ihn durchdringend abzuschätzen. Dann sagte sie fest: „Die Anschläge auf Alma hat mein Sohn Ferdinand gemacht. Er fühlte sich ständig ungerechtfertigt zurückgesetzt, weil ihm laufend von meinen Schwiegereltern eingehämmert wird, er sei der Erbe und später hier der Herr. So glaubt er, er müsste immerzu und überall bevorzugt werden, Joschi, er begreift doch gar nicht, was er getan hat, ein aufgehetztes Kind, sonst nichts."

„Ferdinand soll das gewesen sein? Woher weißt Du denn das so plötzlich?"

Jetzt liefen ihr die Tränen ungehemmt über die Wangen.

„Ich habe ihn überrascht, als er Digitalis in Severines Fläschchen geben wollte."

Bernauer schauderte und war absolut nicht der Ansicht, dass Ferdinand nicht wusste, was er tat, aber der Junge war vom Alter her allein schon schuldunfähig.

„Beruhige Dich", sagte er und nahm ein Taschentuch aus der Hülse, „die Sache wird hier nicht mehr zu Sprache kommen. Aber Du weißt, dass Du ab jetzt eine schwere Verantwortung für die beiden Mädchen zu tragen hast.

Verena nickte und wischte sich das Gesicht.

„Danke, Joschi, vielen, vielen Dank, er wird es nie wieder tun."

Dies bezweifelte Bernauer im höchsten Maße, aber der Junge würde so oder so nach dem Gesetz immer wieder in die Obhut seiner Eltern gestellt werden.

„Verena", hielt er sie nun noch zurück, „ich danke Dir, dass Du und Dein Mann den DNA-Test habt machen lassen, wodurch Niko Haugsdorf aus der Schusslinie genommen wurde. Das hat mir viel Arbeit erspart."

„Auch wenn es beschämend war, aber ich bin froh, dass die Dinge klargestellt sind und kein Verdacht mehr gegen Niko besteht."

„Dein Mann hat nie eine Sekunde an Dir gezweifelt, ich habe mit ihm gesprochen."

„Ich weiß es und auch dafür danke ich Dir."

Zurückgekommen in den Verhörraum wechselte Bernauer mit dem Beamten einige Worte, woraufhin dieser erklärte, dass bewiesen sei, Charlotte habe nicht versucht, die Tochter von Verena Spielberg zu schädigen.

„Wie ich eben auch erfahren habe", sagte der Verhörführer, „hat sich in der Sache Verena Spiegelberg auch der Verdacht gegen Dr. Nikodemus Haugsdorf als Haupttäter zerschlagen, aber nicht geklärt ist, ob er nicht Charlotte Aschenbrenner ein falsches Alibi für die Tatzeit gegeben hat."

Haugsdorf schüttelte den Kopf.

„Hat bei mir wieder ein weiterer Lagerwechsel stattgefunden? Auf wessen Seite stehe ich denn jetzt? Wenn ich es plötzlich nicht mehr selbst getan habe, wieso

gebe ich nun der bisher unverdächtigen Charlotte ein falsches Alibi?"
„Dafür müsste es schon einen guten Grund geben", ergänzte Spiegelberg.

„Ein guter Grund ist, dass Charlotte Aschenbrenner vor einiger Zeit einer Zeugin gegenüber erwähnt hat, früher Dinge, die sie vernichten wollte, in den Brunnen im Garten ihrer Eltern geworfen zu haben. Genau dort haben sich jetzt die Beweisstücke gefunden. Wer hätte sonst von dem Versteck gewusst, wenn nicht einmal die Spurensuche darauf gestoßen ist? Und hat nicht ein Lastwagenfahrer ein Mädchen auf einem Fahrrad gesehen, das von der Stelle kam, an der Frau Spiegelberg mit dem Wagen verunglückt ist? Die Tatsachen sprechen da bereits für sich selbst.
Der Mord an Herrn Sebring war allerdings eine andere Sache, hier liegen die Beweggründe klar zu Tage. Der Mann hat Charlotte Aschenbrenner missbraucht und gedemütigt..."
„Hören Sie auf, hören Sie sofort auf", schrie Eleonore Aschenbrenner, „ich verbiete Ihnen hier so weiterzusprechen."
Als sie dabei aufsprang, griff sie sich an die Kehle und sackte zusammen.
Hiermit war automatisch das Gespräch beendet, Eleonore wurde in das Nebenzimmer gebracht und ein Notarzt geholt, der ihr sofort ein Medikament injizierte, welches erfolgreich den Krampf löste.

„Ich kann nur mit Bestimmtheit sagen, dass die Frau schwere Probleme mit der Luft hat. Jedenfalls gehört sie in Behandlung", sagte warnend der Arzt, jedoch lehnte Eleonore dies für den Moment kategorisch ab.

„Lasst mir eine Viertelstunde Zeit, dann will ich Dr. Bernauer sprechen."

„Joschi", begann sie etwas später, „nimm auf, was ich Dir zu sagen habe und unterbrich mich nicht, denn wenn ich mich aufrege, fange ich wieder an zu hecheln."

„Bist Du krank?"

„Nur überreizt, ich hatte seit meiner Kindheit mit den Bronchien zu tun. Also nichts Ernstes."

Aber Bernauer misstraute ihrer Versicherung, bereitete rasch eine Aufnahme vor und Eleonore begann sofort zu sprechen.

„Ich habe Verena mit dem Beil überfallen und ich bin auch auf der Straße gestanden und habe ihren Unfall verursacht. Nach der unglückseligen Affaire Charlottes mit Dr. Sebring habe ich ihn zur Rede gestellt, er ist ausfallend geworden und ich habe ihn erschossen, lass Charlotte frei, sie ist unschuldig."

Bernauer nickte leicht und sagte nur: „Ich glaube Dir nicht Eleonore, zu all dem hattest Du doch gar keinen Grund."

„Wieso? Reicht mein Geständnis nicht aus? Warum ich es getan habe, ist doch irrelevant."

„Nein, Eleonore. Man wird Dich in einem Prozess unnachgiebig und vor allem öffentlich dazu befragen.

Auch ein Geständnis verlangt, ebenso wie eine Anklage, nach Beweisen."

Nun begann sich die aufgestaute Belastung sogar sichtbar in ihrer Haltung abzuzeichnen.

„Das kann ich nicht akzeptieren", sagte sie fest. „Was ich an Vorgeschichte zu sagen habe, gebe ich nicht zu Protokoll. Wenn das nicht möglich ist, musst Du mich darüber aufklären und dann werde ich weder jetzt noch im Prozess ein einziges Wort abgeben."

„Geht es um eine Straftat?"

„Eher um eine menschliche Tragödie im Hintergrund, sie könnte ein unschuldiges Wesen vernichten."

Bernauer schaltete das Aufnahmegerät ab.

„Die Entscheidung, was dabei privat bleiben kann, behalte ich mir vor."

„Dann ist die Vernehmung beendet."

Bernauer überlegte.

„Ich möchte wegen Deines Gesundheitszustandes jetzt nicht weitermachen, Eleonore. Wir werden das Protokoll aufnehmen, wenn Du aus ärztlicher Sicht wieder dazu in der Lage bist, jetzt muss die Ambulanz gerufen werden", sagte er abschließend.

Eleonore starrte blicklos an den Plafond.

„Wenn Du inzwischen jemandem Dein Herz ausschütten möchtest, wäre Iris dafür genau die Richtige, denke ich."

Eleonores Blick richtete sich nun auf Bernauers Hände, dann nickte sie.

„Lass meine Tochter frei."

-----

Zwei Stunden später bekam Eleonore Besuch von Iris.

„Du weißt, worum es geht?"

„Ich weiß, dass Du Hilfe brauchst, mehr ist für mich nicht nötig zu wissen."

„Wirst Du für Dich behalten, worüber ich mit Dir reden möchte und vor allem, ist es Dir auch erlaubt?"

„Ich bin eine Privatperson und habe keinerlei Verpflichtung, Dinge preiszugeben, die mir im Vertrauen gesagt werden. Abgesehen davon müsste mir die vermutete Kenntnis erst bewiesen werden und grundsätzlich bin ich ohnedies auf Deiner Seite."

Was Iris nun zu hören bekam überraschte sie keineswegs, denn im Prinzip hatte sie Ähnliches bereits vermutet und ihr war nun auch völlig klar, warum Bernauer sie gebeten hatte, Eleonore zu besuchen. Als Beamter durfte er von keiner Straftat erfahren und dieses Wissen dann für sich behalten, aber wenn Iris in der Sache helfen konnte, tat sie es auch.

„Ich bin eine späte Mutter", begann Eleonore, „das heißt in Wahrheit, ich konnte trotz aller Bemühungen kein Kind bekommen. Eines Tages kam meine Schwester mit der Nachricht, dass eine Tochter aus gutem Haus, eigentlich selbst noch ein Kind, schwanger geworden wäre. Diese Situation wurde von den Eltern des Mädchens nicht geduldet.

Meine Schwester, eine absolute Abtreibungsgegnerin, sah nun für mich eine Chance, das ersehnte Kind zu bekommen und damit auch dem Mädchen zu helfen.

Allerdings musste das Ganze ohne Aufsehen vor sich gehen und Martha hatte uns nicht mitgeteilt, wer die leibliche Mutter des Kindes sein würde und dieser auch nicht, wer die Frau war, die es als das ihrige annahm. Heute kann ich Dir gefahrlos die Wahrheit sagen, denn Charlotte ist bereits selbstbestimmt und kann mir nicht mehr weggenommen werden."

Damit trat ein schwaches Lächeln auf ihr angespanntes Gesicht.

„Die schwangere Mutter ging in die Schweiz zur Entbindung und ich begab mich meiner Bronchien und einer Schwangerschaft wegen ebenfalls in die Schweiz zur Erholung. Zurück kam ich dann mit meinem bereits geborenen Baby."

„Aber die Entbindung? Die Papiere?"

„Alles nur eine Sache des Preises und die Papiere sind legal, darauf kannst Du Gift nehmen. Meine Charlotte war ein so schönes, kluges Kind und ich wollte alles für sie tun, ja, ihr die Tür zur ganzen Welt offenhalten."

Sie biss gedankenverloren auf ihre Unterlippe und stellte dann fest: „Ich weiß natürlich, dass ich immer wieder in meinen Bemühungen übertreibe, mein ganzes Leben war ich eine Strebernatur, gelte als taktlos und kühl und habe ganz offensichtlich viele Fehler bei der Erziehung Charlottes gemacht. Mein Vater war Flugoffizier und Martha und ich wurden militärisch erzogen, ich kannte es nicht besser, aber das tut mir jetzt alles so schrecklich leid."

Nach einem tiefen Atemzug sprach sie weiter.

„Als ich nun bei meiner Einladung erst Charlotte und dann Verena im gleichen Overall sah und sich beide so ähnlich waren, schnitt es mir ins Herz und wie ich dann noch zu hören bekam, dass Sigmund Spiegelberg Charlotte erzählte, wie er Verena beim Skiurlaub in der Schweiz kennengelernt hatte, weil sie dort ein Internat besuchte, brauchte ich nur noch den Geburtstermin Charlottes mit dem Alter von Verena vergleichen. Erschrocken erkannte ich: Diese hier war die leibliche Mutter und ich hatte plötzlich schreckliche Angst, Charlotte zu verlieren.

Da Sigmund Spiegelberg aber von diesem Kind offensichtlich nichts wusste, kreisten meine Gedanken nur noch darum, wie ich die einzige Person, die dieses Geheimnis zu durchschauen vermochte, ausschalten konnte. Ich war von dem Gedanken besessen, Charlotte würde mich verlassen.

Als Verena während unserer Gesellschaft zur Pforte ging, sah ich meine Chance. Was ich dann getan habe, weißt Du. Das Ganze ist aber schief gegangen, weil jemand auf den Irrgarten zukam, und ich musste improvisieren.

Natürlich habe ich immer gewusst, dass Charlotte verschiedene Dinge, die sie vor mir verbarg, in den Brunnenschacht geworfen hatte und genau das habe ich mit den Sachen Verenas und der Axt in der Eile auch getan.

Offenbar hatte bisher niemand Verdacht geschöpft, aber jetzt trieb mich einfach die Angst, Charlottes wahre Abstammung könnte nun doch in Kürze bekanntwerden. Von einer derartigen Szenerie wurde ich sogar bis in meine Träume verfolgt. Also habe ich es dann ein zweites Mal versucht, indem ich Verena überwachte, sie später auf der Straße erschreckte und dadurch den Unfall verschuldet habe."

Sie atmete jetzt bereits wieder schneller.

„Als mich Verena später warnte, dass ich Charlotte von Sebring fernhalten solle, da er Verenas Großvater und ein schlechter Mensch sei, geriet ich vollends in Panik. Würde er Charlotte möglicher Weise Gewalt antun? Ich habe Verena also sofort dazu befragt. Ja, sagte sie, mich hat er vergewaltigt, da war ich kaum vierzehn. Aber meine Familie hätte niemals darüber gesprochen. Ein Übel einfach, das es zu beseitigen gab, kurzum, man trennte sich. Mich hat man in die Schweiz geschickt und meine Eltern sind in ein eigenes Haus gezogen."

„Was glaubst Du, ist da in mir vorgegangen? Ich wusste ja, was sie nicht wissen konnte. Charlotte war Verenas Tochter und Sebring ihr Vater und Urgroßvater zugleich. Er hatte sich ein weiteres Mal an seinem eigenen Fleisch und Blut vergriffen."

Eleonore wurde nun totenblass und sagte krächzend: „Ich habe Charlotte sofort aus den Klauen dieses Kerls geholt, mich mit ihm verabredet und ihn dann erschossen."

Allein der bloße Gedanke an diesen Mann jagte Iris einen Strom von Abscheu durch die Adern. Sie würde

Eleonore auf jeden Fall unterstützen, für deren Verfehlungen war sie ohnedies nicht zuständig.

„Aber die Pistole", fragte sie, „hast Du sie bereits von zu Hause mitgenommen?"

„Ja, in der vollen Absicht ihn zu erschießen, noch bevor Charlotte herausfinden konnte, mit wem sie sich da eingelassen hatte. Das darf niemals passieren."

„Aber zumindest den Mord wirst Du detailliert erklären müssen", sagte Iris sanft und legte ihre Hand auf die zitternden Finger Eleonores, „man wird nämlich Deine Aussage anzweifeln, genauso wie ich es einfach nicht glauben kann."

„Wieso? Ich habe bereits gestanden, außerdem kann ich nicht mehr, die Luft ..."

Sie griff sich wieder an die Kehle und Iris stützte rasch ihren Rücken mit einem Polster. Als Ärztin wusste sie wenigstens, wie damit umzugehen war, dann läutete sie nach der Schwester.

-----

„Gleich zweimal hintereinander brauchen wir den Notarzt, das macht kein gutes Bild. War das nicht zu verhindern? Der Mensch muss Zutrauen in die Exekutive haben können."

Hofrat Sassmann würde doch nicht wieder in eines seiner schaurigen Sittenbilder verfallen, die dann gerne in einer Art Meditation und Seelenerforschung endeten.

„Hofrat", gab Bernauer zu bedenken, „es wurde immerhin nicht der Gerichtsmediziner gebraucht."

„Bernauer, Sie versuchen doch nicht, mir das Wort im Mund umzudrehen?"

„Ganz bestimmt nicht, aber ich habe mich gefragt, wie es möglich ist, dass eine lebensrettende Maßnahme so negativ an die Öffentlichkeit tritt."

„Und was haben Sie sich darauf geantwortet?"

„Dass ich mit Ihnen darüber sprechen werde."

Dafür erntete er ein eben noch nachsichtiges Lächeln.

„Wie ich Sie kenne, werden Sie noch mit Verena Spiegelberg über die Sache sprechen wollen."

Bernauer sah auf die Uhr.

„Sie versprach in einer Stunde wiederzukommen. Aber würden Sie inzwischen noch etwas anderes für mich tun?"

Verena saß bereits vor seinem Zimmer und stand nervös auf, als sie ihn sah.

Er ließ sie vorangehen und erbot sich, Kaffee für sie kommen zu lassen.

„Vielen Dank, aber nein", antwortete sie. Doch dann sagte sie leise: „Hast Du nicht irgendwo etwas Stärkeres versteckt?"

Er nickte lächelnd: „Zweifingerbreit Whisky gegen das Fenster betrachtet, und die ganze Welt besteht aus bernsteingelbem Gewoge."

Nach dem vorherigen, eingehenden Gespräch mit Iris war Bernauer wenigstens einigermaßen auf die Dinge vorbereitet, die er zu hören bekommen würde.

Verena nahm einen Schluck und lehnte sich zurück.

„Eleonore hat gestanden?", fragte sie.

„Ja, sie stand unter größtem Druck und hat gehandelt wie eine Mutter."

„Sie ist eine Mutter."

„Ja, aber die Mutter Deiner Tochter."

„Wieso, Alma?"

„Jetzt reiß Dich zusammen, es geht nicht um Alma. Eleonore ist nicht Charlottes leibliche Mutter, sondern Du. Sie ist das erste Kind, das Du in der Schweiz geboren hast."

„Ich habe kein Kind in der Schweiz geboren."

„Dann, wo auch immer. Bei der Geburt Almas wurde auf der Krankenakte vermerkt, dass Du schon mindestens eine Geburt hinter Dir hattest. Ärzte erkennen so etwas und der Rest stimmt überein."

Verena wurde weiß wie die Wand.

„Von welchem Rest redest Du?"

„Die zeitlichen Übereinstimmungen, natürlich."

„Das sind doch klägliche Vermutungen und deshalb behauptest Du, dieses Kind wäre Charlotte gewesen? Die Waisenhäuser sind voll mit Kindern unbestimmter Herkunft.

„Eleonore hat aber die Ähnlichkeit erkannt, als Du und Charlotte den gleichen schwarzen Overall getragen habt und im Laufe des Abends musste sie hören, wie Sigmund Charlotte erzählte, er habe Dich in der Schweiz als ganz junges Mädchen kennengelernt.

Nun wurde Eleonore nur noch von der Angst getrieben, Charlotte könnte die Wahrheit erfahren und dass sie in der Schweiz geboren wurde, ist ja kein Geheimnis. Was wäre gewesen, wenn Dein Mann beispielsweise Bescheid gewusst hätte?"

Schweigen konnte eine erstklassige Waffe sein, aber auch ein Dolch, der ins eigene Herz stach.

„Um Himmels Willen", flüsterte Verena entsetzt, „was muss in Eleonore vorgegangen sein, als ich ihr sagte, dass Großvater mich vergewaltigt hatte, denn sie dachte ja, über die Herkunft Charlottes Bescheid zu wissen."

Ihr Whisky-Glas kippte und der restliche Inhalt spritzte über ihre makellose, helle Flanellhose bis auf die Spitzen ihrer Schuhe. Sie zuckte mit keiner Wimper.

„Die Du noch immer bestreitest?"

„Natürlich, da es Unsinn ist. Hat man Charlotte mit dieser angeblichen Wahrheit bereits konfrontiert?", fragte sie.

„Noch nicht. Aber bleibst Du ernsthaft dabei, dass Charlotte nicht Dein Kind ist?"

Sie stand abrupt auf.

„Natürlich tu ich das, es existiert kein weiteres Kind, denn ich hatte eine Fehlgeburt, außerdem bestehen Urkunden, die der Staat selbst ausgestellt hat. Willst Du vielleicht beweisen, dass Amtsmissbrauch begangen wurde und erhebst eventuell sogar Anschuldigungen gegen die Schweizer Behörden?"

„Gibt es diesbezügliche Unterlagen?"

„Bin ich Beschuldigte?"

„Natürlich nicht."

„Also hast Du keinerlei Recht mich nach Dingen zu fragen, die meine privaten Verhältnisse betreffen und zudem nichts mit einem strafrechtlichen Fall zu tun haben. Wenn ich das Ganze nämlich richtig sehe, geht es hier um Körperverletzungsdelikte und keinen Abstammungsprozess."

„Warum hast Du dann verschwiegen, dass Sebring Dein Großvater war?"

„Das ist wohl offensichtlich und auch ganz allein meine Sache, aber eines kann ich Dir sagen, ich habe ihn verabscheut und sogar vorsorglich alle Fotos aus einem alten Album des Reitclubs entfernt, auf denen Großvater mit mir abgebildet war, als sich Alma plötzlich für Pferde zu interessieren begann. Er hat mir allerdings auch nur widerstrebend dabei geholfen, auf den Speicher zu kommen."

„Aber vielleicht hat Eleonore später mit ihm über ihren Verdacht gesprochen?"

Langsam überkam ein grausamer Zug von Genugtuung ihr Gesicht.

„Und dann hat Eleonore ihn erschossen", sagte sie, „gut, sehr gut, dann wird dem Mädchen eine Konfrontation mit einer derartig aufgesetzten Lüge erspart bleiben und es wird für sie nur eine böse Geschichte mit einem anmaßenden, alten Mann gewesen sein. Ich werde mit Eleonore reden, so wie ich eben mit Dir geredet habe, und außerdem, was ist überhaupt der Grund für Deine unqualifizierten Behauptungen?"

„Es genügt, dass ich die Tatsachen aufgrund einiger Aussagen bereits zu kennen glaube, die Wahrheit wäre also sicher die beste Lösung für uns alle."

Sie stand auf.

„Das denke ich auch, und da die Wahrheit ohnehin feststeht und Charlotte nicht mein Kind ist, erkläre ich noch einmal: Ich möchte Dich mit allem Nachdruck daran erinnern, dass ich weder im Garten der Aschenbrenners, als ich angegriffen wurde, noch bei meinem Autounfall auf der Straße irgendeinen Menschen gesehen habe und keinerlei Verdacht hege, wie ich bereits ausgesagt habe. Eleonore ist aufgrund ihrer Ängste einem Irrtum zum Opfer gefallen, wodurch sie sich unüberlegt und vorschnell zu einem Geständnis entschlossen hat. Dies hat sie dann aber allein in der unsinnigen Annahme gemacht, ihre Tochter sei die Täterin gewesen und ich werde auf jeden Fall dafür sorgen, dass sie dieses, unter seelischem Druck zustande gekommene, Geständnis widerruft."

„Auch wenn Beweisstücke für den Mordversuch im Brunnen gefunden wurden?"

„Samt einem Bekennerschreiben, nehme ich an?"

Bernauer negierte die provokante Frage.

„Und warum sollte Eleonore geglaubt haben, Charlotte wäre die Täterin gewesen?"

„Vermutlich aus den gleichen Gründen, aus denen Du ihre Tochter hast festnehmen lassen."

„Du willst also Charlotte nicht sagen, wer ihre leibliche Mutter ist?"

Sie sah ihn böse an.

„Was habe ich mit Eleonores Tochter zu schaffen? Ich bin Mutter, aber nicht die ihre. Einmal habe ich mich der Familie gefügt, war jung und ängstlich und habe dafür bezahlt, aber dies hat mit Charlotte nichts zu tun und ich werde keinesfalls dulden, dass man sie in den Sumpf unserer abscheulichen Familie hineinzieht. Sollte es die Polizei wagen und Gerüchte dieser Art verbreiten, wird sie unter Beweisnotstand den Prozess des Jahrzehnts am Hals haben und einen Monsterkreuzzug, den die Kanzlei meines Mannes gegen die Republik, im Besonderen die Exekutive, führen wird, wobei Amtsmissbrauch das geradezu lächerlich geringste Delikt darstellen wird."

„Respekt", dachte Bernauer, „hätte ich dieser verwöhnten kleinen Frau absolut nicht zugetraut."

-----

Inzwischen hatte Hofrat Sassmann im Sinne von Bernauers Bitte reagiert und vor Bernauers Zimmer saß nun wutschnaubend Judith Riegel.

„Was haben Sie sich eigentlich dabei gedacht", herrschte sie ihn an, „schicken mir da einfach ein paar Kerle und durchwühlen meine Wohnung. Das wird ein Nachspiel haben."

„Sie stellen doch Ansprüche an den Nachlass Herrn Sebrings, dann müssen Sie auch damit rechnen, dass man Ihre Situation prüft. Was erregt Sie denn da so?", fragte er.

Die Frau überlegte und sagte dann überheblich: „Das Theater können Sie sich sparen, ein DNA-Test wird die Angelegenheit schon klären. Sie finden keinen Liebhaber", grinste sie.

„Nein, keinen Liebhaber, aber was hat es denn wirklich mit diesem Album auf sich, aus dem offensichtliche Bilder oder Zeitungsausschnitte entfernt wurden?"

Er schob ihr das verblichene Buch hin.

„Ach dieses scheußliche Ding", meinte sie und rückte es mit spitzen Fingern wieder zurück. „Das habe ich doch schon gesagt, es ist noch von dem Gerümpel, das vorher in meinem Zimmer gewesen ist. Irgendwie ist es plötzlich wieder aufgetaucht, nachdem ich alles hinausgeworfen habe und eingezogen bin. Wollen Sie ein Puzzle mit mir veranstalten?"

„Keineswegs, aber Sie wohnen bereits seit über einem Jahr dort?"

„Ja, seit ich in der Kantine des Reitclubs arbeite."

„Und in der Kantine haben Sie vermutlich auch Dr. Sebring kennengelernt."

„Genau so war es. Und dann kam er ziemlich regelmäßig zu mir herüber. Wollen sie es noch genauer wissen oder vielleicht mein Bett besichtigen?"

Bernauer überhörte diese Bemerkung.

„Und wie sollte es jetzt weitergehen?"

„Nun, das haben Sie doch schon gesehen. Ich hatte bereits das rote Zimmer im Haus."

„Was ihn aber nicht daran hinderte, sich mit anderen Frauen abzugeben."

„Herrgott, ich bin schwanger. Was schadet es denn, wenn er gelegentlich so ein dummes junges Ding mitschleppt, die drängen sich ja förmlich auf. Zugegeben, manchmal war es lästig, andererseits macht es aber auch Spaß, so ein wenig zuzusehen. Man bekommt dann direkt Lust mit auf die Spielwiese zu gehen. Kennen Sie das Gefühl?"

Sie erhob sich, tat eine unbestimmte Handbewegung und lächelte.

„Okay, sagen Sie nichts. Haben Sie jetzt noch Fragen, oder kann ich gehen?"

„Sie können gehen."

-----

Iris und Bernauer saßen bei einem späten Drink im Blauen Tukan und ließen die Nachtschwärmer an sich vorüberziehen.

„Sind Sie wieder aus dem Theater gekommen?", fragte der Kellner, als der Andrang etwas schwächer geworden war.

„Heute nicht", sagte Iris, „also fürchten Sie auch keine Vorträge über Frauenrecht."

„Das werde ich aber trotzdem die nächsten Wochen vermissen, wir bauen nämlich um. Der ganze Krempel fliegt hier hinaus. Also, einiges kommt natürlich schon auf Lager, aber auch das wird letztlich vermodern."

Jetzt kam das Gespräch erst richtig in Gang, denn Iris Neugier war geweckt. Sie gab dem Barkeeper sogar ihre Karte und wollte unbedingt eingeladen werden, wenn die Bar neu eröffnet würde. Bernauer sah still zu und erfreute sich an ihrem Eifer.

-----

„Ich danke Dir, Giorgio", sagte Bernauer, als sie sich am Wirtshaustisch gegenübersaßen, „den Knackpunkt in diesem Fall hast Du mir erfreulicherweise genau zur richtigen Zeit geliefert."
„Was war es?"
„Frage ich Dich, welche Deiner Büchereien in dem Ostgeschäft ich diesmal wieder unterstützt habe?"
„Keine, Joschi, absolut nicht, auf Ehr' und Gewissen", feixte Giorgio durchtrieben, „allerdings habe ich ohnehin ein Recht auf eine Antwort, weil ich durch meine Mitarbeit sozusagen Partei in dem Verfahren geworden bin."
Das schlug dem Fass den Boden aus. Bernauer kniff ein Auge zu.
„Mein lieber Freund, versuch Dich ja nicht auf diesem Gebiet."
Di Angelo sah ihn nur schweigend an.
„Also gut, genaugenommen war es der Schluss aus dem gesamten Material, das Du zusammengetragen hast, das Wichtigste aber war der Zeitpunkt der einzelnen Geschehnisse, denn damit wurden für mich die Zusammenhänge verständlich. Ich erkannte plötzlich, wohin die Richtung gehen musste."

Dass es im besonderen die eingetragene Vorgeburt auf Verenas Krankenakte war, behielt Bernauer natürlich für sich.

„Eleonore hat gestanden."

„Und Charlotte?"

„Ist entlassen."

Di Angelo nickte selbstzufrieden.

„Genaueres gibt es nicht für mich?"

„Sehr richtig, gibt es nicht."

Di Angelo sah ihn vorwurfsvoll an, nickte dann aber beiläufig.

„Sieh es mal so, mein Freund, es war eine Menge Arbeit", sagte er.

Bernauer schüttelte ungläubig den Kopf.

„Keine falsche Lippe, Giorgio. Hier ging es nicht um Deine redliche Mitarbeit für Recht und Gerechtigkeit, sondern um Geschäfte und natürlich Dein freundliches Interesse an den hübschen, kleinen Mädchen."

„Blödsinn. Zu einem Kindermädchen fehlen mir grundsätzlich schon die Titten."

„Jetzt, wo Du es erwähnst, sehe ich es auch."

-----

Giorgio di Angelo und Charlotte hatten sich vor dem beginnenden Sturm von der Terrasse in eine Nische des Kaffeehauses geflüchtet, um ungestört reden zu können, bevor sich die Spieler für das abendliche Bridgeturnier einfanden.

„Wenn Du mich schon so bald vor Spielbeginn hierher zitiert hast, wirst Du das wohl kaum in der Absicht getan haben, Dich stillschweigend durch die Mehlspeisen zu fressen", sagte Charlotte nach einigen Sekunden, „was liegt also an?"

„So drückt sich doch, um Himmels Willen, keine Dame aus."

„Dann bin ich eben keine Dame."

„Das sage ich ohnehin jedem, der nach Dir fragt."

Charlotte legte schnell ihre Hand auf die seine, sodass er die Gabel nicht zum Mund führen konnte.

„Schluck hinunter und leg los."

„Ich weiß, Du hast andere Sorgen ..."

Sie unterbrach ihn rasch: „Richtig, ich habe zuletzt die Gastlichkeit einer staatlichen Zelle genossen."

Er grinste und kniff dabei ein Auge zu.

„Wasser und Brot haben Dich nur noch schöner gemacht."

Charlotte schüttelte entnervt den Kopf, aber Giorgio war nicht zu bremsen.

„Vorerst möchte ich Dir nur sagen, was Du vermutlich noch nicht weißt, Niko ist entlastet worden, der Vater Anna-Marias ist mit der Heirat einverstanden und die Geschäfte sind in Ordnung. Auch Verenas Mann hat nie an ihr gezweifelt."

„Das ist doch wunderbar."

Er legte schnell die Hände auf die Unterarme Charlottes und presste diese leicht gegen die Tischplatte.

„Jetzt halte einmal den Schnabel und hör mir zu", sagte er schnell, als sie protestieren wollte.

Sie zuckte gleichgültig die Schultern.

„Du siehst", sagte er unnachgiebig, „meist haben wir jemanden, dem wir vertrauen können und der zu uns hält."

„Schön", kam es etwas gelangweilt zurück.

„Du denkst, für Dich gäbe es das nicht? Ich weiß, man spricht nicht darüber, aber ich bin Italiener und trage mein Herz auf der Zunge, so wie Du es von mir schon öfter zu hören bekommen hast."

Er ließ ihre Arme los.

„Und ich muss Dir sagen, auch Du hast jemanden, der an Dich glaubt und der Dich liebt."

„Und wer sollte das sein?"

„Deine Mutter", sagte er bestimmt.

Charlotte fuhr auf.

„Meine Mutter. Und Du willst mir Geschichten über mich und mein Leben erzählen? Weißt Du, wer Du bist? Ein windiger Italiener, ein Geschäftemacher und Spitzbub, das ist bekannt und Du willst etwas verstehen von Psychoscheiß und Verlässlichkeit? Dass ich nicht lache."

Sie rang nach Luft.

„Es ist besser Du verwendest die Zunge zum Essen, da kannst Du wenigstens keinen Unsinn reden."

Di Angelo versuchte mühsam, ernst zu bleiben.

„Aber Du verstehst Dich natürlich meisterhaft auf Seelenkunde. Völlig logisch, nachdem Du Dich in leider reichlich vermoderter Gesellschaft eingehend in das Thema vertieft hast", warf er ruhig ein.

Charlotte hatte sich jetzt wortlos versteift.

„Aber lass Dir trotzdem von einem windigen Geschäftemacher sagen, dass in Italien die Familie das Wichtigste ist. In der Familie steht man füreinander ein, so wie es Eleonore, wenn Du sie vielleicht lieber so nennen willst, heute getan hat. Hast Du Dich nicht gefragt, wieso Du aus dem Polizeigewahrsam entlassen wurdest? Sie hat den Mord an Sebring gestanden, weil sie denkt, Du hättest das Verbrechen begangen."

„Unsinn, dass ich es nicht getan habe, käme sehr bald heraus, das wusste sie natürlich."

„Ob Du Sebring erschossen hast, kann doch kein Mensch ahnen. Im Gegenteil, niemand, der einigermaßen Bescheid weiß, glaubt ernstlich, dass Du es nicht gewesen bist und denke nur nicht, dass ich selbst Dich für schuldlos halte, auch wenn ich gewisse Dinge gehört habe."

Jetzt starrte ihn Charlotte fassungslos an.

„Du würdest mir zutrauen ...?"

„Ich würde nicht nur, ich bin absolut unsicher."

„Du neunmalkluger, aufgeblasener Affe, ich ..."

„Ja, ja. Du sagtest es schon, Du bist keine Dame und ich verstehe jetzt auch sehr gut, dass Eleonore die Zügel oft grob angezogen hat, Du weißt einfach nicht, was sich gehört."

„Erstens ist sie für Dich nicht Eleonore, sondern meine Mutter, und ob sie es für mich je sein wird, geht Dich überhaupt nichts an."

Nachdenklich folgte ihr Blick der Gabel in seiner Hand, die gewaltsam den letzten Krümel einer Kardinalschnitte aufspießte.

„Habe ich Dich jetzt beleidigt?", fragte sie dann vorsichtig.

„Keineswegs", brummte er, „es war ja nur die gelegentliche Unfreundlichkeit Deiner Mutter, da kommst Du absolut nach ihr."

„Also bitte, jetzt krieg Dich wieder ein, aber Giorgio ..." Charlotte sah ihn unsicher an: „Was glaubst Du nun wirklich, hat sie Sebring ermordet und jetzt gestanden, dass ich in Ruhe gelassen werde, oder hat sie, um mich zu entlasten, gestanden, obwohl sie ihn in Wirklichkeit gar nicht erschossen hat?"

„Davon habe ich, auch bei bestem Willen, nicht die blasseste Vorstellung."

-----

„Warum willst Du einen Mord gestehen, den Du überhaupt nicht begangen hast?", fragte Bernauer Eleonore Aschenbrenner.

„Rede keinen Unsinn. Ich habe Sebring erschossen, eine Zeugin hat mich nachweislich gesehen und auch sofort wiedererkannt."

„Du warst im Haus, aber hast Du ihn wirklich erschossen?"

„Was willst Du eigentlich mit Deinen Fragen erreichen?"

„Dass Du nicht versuchst, Dich für Charlotte zu opfern."

Eleonore sah ihn misstrauisch an.

„Ich opfere mich nicht, wenn ich zu meinen Taten stehe. Das war mein letztes Wort."
„Ich glaube Dir nicht."
„Darauf kommt es letzten Endes auch nicht an."

-----

Am Nachmittag des nächsten Tages kam die Funkstreife und forderte Frau Riegel auf mitzukommen. Widerstrebend und schimpfend ging sie zum Wagen.
„Haben Sie noch nicht genug, wollen Sie mich sekkieren? Ich sage Ihnen, Sie werden es mit meinem Anwalt zu tun bekommen", fuhr sie Bernauer im Präsidium an.
„Rufen Sie ihn am besten sofort an, denn ich nehme Sie fest unter der Beschuldigung, Dr. Franz Sebring erschossen zu haben."
„Wie bitte?"
Sie verschluckte sich und Bernauer hoffte inständig, sie wäre nicht wiederum in einem nicht vernehmungsfähigen Zustand.
Doch Judith Riegel war offensichtlich härter im Nehmen als er dachte. Sie setzte sich zwar sofort auf den Stuhl hinter dem großen Tisch, fragte aber höhnisch: „Soll ich Einzelheiten erzählen?"
Als Bernauer schweigend in seinen Unterlagen blätterte, sagte sie in hinterhältigem Ton: „Vorsicht Bulle, ich bin schwanger. Komm schon heraus und schone Deine Eier."

Nun erschien endlich auch eine Polizistin, um bei der Vernehmung anwesend zu sein.

Bernauer sah Judith Riegel an.

„Im Geräteschuppen hinter Ihrer Wohnung liegt zurzeit noch jede Menge Gerümpel, Sie haben es, Ihrer eigenen Aussage nach, beim Einzug hinausgeworfen. Im hintersten Spind hat sich aber nun das Testament Dr. Sebrings, Munition für die Pistole, mit der er erschossen wurde, die Rechnung für die Entbindung und den Sanatoriumsaufenthalt Verena Sebrings in der Schweiz und eine Münzensammlung befunden. Um an diese Gegenstände zu kommen, mussten Sie allerdings dem Toten seinen Tresorschlüssel abgenommen haben."

Judith Riegel fasste sich schnell.

„Das ist ungesetzlich", kreischte sie, „das dürfen Sie gar nicht verwenden. Sie haben jetzt auch den Schuppen durchsucht, ohne mich davon zu verständigen."

„Irrtum", gab Bernauer zur Antwort, „der Schuppen steht im Eigentum des Reitclubs und der Verwalter selbst war während der Durchsuchung anwesend."

Als damit der letzte Baustein in dem schönen Gebäude ihrer Zukunftsvisionen zerbrach, war buchstäblich zu sehen, wie sich die ruppige Kraft der Frau verbrauchte und die ganze Trostlosigkeit ihrer Situation voll über sie hereinbrach.

Einige Minuten lang herrschte Schweigen, dann legte Judith Riegel die Hände wie schützend auf ihren Bauch und zuckte gottergeben mit den Schultern.

„Der Mann war ein Schwein", sagte sie dumpf „und ich kann jetzt nicht mehr. Nur Schwierigkeiten kommen auf mich zu, Gespött und Hass schlägt mir entgegen und jede Stunde des Tages ist mir übel. Sogar das Trinken kann nicht mehr helfen, ich muss jetzt an mein Kind denken. Also lassen Sie mich in Ruhe."

„Man kommt nicht zur Ruhe, nur weil man die Augen verschließt, es ist die Wahrheit, die uns wieder auf die Beine bringt. Schlimme Erfahrungen finden auch verständige Richter, also geben Sie sich und ihrem Kind eine Chance."

Die Frau sah jetzt beinahe schon beängstigend krank aus. Bernauers uniformierte Kollegin sah zweifelnd zu ihm hin, aber Judith verlangte lediglich ein Glas Wasser und begann dann zu sprechen.

„Brechen Sie nicht ab, ich kann es nur jetzt sofort durchstehen. Sie sollen genau wissen was geschehen ist, für mein Kleines."

Sie brachte sogar ein schwaches Lächeln zustande und strich zärtlich über ihren schwangeren Leib.

„Das Ganze ging also so dahin: Immer stand er an der Theke und machte mir Komplimente. Eines Tages, als ich die Kantine abgesperrt hatte, kam er mir nach in die Wohnung."

„Ich bewundere Dich, Mädchen", sagte er, „Du hast den schönsten Busen, den ich je gesehen habe."

„Ich fühlte mich geschmeichelt, denn wenn ein Mann wie er so etwas sagte, war das schon was Besonderes. Als er dann in meinen Ausschnitt griff und meine Brüste umfasste, hat mich das ordentlich angemacht, das gebe ich zu, aber sofort mit ihm ins Bett zu gehen, hatte ich damals nicht vor. Nun, er nahm sich dann schon, was er wollte, und erschien daraufhin nach den Ausritten ziemlich regelmäßig in meinem Zimmer, bis ich dann plötzlich schwanger war und blöd, wie ich bin, auch noch glaubte, das würde ihn freuen.

In meiner Wohnung wollte ich ihn dann mit dem Ultraschallbild überraschen, aber ich kam nicht mehr dazu, denn eine blonde Frau erschien in der Kantine und die beiden gingen gleich zusammen hinaus. Ich wusste sofort, dass die sich näher kannten und diese Blonde war auch genau sein Typ. Das musste geklärt werden und ich habe also unserem Stallburschen gesagt, ich käme gleich zurück und habe in meinem Auto gewartet bis sie aus dem Hinterhaus wieder erschienen.

Als sie dann wegfuhr, bin ich ihr gefolgt, bis zu ihrer Villa. Die Frau war verheiratet, stellte sich heraus und traf sich, wie ich ja selbst gesehen hatte, doch heimlich mit Franz. Ich habe daraufhin des Öfteren ihr Haus beobachtet und sogar Fotos gemacht. Einmal hat dann der Bub auf dem Tisch vor der Eisdiele mit einem Mann, den er offensichtlich kannte, gespielt und dabei den Kaffee umgestoßen. Ihr Kleid war pudelnass und der Mann hat das Tuch vom Nebentisch gezogen und es ihr zum Auftrocknen gereicht. Dabei lachte sie und sagte: Das Kleine kriegt noch keinen Kaffee. Also schwanger war sie auch schon, ich mochte gar nicht daran denken, von wem."

Sie wischte mit dem Handrücken über die Augen, sprach aber mit rauer Stimme weiter.

„An dem Tag, wo Sebring dann ein zweites Mal mit ihr ins Hinterhaus des Reitclubs ging, konnte ich aus der Kantine nicht weg, aber als dann die Gäste bedient waren und ich nach hinten ging, lag nur noch das alte Album, aus dem einige Bilder fehlten, auf dem staubigen Sofa. Ich habe es aufgeschlagen, doch es waren nur Fotos drinnen von früher, Sebring war der einzige, den ich darauf kannte. Vieleicht hatten die beiden die Fotos herausgenommen, um ihre Beziehung zu vertuschen, dachte ich, sie ist ja schließlich verheiratet.

Aber jetzt musste ich einfach wissen, woran ich war. Kurz darauf fiel dann seine Haushälterin aus, weil sie ihre Mutter pflegen musste, also habe ich mich angeboten ihm auszuhelfen, doch beinahe zeitgleich schleppte er bereits eine andere Blondine an. Wie sich dann herausstellte, ist es Charlotte Aschenbrenner, eine Bankierstochter gewesen, das war leicht herauszufinden. Nun war es genug, jetzt wollte ich eine Bombe zünden, dass ihm Hören und Sehen verging.

Dabei kam mir das Foto mit dem Kerl vor der Eisdiele genau recht, denn nun konnten sich der Ehemann und Sebring Gedanken darüber machen, wer ihr dieses Kind wirklich angehängt hatte."

Sie lachte unfroh.

„Es war jetzt nur noch ein wenig Geschick in der Fotobearbeitung notwendig, bis alles passte und der Tango, ‚Vater gesucht', beginnen konnte. Die sollten sich ruhig einmal alle gründlich kennenlernen und dann endgültig verschwinden.

Auf einer Liste von Sebrings Verbindung, die in einer Ledermappe auf dem Schreibtisch lag, habe ich einige Leute herausgesucht und ihnen die Fotos zugeschickt, denn die Sache durfte nicht hinterhältig einschlafen oder unter den Teppich gekehrt werden.

Außerdem habe ich die Spiegelberg angerufen, ihr die Sache mit dem Mädchen untergejubelt und als sich die arrogante Gans dann wieder einmal ungeniert beim Klavierspielen poppen lassen wollte, habe ich die Spiegelberg und auch die Aschenbrenner telefonisch informiert. Ich war fix und fertig.

Gleich darauf hat die Mutter diese Charlotte aber auch schon mit einem Riesenzirkus abgeholt.

Jetzt habe ich meine Chance gesehen.

Am darauffolgenden Wochenende bin ich ausnahmsweise nicht nach Hause gefahren, denn ich wollte die Gelegenheit nutzen, mit Franz über das Kind zu reden, doch zuvor tauchte diese Mutter wieder auf und sie führten ein ziemlich bösartiges Gespräch. Nachdem sie so zirka eine Viertelstunde später weggegangen war, habe ich es dann endlich versucht, eigentlich dachte ich, dass er sich beruhigt hätte und froh wäre mich zu sehen, weil das Leben endlich in Ordnung kommen würde. Aber nein, er war nur überrascht und ärgerlich, ließ mich auch nicht ausreden und sagte lediglich, ich sollte schleunigst verschwinden, es gäbe bei ihm nichts abzustauben.

„Nein Franz, hör mir bitte zu", habe ich erschrocken gesagt, „ich liebe Dich doch und außerdem bin ich schwanger."

Daraufhin hat er mir seelenruhig erklärt, ich würde ihn lediglich anekeln."

Ekelte ihn also vielleicht auch sein Kind an?

„Und Dein Kind?", sagte ich.

„Mein Kind? Mach Dich doch nicht lächerlich, versuch es bei einem anderen."

Mir war plötzlich eisig kalt und ich bin so steif wie aus Holz einen Schritt zurückgetreten, zog hinter mir aus der Lade des Bücherregals die Pistole und habe ihn erschossen."

„Aber die Schmauchspuren an seiner Hand?"

„Stammen von einem weiteren Schuss in zwei Decken."

-----

Bernauer sah ihr nachdenklich ins Gesicht.

„Ich habe Dich schon einmal gefragt, Eleonore, warum Du einen Mord gestehst, den Du nicht begangen hast."

„Lass endliche diese Befragungen, das fällt doch gar nicht mehr in Deine Zuständigkeit."

„Das tut es zum Teil immer noch."

„Wieso?"

„Weil Du es nicht gewesen bist und auch nicht Charlotte. Nein, eine andere junge Frau, der Sebring ebenso übel mitgespielt hat, war die Täterin. Wenn Du aber nicht abgehst davon, gestehen zu wollen, verdirbst Du

Charlotte die einzige Chance auf ein unbeschwertes Leben."

Eleonore sah ihn ungläubig an.

„Du sagst die Wahrheit?"

„Warum sollte ich etwas erfinden?"

Ihre Stimme erinnerte ihn an einen Nagel, der über Blech kratzte.

„Dann verstehe ich nicht, was Charlotte sonst noch mit all dem zu tun hätte, was willst Du damit sagen?"

„Verena hat es sehr wohl verstanden. Sie behauptet, Charlotte könne gar nicht ihr Kind sein, denn sie hätte damals eine Fehlgeburt erlitten."

Eleonore versagte die Stimme.

„Das Gegenteil ist unter diesen Umständen kaum beweisbar", sagte er, „aber auch wenn ich ihr nicht glauben würde, zwingen kann ich sie zu nichts."

Im Gedanken an die Pattstellung, in die ihn Verena neuerdings gebracht hatte, runzelte Bernauer nachdenklich die Stirn und stellte sich nun selbst die Frage: Würden die beiden Frauen klug und stark genug sein, Charlotte zu schützen und sie weiterhin, wie die Geburtsurkunde amtlich bestätigte, in der Rolle des leiblichen Kindes von Eleonore belassen? Damit wäre auch jedes Motiv für Eleonore, Verena zu beseitigen, automatisch verschwunden, ein weiterer unerledigter Fall, der zu den Akten kam.

Rasch schüttelte er den Gedanken ab, dies alles würde Gott sei Dank nicht mehr seine Sache sein, aber die eigene Sicht der Dinge hielt er trotzdem nicht zurück.

„Das schlimmste Übel war meiner Meinung nach, dass niemand den Mut gefunden hat, Charlotte zur rechten Zeit die Wahrheit zu sagen, ihr nicht und auch nicht denjenigen, die es unbedingt hätten wissen müssen. Jeder von Euch kannte ein Stückchen der Wahrheit, oder vermutete sie wenigstens. Zusammen hatten sie die Wirkung von Dynamit. Das Mädchen lief in ein gefährliches Netz, verstrickt und ahnungslos, in eine traumatische Beziehung mit dem eigenen Vater und Urgroßvater. Verena versucht jetzt, für meine Begriffe ziemlich eifrig, die Sache für Charlotte in Ordnung zu bringen, also tut wenigstens jetzt gemeinsam, was noch gut zu machen ist."

Sie sah ihn misstrauisch an.

„Wie gesagt, das ist meine persönliche Vermutung, aber es liegt nun alles bei Dir und Verena, letztlich natürlich auch der Staatsanwaltschaft. Du wirst Dich nämlich noch für gewisse Vorkommnisse, die Du bereits gestanden hast, verantworten müssen. Da die Beweise aber für einen geschickten Anwalt ziemlich dünn und widerleglich sind, schließlich steht ja schon fest, dass Du zumindest den Mord an Sebring in der irrigen Annahme gestanden hast, Deine Tochter hätte ihn begangen, solltest Du Dir jetzt Deine Antworten sehr genau überlegen. Einige schwerwiegende Indizien, die eklatant gegen Charlotte gesprochen hätten, konnten verständlicherweise die Beschützerinstinkte einer Mutter schon zum Äußersten getrieben haben."

Er zögerte einige Sekunden.

„Im Protokoll zu Deiner vorherigen Aussage wird über Charlotte und ihren womöglich unsicheren familiären Hintergrund nichts erwähnt sein und anlässlich der Überfälle auf Verena behauptet diese nach wie vor, nichts zur Aufklärung beitragen zu können. Eine Verdächtigung Deiner Person weist sie ebenfalls als absurd zurück.

Auch wenn sie es nicht zugibt, fühlt sie sich Charlotte gegenüber unverzeihbar schuldig und stellt eindeutig ihre eigenen Belange hinter die des Mädchens. Dir kann ich nur den einen Rat geben, überlege Dir alles gut und besprich Dich mit Verena und Deinem Anwalt, ehe Du noch eine Aussage machst."

Eleonore war blass geworden.

„Hat Verena das wirklich alles so gesagt?"

„Ja, das hat sie. Für meine Begriffe ist Verena sehr in Sorge, dass Charlotte erfahren könnte, mit wem sie sich da unglücklicherweise eingelassen hat, denn Demütigung und Scham wären für sie ganz sicher so schrecklich, dass sie ihr gesamtes weiteres Leben überschatten würden.

Kaum erspart wird ihr allerdings werden, dass sie von jener Frau erfährt, die in Kürze ein Kind von ihm bekommen wird."

Bernauer sah Eleonore eindringlich an.

„Charlotte braucht in den unglücklichen Tagen, die sie jetzt durchzustehen hat, wie niemals zuvor, ihre Mutter. Es ist Eure große Chance, Eleonore, greif mit beiden Händen zu."

„Und Verena?"
„Steht eindeutig hinter dieser Entscheidung."
Sie sah ihn halb ungläubig und unsicher, aber erleichtert an.
„Und Du denkst, dass wir damit das richtige tun?"
Bernauer lächelte und sagte im Brustton der Überzeugung: „Natürlich, Mütter erkennen doch unfehlbar, was gut und richtig ist für ihre Kinder."

-----

Hofrat Sassmann würde zwar festgestellt haben, dass damit die gesetzliche Aufklärungspflicht eines Beamten gegenüber einer Beschuldigten hart bis an die Grenzen hin ausgedehnt worden sei. Aber Bernauer, der das Leben als eine Ansammlung von Momenten sah, von denen jeder einzelne eine sachbezogene Entscheidung forderte, war davon überzeugt, dass er auch diesen Fall, innerhalb der gesetzlichen Vorschriften, angemessen behandelt hatte.

-----

Iris sah Bernauer an und lächelte.
„Du hast getan, was Du tun musstest, oder wolltest Du dem Hofrat Magenschmerzen bereiten, indem Du auf einen unbewiesenen Verdacht hin, also ohne den geringsten Beweis, einen unglaublichen Skandal vom Zaun gebrochen hättest, mit dem wahrhaft einzigen Erfolg, das Leben der unschuldigen Charlotte zu zer-

stören? Du hast nicht nur, nicht formaljuristisch gewütet, sondern verantwortungsbewusst überlegt und entschieden, was zu tun wäre und dabei ziemlich erfolgreich versucht, einen menschlichen Albtraum zu verhindern. Was nun weiter geschieht, liegt allein in deren eigenen Händen."

Nun stellten sich aber einem Juristen in seinem Berufsleben, bei derart diffizilen Entscheidungen, immer wieder die Klippen der Menschlichkeit entgegen.
Bernauer nahm zwar Recht und Gesetz sehr ernst, doch er sah auch das junge Mädchen, dem grausam mitgespielt worden war und über dessen Leben das Damoklesschwert hing, durch die Mühlen der Justiz zermalmt zu werden.

„Du hast niemanden beeinflusst, lediglich den Gordischen Knoten nicht mit der Wucht des Gesetzes zerschlagen, sondern sachte den Splint zwischen den unsicheren Ursachen und den sicher daraus resultierenden grässlichen Wirkungen gezogen. Ob es Dir gelungen ist, weißt Du ohnehin noch nicht. Aber ich bin sehr stolz auf Dich."
„Ich liebe Dich", sagte Bernauer, „bei Dir ist immer alles so klar und einfach."
Iris lächelte milde: „Unbedingt, so lange Du nicht anfängst, meine Vergangenheit zu beschnüffeln."

Weitere Buchtitel der Autorin:

## „DIE FÄLLE DES MAJOR JOSCHI BERNAUER"

Band 1
Mörderischer Kontrakt                 ISBN 9781530831760

Band 2
High Heels und Pisse                  ISBN 9783741267437

Band 3
Zum Sterben schön                     ISBN 9783752877007

Band 4
Vater unser                           ISBN 9783749433339

Band 5
Laurins Zorn                          ISBN 9783750415386

Band 6
Die Wurzel aller Übel                 ISBN 9783752684209

Band 7
Das Beichtstuhl-Syndrom               ISBN 9783752684209

Band 8
Abgründe                              ISBN 9783756202737

Band 9
Schön langsam abgeben                 ISBN 9783734700132

## DIE HONIGFLIEGE
Ein Erotikroman                       ISBN 9783752685305